dtv

Reihe Hanser

Yves Grevet

NOX

Anderswo

Aus dem Französischen von
Stephanie Singh

dtv

Ausführliche Informationen über unsere Autoren und Bücher
www.reihehanser.de

MIX
Papier aus verantwortungsvollen Quellen
FSC® C013736

Deutsche Erstausgabe
2015 dtv Verlagsgesellschaft mbH & Co. KG, München

Titel der Originalausgabe: ›NOX. Ailleurs‹
(Syros, Paris)

Umschlaggestaltung: Thomas Ehretsmann
Gesetzt aus der ITS Galliard Std 11/14˙
Satz: Druckerei C.H.Beck, Nördlingen
Druck und Bindung: Druckerei Kösel, Krugzell
Gedruckt auf säurefreiem, chlorfrei gebleichtem Papier
Printed in Germany · ISBN 978-3-423-65017-5

Am Ende von Band I …

… wurde **Lucen** von der Miliz gesucht, die ihn einer engen Verbindung zu den radikalen Jewowisten (JWW: Jeder Wo er Will) sowie terroristischer Akte verdächtigt. Es gelang ihm, gemeinsam mit der seit Kurzem von ihm schwangeren Firmie zu fliehen. Beide versteckten sich in einer Wohnung auf 718.63 unweit des *No man's land*. Genau in dem Moment, als Lucen aufbrach, um seinem Freund Gerges die ganze Wahrheit über seine Aktivitäten zu sagen, wurde er verhaftet.

… war **Gerges** überzeugt, Lucen sei für das Attentat verantwortlich, bei dem Gerges' Mutter ums Leben kam. So verschrieb er sich mit Leib und Seele den Jaspisten (JASP: Jeder An Seinem Platz) und kämpft nun an der Seite seines Vaters Grégire.

… erklärte sich **Ludmilla** bereit, ihren Vater auszuspionieren und den Schwestern Broons die Namen der drei Gefangenen zu verraten, die der Sicherheitsdienst angeblich in ein anderes Gefängnis überstellen wollte. In Wahrheit handelte es sich um eine Falle der Polizei: Die Wiedervereiniger, welche die Gefangenen befreien wollten, wurden festgenommen. Ludmilla begriff, dass ihr Vater sie nur benutzt hat und dessen Macht weiter reicht, als sie je für möglich gehalten hätte.

Ludmilla

Ich begrüße mein Kindermädchen mit einem kurzen Kopfnicken und frage sofort:

»Wissen Sie, ob mein Vater bald zurückkommt?«

»Am Wochenende, Ludmilla, wie immer. Wenigstens glaube ich das.«

»Hat er Sie heute früh nicht angerufen?«

»Nein, aber wenn Sie ihn dringend sprechen müssen, können Sie ihn erreichen. Wollen Sie ihn kontaktieren?«

»Nein, nein. Ich wollte es einfach nur wissen. Stören Sie ihn bitte nicht.«

Ich schließe mich in mein Zimmer ein, kann mich aber nicht auf die Hausaufgaben konzentrieren. Mein Vater weiß, dass ich ihn hintergangen habe. Indem er mir die Namen der drei Gefangenen nannte, hat er mir eine Falle gestellt, um jene Menschen festnehmen zu können, an die ich die Information weitergegeben habe. Was soll jetzt aus mir werden? Muss ich mein Leben mit meinem Geliebten und meinen Freundinnen aus dem Schachklub, der in Wirklichkeit eine Untergrundorganisation ist, jetzt aufgeben? Komme ich ins Gefängnis oder in eine Umerziehungsanstalt für Minderjährige? Monatelang? Oder jahrelang? Ist mein Leben schon jetzt ruiniert?

Kann mein Vater sich für mich einsetzen und mir diese Strafen ersparen? Will er das überhaupt? Wie auch immer er reagiert – unser Verhältnis wird nie mehr sein wie zuvor. Er wird an meiner Loyalität zweifeln und vielleicht sogar an meiner Liebe zu ihm.

Beim Abendessen mit Yolanda bringe ich kein Wort heraus. Normalerweise gelingt es uns trotz des gegenseitigen Misstrauens, wenigstens ein paar Sätze zu wechseln. Sie macht zwei Versuche, ein Gespräch in Gang zu bringen. Schließlich gibt sie auf.

Als ich aufstehen will, sagt sie: »Übrigens kommt Ihr Vater heute Abend doch kurz vorbei. Aber das wird bestimmt so spät sein, dass Sie ihn nicht mehr sehen können.«

»Hat er Ihnen vielleicht gesagt, warum er kommt?«

»Nicht genau. Er hat nur gesagt, dass er für ein oder zwei Stunden sein Büro braucht. Ich soll ihm eine Thermoskanne mit Kaffee bereitstellen und … noch andere, unwichtige Kleinigkeiten.«

»Erzählen Sie ruhig.«

»Wenn Sie darauf bestehen … Er wünscht, dass ich den Sessel vor seinem Schreibtisch entferne und durch einen hölzernen Hocker ersetze.«

»Er erwartet also jemanden. Und auf diese Person kommt nichts Erfreuliches zu. Was meinen Sie?«

Sie sieht mich schweigend an. Sie fühlt sich nicht in der Position, die Handlungen ihres Vorgesetzten zu kommentieren. Ich lächle sie an und gehe auf mein Zimmer. Dann zwinge ich mich, stundenlang Hausaufgaben zu machen. Als ich endlich fertig bin, merke ich, dass ich dafür normalerweise nur eine halbe Stunde gebraucht hätte. Ich lege mich ins Bett und schalte das Licht aus, bleibe aber wachsam. Ich will nicht schlafen und kann doch nicht verhindern, dass mein Körper immer wieder der Müdigkeit nachgibt. Leise öffnet sich die Tür. Ich verkneife es mir, die Augen zu öffnen, denn ich spüre, dass es Yolanda ist. Normalerweise muss sie vorsichtiger sein, denn ich kann mich nicht erinnern, dass sie mich nachts je kontrolliert hätte. Sie betrachtet mich einige Minuten, ehe sie auf Zehenspitzen wieder hinausschleicht.

Ich begreife, dass mein Vater wohl bald eintreffen wird und sie vorgeschickt hat, um sicherzustellen, dass ich schlafe und nichts von der geplanten Unterredung mitbekomme. Ganz langsam schleiche ich zu meinem Posten. Ich weiß inzwischen, an welchen Stellen das Parkett knarrt, und weiche ihnen aus. Im ehemaligen Zimmer meiner Mutter lege ich mich auf den Boden und löse das Brett, unter dem sich der Ausguck auf den Schreibtisch meines Vaters verbirgt. Ich habe noch nichts verpasst, denn mein Vater und der Besucher setzen sich genau in dem Moment, in dem ich durch das Loch im Boden spähe.

»Entschuldigen Sie die Geheimniskrämerei, Siremain«, beginnt mein Vater in scheinbar freundlichem Ton, »aber sie werden gleich verstehen, warum wir diese Unterhaltung nicht im Büro des Sicherheitsdiensts führen konnten.«

Mein Vater macht eine Pause und beobachtet sein Gegenüber eingehend. Der andere sitzt auf dem Hocker und sagt schließlich mit unsicherer Stimme:

»Mein Herr, könnten Sie mir bitte sagen, warum … warum ich seit zwei Tagen nicht zu meiner Familie zurückkehren darf und heute auch nicht dort anrufen durfte?«

»Sie wissen sehr gut, warum«, antwortet mein Vater wütend. »Da bin ich sicher, Siremain. In einem Punkt immerhin stimme ich Ihnen zu. Es ist schon sehr spät, und wir sind beide müde, also bringen wir die Sache bitte schnell zu Ende. Geben Sie Ihre kleinen Geheimnisse einfach preis, dann können wir uns beide hinlegen, ja?«

»Ich … ich verstehe nicht, worauf Sie anspielen, mein Herr. Das habe ich bereits gesagt.«

»Gut, dann erkläre ich es Ihnen.«

Mein Vater holt ein Aufnahmegerät aus der Schublade und spielt es ab:

»Hallo, Liebling? Ich bin's. Ich habe schlechte Nachrichten. Ich muss lange arbeiten, und ich …«

»Ist das jetzt jede Nacht so? Ja?«

»Nein, Liebling, das ist ungerecht! Nur jeden zweiten Abend. Das verstehst du doch. Nur jeden zweiten.«

Mein Vater drückt die Pausentaste und sieht seinen Gesprächspartner an.

»Erkennen Sie diese Unterhaltung wieder? Wann hat sie stattgefunden, Siremain?«

»Das ist der Anruf bei meiner Frau. Ich habe ihr gestern Abend gesagt, dass ich länger arbeiten muss.«

»Genau. Und nun hören wir uns das Ende an.«

Der Ton wird kurz undeutlich, sodass ich nur einen Teil des folgenden Dialogs verstehen kann. Mein Vater drückt erneut die Pausentaste:

»Wie Sie hören, ist das Band hier leicht beschädigt und die Aufnahme von geringerer Qualität. Deshalb habe ich das Gespräch transkribiert und werde es ihnen vorlesen:

›Du hast unserer Tochter versprochen, an ihrem Geburtstag hier zu sein!‹

›Die Pflicht ruft. Es ist doch nicht regelmäßig. In Ordnung? Sag, ist etwas? Verstehst du?‹

(Schweigen)

›Ja, so jedenfalls ist es richtig. Jetzt tu nicht aufgebracht. Verstehst du?‹

(Schweigen)

›Und denk bitte einmal an mich. Denn auch mir reicht's. Die Chance … äh, entschuldige, Liebling, ich muss los. Verstehst du?‹

(Schweigen)

›Gut. Bis morgen.‹

Erinnern Sie sich an dieses Gespräch?«

»Ja, also, ich weiß nicht mehr genau … Um ehrlich zu sein, ein paar Formulierungen erscheinen mir seltsam. Ich kann mich nicht erinnern, das so gesagt zu haben.«

»Das ist typisch. Man hört sich nie selbst beim Reden zu und ist dann beim ersten Mal immer überrascht.«

»Ich bin trotzdem nicht sicher …«

»Zweifeln Sie an meiner Arbeit, Siremain? Zweifeln Sie an meiner Kompetenz, meiner Loyalität, vielleicht gar meiner Ehrlichkeit?«

»Nein, natürlich nicht, mein Herr!«

»Nun, dann frage ich Sie erneut: Entspricht diese Mitschrift Ihren Erinnerungen?«

»Ja, mein Herr.«

»Gut, dann können wir fortfahren. Unsere Mitarbeiter haben sich lange damit beschäftigt und sind zu dem Schluss gekommen, dass Sie mit Ihrer Frau ein codiertes Gespräch geführt haben.«

»Was? Ein codiertes Gespräch?«, wundert sich Siremain. »Aber das ist völliger Un…«

»Also bitte!«, schreit mein Vater wütend. »Unterbrechen Sie mich nicht! Ich will Ihnen sagen, was meine Mitarbeiter herausgefunden haben. Jedes Mal wenn Sie Ihrer Gesprächspartnerin einen verschlüsselten Satz mitteilen, beenden Sie ihn mit einem ›Verstehst du?‹, und Ihre Frau schweigt daraufhin – zweifelsohne um sich Notizen zu machen.«

»Mein Herr, ich bitte Sie, hören Sie auf«, fleht der Beschuldigte. »Ich arbeite seit sieben Jahren für Sie.«

Mein Vater hält ihm ein Blatt hin.

»Hier, Siremain. Lesen Sie den ersten Satz, den ich unterstrichen habe.« Der Mann zögert.

»Los!«, brüllt sein Chef.

»Die Pflicht ruft. Es ist doch nicht regelmäßig. In Ordnung? Sag, ist etwas?«

»Sehr gut. Jetzt lesen Sie bitte nur den ersten Buchstaben jedes Wortes vor. Na los, beeilen Sie sich, es ist bald vorbei.«

»D. P. R. E. I. D. N. R. I. O. S. I. E.«

»Jetzt achten Sie nur auf jeden zweiten Buchstaben. Wie Sie Ihrer Frau am Anfang des Gesprächs versichert haben: *Nur jeden zweiten*. Erinnern Sie sich?«

»D. P ...«

»Nein! In diesem Fall beginnen Sie erst mit dem zweiten Buchstaben! Schnell!«

»P. E. D. R. O. I.«

»Genau, Pedroi. Los, die beiden anderen.«

»Ja, so jedenfalls ist es richtig. Jetzt tu nicht aufgebracht. S. I. R. T. A. Sirta.«

»Na los, Siremain. Noch ein letztes Mal, dann sind wir endlich fertig!«

»*Und denk bitte einmal an mich. Denn auch mir reicht's. Die Chance* … D. E. M. A. R. C. Demarc.«

»Perfekt. Sehen Sie, Siremain, wenn Sie sich ein bisschen Mühe geben, geht es ganz schnell. Sirta, Demarc und Pedroi, das sind die drei Terroristen, deren Transfer ich angeordnet hatte. Dank eures Verrats – denn so muss man Ihre Tat nennen – wollten die Wiedervereiniger sie befreien. Doch zum Glück habe ich schon vor einiger Zeit Verdacht geschöpft und nicht die richtigen Namen genannt.«

Der arme Siremain ist am Boden zerstört und vergräbt das Gesicht in den Händen. Er zuckt. Vielleicht weint er. Mein Vater presst jemandem ein Geständnis ab, der nichts getan hat. Er will seine Vorgesetzten von der Schuld eines Unschuldigen überzeugen. Bestimmt tut er das, um mich nicht verdächtig zu machen. Er hebt den Hörer ab und wählt eine Nummer. Nach kurzem Schweigen sagt er:

»Wir sind fertig. Sie können kommen.«

Benommen sehe ich zu, wie Soldaten das Büro betreten und Siremain festnehmen. Der arme Mann lässt sich widerstandslos abführen. Mein Vater reibt sich die Hände. Ein Lächeln umspielt seine Lippen. Noch lange liege ich auf dem Boden. Ich schaffe es nicht aufzustehen. Ich habe Angst. Ich bin zu feige.

Firmie

Schlafen ist wie sterben. Sterben für einen Augenblick. Ich will nicht mehr denken, mir keine Fragen mehr stellen. Mein geliebter Lucen ist nicht zurückgekehrt.

Als er das Haus verlassen hat, habe ich tief in mir eine Art Brennen gespürt. Ich hatte das Gefühl, ihn nie wieder zu sehen. Ich wollte ihn überzeugen zu bleiben, aber er war fest entschlossen, selbstsicher und beinahe ruhig. Also ließ ich ihn ziehen.

Immer wenn ich aufwache, lausche ich, suche nach seinem Geruch. Vergeblich.

Wann hat er mich verlassen? Hier, wo die Nacht nicht ganz so dunkel ist, erkennt man die Helligkeitsunterschiede zwischen Tag und Nacht besser. Ich glaube, er ist schon über dreißig Stunden fort. Ich muss aufstehen und etwas trinken.

Ich habe Schmerzen im Bauch. Das Baby ruft um Hilfe. Ich muss Lucens Nachwuchs schützen, bis er wieder hier ist. Und ich will daran glauben, weil er es mir versprochen und bisher immer die Wahrheit gesagt hat.

Von Dimitr, der unten wohnt, hole ich Essensvorräte. Er gibt mir auch die Morgenzeitung. Warum lächelt er so gezwungen? Glaubt er, allein sei ich leichte Beute und er könne jederzeit mein Geld stehlen oder mich verschwinden lassen, wann immer er will? Der soll sich hüten. Seit ich schwanger bin, hänge ich mehr am Leben als je zuvor.

Ich kaue langsam, aber ich bringe die Nahrung kaum hinunter, als weigere sich mein Körper zu essen. Während ich mich zum Schlucken zwinge, lese ich Zeitung. Ich weiß, dass Dimitr sie mir nicht zufällig gegeben hat, und ahne schon, dass etwas über Lucen darin steht. Dass er nicht zurückgekehrt ist, bedeutet, dass ihm etwas zugestoßen sein muss. Meine Hände zittern. Ich befürchte das Schlimmste. Auf Seite 4 geht es um Lucen. Er ist am Leben. Aber er wurde wegen terroristischer Aktivitäten verhaftet und für schuldig befunden. Es heißt, sie würden ihn nach einem halben Jahr im verseuchten Wald töten. Ich bin sicher, dass er vorher fliehen und wir zusammen mit dem Baby an einen sicheren Ort gehen werden. Ich betrachte sein Foto. Seine Hände sind auf dem Rücken zusammengebunden. Die Männer um ihn herum scheinen sich über ihren Fang zu freuen. Lucen hält sich gerade und blickt direkt ins Objektiv. Er ist so schön. Seine Augen sehen mich an. Sie sagen, ich solle mir keine Sorgen machen.

Der Artikel beschreibt Lucen als *berechnenden Jugendlichen, der seine wahren Absichten geschickt verbarg und seine Familie und engsten Freunde aus Geldgier verriet.* Nichts davon ist wahr. Lucen ist das genaue Gegenteil. Selbst wenn er einige Fehler gemacht hat – ich verzeihe sie ihm. Mein Geliebter ist nur ein Mensch, der versucht zu überleben, ohne den anderen übermäßig wehzutun. Nicht er ist skrupel- und seelenlos, sondern die Männer, die ihn verhaftet haben.

Ich lege die Zeitung beiseite. Beim Lesen habe ich fast das gesamte Brot aufgegessen. Ich fühle mich besser. Mir ist nicht mehr übel. Ich streichle meinen Bauch. Dicht unter meiner Haut befindet sich ein kleines Wesen, das mich braucht. Es ist die Frucht unserer Liebe. Ich bin sicher, dass es meinem Gelieben jetzt schon ähnlich sieht.

Lucen, ich werde diesen Teil von dir niemals verlassen. Ich werde mein Leben geben, damit es nicht stirbt.

Ich wasche mich und ziehe mich an. Bis Lucen zurückkehrt, muss ich allein zurechtkommen. Nach Hause kann ich auf keinen Fall zurück, aber das macht nichts. Ich muss mein Viertel und die Kontrollposten der Milizionäre um jeden Preis meiden. Vielleicht werde ich verdächtigt, an den geheimen Aktivitäten meines Geliebten beteiligt gewesen zu sein. Mit diesen alkoholisierten Wilden und ihren Verhören will ich nichts zu tun haben. Wenn sie mich in die Finger kriegen, wird mich die Familienbehörde einberufen, sobald meine Schwangerschaft offensichtlich geworden ist. Und wenn ich dort nicht mit dem Vater des Kindes auftauche, komme ich in ein Heim für alleinstehende Frauen. Diese Frauen werden für unfähig erklärt, ihre Kinder aufziehen zu können, und müssen ihre Babys nach der Geburt weggeben.

Auch wenn es teuer ist: Ich muss so lange wie möglich in dieser Wohnung bleiben, damit Lucen mich wiederfindet, falls er fliehen kann. Wir hatten ausgerechnet, hier problemlos vier oder fünf Monate bleiben zu können. Allein brauche ich etwas weniger Geld. Aber am Essen werde ich nicht sparen, damit das Baby nicht darunter leidet. Ich werde aufpassen.

Dimitr hat mir ein Tablett mit Essen ans Bett gestellt. Er war also in der Wohnung, während ich geschlafen habe. Es gefällt mir nicht, dass er einen Schlüssel hat. Ich durchsuche die ganze Wohnung, um sicherzugehen, dass er sich nicht irgendwo verborgen hält und mich beobachtet. Dann prüfe ich, ob das Geld sich noch im Versteck befindet. Alles ist an seinem Platz. Ich beschließe, sofort mit Dimitr zu sprechen:

»Ich will nicht, dass du die Wohnung betrittst, während ich schlafe oder nicht da bin.«

»Ich habe geklopft, aber du hast geschlafen. Und wegen der Ratten wollte ich das Essen nicht vor der Tür stehen lassen. Gestern habe ich gesehen, dass du sehr müde warst. Ich dachte, ich tue dir einen Gefallen, wenn ich …«

»Mach das nicht noch einmal. Das ist mir unangenehm.«

»In Ordnung. Glaubst du, ich will es ausnutzen, dass dein Freund verschwunden ist? Hast du etwa Angst vor mir?«

»Nein.«

Ich gehe wieder die Treppe hinauf. Er wendet den Blick nicht von mir. Ich drehe mich zu ihm um und sage mit fester Stimme:

»Dimitr, glaub bloß nicht, dass ich eine schwache Frau bin.«

Aber genützt hat das nichts. Er hat immer noch den Schlüssel, und eingeschüchtert habe ich ihn wohl auch nicht. Gegen Abend klopft er an meine Tür. Ich bedecke Schultern und Dekolleté mit einem dicken Schal. Mein Aufzug scheint ihn zu amüsieren.

»Eine gewisse Sionne möchte dich sprechen.«

»Wo ist sie?«

»Unten an der Tür. Darf sie hochkommen?«

»Ja.«

»Wenn du etwas brauchst, kannst du mich rufen. Selbst wenn es mitten in der Nacht ist.«

»In Ordnung.«

Nach ein paar Minuten kommt Sionne. Sie ist eine Freundin aus Kindertagen und die Frau von Maurce, der Lucen nahesteht. Sie umarmt mich lange. Gegen meine Tränen bin ich machtlos. Wir setzen uns aufs Bett. Sie nimmt mich in den Arm und streicht mir sanft übers Haar.

»Ich wollte sehen, ob du mich brauchst. Du wohnst ja ziemlich schick. Maurce hat mich vorgewarnt. Die Miete ist bestimmt unfassbar hoch. Bald hast du kein Geld mehr, meine Große. Wie viel Kohle hast du noch?«

»Fast dreißig Gold-Écu.«

»Wahnsinn! Habt ihr eine Bank in der Oberstadt ausgeraubt?«

»Ich weiß nicht genau, was Lucen dafür getan hat. Aber wie du siehst, kann ich davon ein paar Monate leben. Ich muss einfach bis zu seiner Rückkehr durchhalten.«

»Firmie, du musst dich auf das Schlimmste gefasst machen. Maurce sagt, noch nie sei jemand aus dem verseuchten Wald zurückgekehrt.«

»Ich bin sicher, dass Lucen zurückkommt. Und in der Zwischenzeit musst du mich ab und zu besuchen. So ganz allein werde ich sonst verrückt.«

»Wenn ich kann, komme ich.« Sionne legt die Hände auf ihren Bauch. »Ich bin im fünften Monat.«

»Darf ich mal sehen?«

Sie hebt ihr Hemd hoch, sodass ich ihren Bauch betrachten kann. Dann nimmt sie meine Hand und legt sie auf ihre wunderbar zarte Haut. Sie führt meine Hand an eine Stelle, an der ich eine Art Vibration spüre. Ihr Baby bewegt sich. Ich lächle sie an. Wie gerne wäre ich auch schon so weit!

»Dieser Dimitr ist bestimmt aus den Lagern. Ist er nicht etwas seltsam?«

»Ja. Heute Nacht ist er in die Wohnung gekommen, während ich geschlafen habe, und hat mir Essen gebracht. Außerdem starrt er ständig meine Brüste an, wenn er mit mir spricht.«

»Hast du Angst? Soll ich mit Maurce reden?«

»Mach dir keine Sorgen. Ich weiß mich zu verteidigen. Schau mal.«

Aus einer Schublade hole ich Stricknadeln mit eigens geschärften Spitzen.

»Die können ziemlichen Schaden anrichten, wenn man mit ihnen umgehen kann. Mein Vater hat sie mir gegeben, als ich mit zwölf Jahren oft spät in der Hafengegend unterwegs war, um Wollknäuel aufzutreiben. Ich hatte immer mehrere davon in meinen Socken. Zum Glück habe ich sie nie gebraucht.«

In dieser Nacht stecke ich den Schlüssel von innen ins Schloss und verbarrikadiere die Tür mit einem Sessel. Trotzdem kann ich erst gegen drei Uhr morgens einschlafen. Wenig später weckt mich ein leises Quietschen. Im Dunkeln tappe ich zur Tür, aber dort rührt sich nichts. Das Geräusch kommt vom Lüftungsschacht im Bad, der mit einem großen Gitter verschlossen ist. Ich leuchte mit meiner Stirnlampe in den Schacht und frage verwirrt:

»Wer ist da? Was wollen Sie? Hauen Sie ab!«

Die Geräusche verstummen. Es klang wie eine Metallsäge oder Feile. Ich betrachte das Gitter, bemerke aber nichts Ungewöhnliches. Morgen, wenn ich ausgeschlafen bin, werde ich die Sache genauer untersuchen.

Am Morgen sehe ich, dass die Verriegelung des Gitters fast zu einem Drittel durchgesägt ist. Ich gehe hinunter zu meinem Vermieter und verlange eine Erklärung. Er wirkt nicht erfreut und begleitet mich unverzüglich in die Wohnung, um meine Aussage zu überprüfen. Sein Verhalten überrascht mich. Ich war sicher, dass er etwas mit der Sache zu tun hat, und wollte ihn zur Rede stellen. Vorsichtshalber habe ich eine angespitzte Stricknadel in meinem linken Ärmel versteckt. Entweder ist er ein wirklich guter Schauspieler, oder er ist wirklich beunruhigt. Jedenfalls verzieht er das Gesicht, als er meine Aussage bestätigt sieht. Er rennt aus dem Zimmer und schreit:

»Schließ dich ein, bis ich zurück bin.«

Wer könnte etwas gegen mich haben? Wer weiß, dass ich hier bin? Wer weiß, wie viel Geld ich habe? Wohin soll ich gehen, wenn dieser Ort für mich nicht mehr sicher ist?

Dimitr ist bald zurück. Im Schlepptau hat er einen Mann mit verbundenen Augen, der einen großen Leinensack mit Metallgegenständen – wahrscheinlich Werkzeug – bei sich trägt. Der Flüchtling bedeutet mir wortlos, ich solle schweigen und die Wohnung während der Reparaturarbeiten verlassen. Er wirft mir einen Schlüssel zu und deutet nach oben. Ich stecke den Schlüssel probehalber ins Schloss einer Tür, auf der mit Kreide *Terrasse* geschrieben steht. Er passt. Über zwei Treppen gelange ich aufs Dach. Ein sanftes Licht umgibt mich; der Nebel ist schwach. Hier kann man über dreißig Meter weit sehen! So weit habe ich noch nie zuvor blicken können. Ich erkenne sogar die Fenster des Hauses auf der gegenüberliegenden Straßenseite. Der erste Stock ist hell erleuchtet. Ich erkenne Spiegel und goldene Bilderrahmen wie in den Palästen, die man in Kinofilmen sieht. Doch nach ein paar Minuten werde ich unruhig. Nutzt Dimitr die Gelegenheit, um mein Zimmer zu durchsuchen? Dann findet er bestimmt mein Versteck. Vielleicht hat er die Sache ja zur Ablenkung inszeniert?

Auf Zehenspitzen schleiche ich die Treppe hinunter und beobachte die beiden Männer. Sie befestigen Halterungen an der Wohnungstür, um sie mit Metallriegeln sichern zu können. Das Licht stammt von einer Kerze. Anhand der Menge der verbrauchten Kerzen wird später der Lohn für die Arbeit berechnet. Dieses Verfahren ist nicht sehr zuverlässig, denn viele Handwerker kaufen Kerzen mit wenig Paraffin, die sehr schnell abbrennen. Die beiden machen viel Lärm, vor allem mit der Bohrmaschine. Regungslos beobachte ich die Männer, bis sie fertig sind. Endlich geht der Arbeiter. Dimitr ruft leise nach mir, als habe er meine Anwesenheit schon vor einiger Zeit bemerkt.

»Komm rein, ich muss mit dir sprechen.« Er deutet auf die Tür. »Wie du siehst, kannst du dich jetzt leicht verbarrikadieren. Wenn du die Riegel vorgeschoben hast, kann selbst ich nicht mehr hineinkommen. Das Gitter im Bad haben wir zugeschweißt. Bist du zufrieden?«

»Ja, vielen Dank. Weißt du, wer es auf mich abgesehen haben könnte?«

»Viele Leute suchen zurzeit nach Lucens Schatz. Seit gestern verbreitet die Miliz das Gerücht, die künftige Witwe Lucens hätte ein riesiges Vermögen, das Lucen bei den Terroristen als deren Sprengmeister verdient hätte. Du kannst dir also denken, dass dir viele Schurken auf den Fersen sind – genau wie einige Gruppierungen, die glauben, das Geld gehöre ihnen und müsse für den bewaffneten Kampf verwendet werden. Ich muss zuerst herausfinden, woher sie ihre Informationen haben. Vielleicht sind sie deiner Freundin gefolgt. Oder sie haben einen meiner Mitarbeiter bestochen, zum Beispiel einen der Unterhundert, die hier im Gebäude die Räder für die Stromerzeugung betreiben. Ich werde schnell herausfinden, wer dahintersteckt, und dann werde ich die Sache bereinigen. Vielleicht sehe ich nicht so aus, aber glaube mir, im Saubermachen bin ich richtig gut. Bis dahin darfst du dich auf keinen Fall von hier entfernen. Und wir müssen ein Klopfzeichen vereinbaren, damit du weißt, dass ich es bin.«

Ich schließe hinter ihm ab und schiebe die schweren Riegel vor die Tür. Ich fühle mich wie im Gefängnis. Ich darf nicht hinausgehen und bin von einem Flüchtling abhängig, dem ich nicht im Geringsten vertraue.

Lucen, wann kommst du zurück? Lucen, kommst du zurück?

Lucen

Als wir das Ziel erreichen, bin ich in einem schlechten Zustand. Ich habe Kopfschmerzen. Man zerrt mich grob aus dem Fahrzeug, gibt mir einen Stoß, und ich pralle gegen einen muskulösen Mann, der mich am Kragen packt. Er versetzt mir Fausthiebe gegen Schultern und Rücken. Ich versuche, mich, so gut es geht, zusammenzukrümmen. Jetzt schlagen sie mich zu mehreren. Die Kräfte verlassen mich. Vielleicht werden sie mich totschlagen.

Mit einem Mal hören die Schläge auf. Mein Körper ist nur noch eine schmerzende Masse. Aber ich lebe.

Man setzt mich auf einen Stuhl und fesselt mir die Hände hinter dem Rücken. Mein Kopf hängt nach unten. Ich warte lange.

Was hat mich bloß dazu getrieben, unser Versteck heute früh zu verlassen? Wusste ich nicht tief im Inneren, dass ich kaum Chancen auf eine Rückkehr hatte? Firmie hat es auch gespürt und mir mehrmals gesagt.

Doch ich musste handeln und unsere Situation so schnell wie möglich regeln. Und dafür musste ich Risiken eingehen. Ich wollte nicht monatelang wie ein verfolgtes Tier leben, darauf angewiesen, nicht verraten zu werden. In der Nacht, als ich ging, sagte ich mir, selbst wenn meine Unternehmung misslänge, könnte ich damit immerhin der Menschenjagd auf mich ein Ende setzen und könnte vielleicht bewirken, dass Firmie und später auch mein Baby von Strafen verschont würden. Ich hoffe, dass ich mich nicht irre und mein Opfer nicht umsonst ist.

Sie werden mich nicht sofort hinrichten, denn sie brauchen dringend Sklaven, um die Oberstadt mit Gas zu versorgen. Irgendwie werde ich es schaffen, zu fliehen und Firmie wiederzufinden. An diese Hoffnung klammere ich mich. Es kann nicht sein, dass mein Leben so schnell vorbei ist.

Männer in Zivil betreten den Raum und gehen an mir vorbei. Die beiden Milizionäre rechts und links von mir schleifen mich hinter ihnen her. Nun bin ich zum ersten Mal in einem Gerichtssaal. Auf dem Weg zu dem Käfig, der für mich bereitsteht, gewöhnen sich meine Augen an das Licht. Die zu geringen Strafen verurteilten Jungen und Männer, die in die Pedale treten, haben ihren Rhythmus gefunden. Mir gegenüber sitzen drei Männer. Der mittlere setzt sich ein schwarzes Barett auf. Dann liest er mit monotoner Stimme einen Text aus einem großen Heft vor. Er würdigt mich keines Blickes. Ich kann mich nur mit Mühe auf den Beinen halten. Meine Hände umklammern die Gitterstäbe des Käfigs.

»Angeklagter«, beginnt der Mann. »Im Lichte der gesammelten Beweise und ohne denkbare Gegenstimmen erkläre ich sie für schuldig, gemeinsam mit einer terroristischen Organisation Mordanschläge verübt zu haben. Sie werden zum Tod durch den Strang verurteilt. Vor Ihrer Hinrichtung müssen Sie sechs Monate Zwangsarbeit im verseuchten Wald leisten. Das Urteil ist rechtskräftig.«

Während die Richter bereits aufstehen, versuche ich, mir Gehör zu verschaffen:

»Mein Herr, könnten Sie mir bitte zuhören? Ich war nie Mitglied einer terroristischen Vereinigung …«

Ein Milizionär öffnet den Käfig und hält mir den Mund zu. Ich habe keine Kraft, Widerstand zu leisten. Die Tür zum Gerichtssaal schließt sich. Es ist vorbei.

Ich liege mit gefesselten Armen und Beinen auf der Ladefläche eines Pick-ups. Über den Kopf hat man mir einen groben Leinensack gezogen. Die Straße ist voller Schlaglöcher, und ich würde von der Ladefläche rollen, wenn nicht jemand mit schweren Stiefeln auf mir stünde. Manchmal drücken die Stiefel auf meine blauen Flecken. Ich stoße unwillkürlich Schmerzensschreie aus.

Nach einer halben Stunde hält das Fahrzeug. Man lässt mich von der Ladefläche rutschen wie eine beliebige Ware. Schnell entfernt sich das Motorengeräusch. Ich kann nicht aufstehen. Ich will schreien, aber ich bringe keinen Ton hervor. Die letzten Kräfte verlassen mich. Ich schlafe ein.

Ich wache auf, weil mir jemand billigen Alkohol unter die Nase hält. Ich liege auf dem Rücken und bin nicht mehr gefesselt. Ich will mich aufrichten, bin aber zu schwach. Langsam merke ich, dass einige Männer um mich herumstehen. Sie tragen Säcke mit Augenlöchern auf den Köpfen. Ein paar Meter weiter brennt ein Feuer, das mehr Rauch als Flammen produziert. Ein Mann beugt sich über mich:

»Taf hat uns gebeten, auf dich aufzupassen«, sagt er mit kratziger Stimme.

»Ihr kennt Taf?«

»Wer kennt ihn nicht? Unter den militanten Jewowisten ist er eine Art Legende. Er hatte hier auch schon einige Aufenthalte.«

»Wisst ihr, wo er ist? Ich habe ihn seit Wochen nicht gesehen.«

»Er muss sich im Moment versteckt halten, aber er wacht über dich. Er lässt seine Freunde nicht im Stich. Wir werden dir alles beibringen, was du hier zum Überleben brauchst. Dann bleibt nur zu hoffen, dass dein Körper sich an die neuen Lebensbedingungen gewöhnt. Das wissen wir in ein paar Tagen.«

»Wie denn?«

»Wenn du in den nächsten 72 Stunden nicht stirbst,

hast du eine gute Chance, eine Weile bei uns zu sein. Aber jetzt bekommst du erst einmal etwas zu trinken und zu essen. Dann musst du so viel wie möglich liegen, denn am Boden sind die Gase nicht so dicht. Versuch zu schlafen. Dein Körper muss sich erholen.«

»Wie heißt du?«

»Hans.«

»Der Name ist in der Unterstadt aber nicht gebräuchlich, oder?«

»Meine Herkunft ist nicht von Bedeutung. Hier sind wir alle Ausgestoßene.«

Ich kaue Trockenfleisch und zwinge mich, erdig schmeckendes Wasser zu trinken. Man hat mich mit mehreren Schichten Stoff bedeckt. Schnell fallen mir die Augen zu.

Heute kann ich aufrecht stehen. Ich habe draußen geschlafen, auf einer geflochtenen Matte, die wiederum auf einer hölzernen Platte liegt. Hans zieht mir einen Jutesack mit Augenlöchern über den Kopf. Er richtet ihn an meinen Augen aus und bindet mir eine Schnur um die Stirn, damit der Sack nicht verrutscht. Dann holt er ein Fläschchen aus der Tasche und tropft etwas Schnaps auf Höhe meiner Nasenlöcher. So machen das auch die Hafenarbeiter.

»Atme nicht zu tief ein. Sonst vernebelt es dir das Gehirn.«

Er führt mich einen kaum sichtbaren Weg entlang. Es geht durch rostfarbenes Gebüsch. Wir gehen langsam. Hans trägt eine Fackel, denn auf dem schlammigen, unebenen Boden funktionieren die Laufketten nicht.

Am Knurren der Hunde erkenne ich, dass wir die Arbeitszone erreicht haben. Ein starker Geruch dringt durch die mit Alkohol getränkten Tücher, die die Luft filtern sollen. Eine Menschenschlange wartet vor einer breiten Metalltür, die in ein imposantes, zylinderförmiges Gebäude führt. In der vom Schimmel geschwärzten Betonfassade entdecke ich kein einziges Fenster. Wir gehen an der Schlange vorbei bis zu einem Wachposten. Alle Wächter tragen Gasmasken und schwarze Ganzkörperanzüge. Wir stellen uns beim Befehlshaber vor. Er gibt Hans einige Zeichen, hebt einen Telefonhörer ab und spricht einen Satz hinein. Ich verstehe nichts, weil die Maske die Worte verzerrt. Der Unberührbare rät mir flüsternd:

»Wehr dich nicht. Leiste keinen Widerstand, sonst dauert es nur länger, und du leidest noch mehr.«

Ich will gerade nachfragen, da öffnet sich eine Tür, und ein Mann tritt heraus. Er packt mich am Ärmel und zerrt mich in einen Raum, der nur durch eine Kerze beleuchtet ist. Er drückt mich in einen Sitz, der – wie im Kino – mit Pedalen ausgestattet ist. Sofort stelle ich die Füße auf die Pedale und beginne zu treten. Ich höre, wie der Mann sich an einer Werkbank zu schaffen macht. Jetzt kehrt er zurück. In der Hand hält er eine Art Stift, der an einem Ende spitz ist und an dessen anderem Ende ein Stromkabel angebracht ist, das der Wächter nun an den Stuhl anschließt. Dann packt er meinen rechten Arm. Obwohl ich so etwas noch nie gesehen habe, ist mir sofort klar, dass ich nun tätowiert werde. Mein Freund Syvain, der Rattenexperte, ist im Nacken tätowiert und hat mir erklärt, wie es funktioniert. Er hat ein Tattoo, seit er im

Alter von acht Jahren einer Kinderbande im Untergrund beitrat. Ich hole tief Luft. Der Mann drückt den Stift fest auf, und es qualmt ein bisschen. Mein ganzer Körper zittert. Dann ist er fertig. Er klebt mir ein Pflaster auf die tätowierte Stelle und räumt seine Utensilien auf, doch schnell ist er wieder bei mir und zetert herum – wahrscheinlich, weil ich nicht schnell genug aufstehe. Er versetzt mir einen Stoß, der mich bis zur Tür schleudert. Dahinter erwartet mich bereits Hans.

»Das Schlimmste hast du hinter dir. Jetzt musst du dich registrieren lassen.«

Ich verbringe fast eine Stunde – ohne Sack auf dem Kopf – in einem abgelegenen Verschlag. Man nimmt mir die Fingerabdrücke ab, fotografiert mich von vorn und von der Seite und geht alle Punkte in meiner Akte einzeln durch. Die Wächter sprechen nicht. Sie lauschen nur meinen Antworten, die ich anhand einer auf den Tisch geklebten Fragenliste gebe. Plötzlich betreten mehrere Männer den Raum. Die Wächter schrecken auf und nehmen Haltung an. Ich mache es ihnen nach, wage aber nicht aufzublicken. Einer der Männer kommt ganz nah an mich heran. Er ist riesig; vor allem sein Kopf wirkt unverhältnismäßig groß. Er überfliegt meine Akte und verlässt den Raum genauso plötzlich, wie er gekommen ist. Die Wächter warten eine Weile und lauschen auf das geringste Geräusch, ehe sie ihre Arbeit wieder aufnehmen. Als wollten sie sichergehen, dass der Mann sie nicht heimlich beobachtet. Auf den Stufen vor dem Eingang wartet Hans auf mich.

»Na, hast du Rihard gesehen?«

»Er ist ein Monster.«

»Das ist ziemlich dicht an der Wahrheit dran. Los, wir gehen zurück zum Lager.«

»Muss ich heute nicht arbeiten?«

»Im Silo, mit den anderen, die vorhin gewartet haben? Nein, das machen wir nur jeden dritten Tag. Mehr hält der Körper nicht aus.«

»Ich dachte, es sei ihnen hier egal, wenn die Unberührbaren sterben.«

»Nicht ganz. Schließlich wollen sie unsere Arbeitskraft so lange wie möglich erhalten. Außerdem hoffen sie, dass einige von uns bis zum Tag ihrer Hinrichtung am Leben bleiben.«

»Und das gilt für mich.«

»Allerdings.«

Im Lager kochen ein paar Gestalten, die ich gestern schon gesehen habe, einen Tee aus Kräutern. Hans stellt uns vor. Da ich ihre Augen nicht sehen kann, bin ich nicht sicher, ob ich sie später wiedererkennen werde. Julen, Dlan und Pul nicken mir zur Begrüßung zu. Bei genauerem Hinsehen bemerke ich, dass die Säcke auf ihren Köpfen sich jeweils leicht unterscheiden. Viele haben die Augenlöcher mit Wollfäden versäumt, um das Ausfransen zu verhindern. Bei Pul sehen die Säume aus wie überdimensionale Augenbrauen. Julen hat mit Tinte einen dicken Strich anstelle seines Mundes gezeichnet. Wir nehmen die Säcke ab, um das bittere Gebräu zu trinken. Dabei fällt mir auf, dass alle anderen mehr oder weniger dichte Bärte tragen. Hans erklärt mir das Lagerleben:

»Wir leben hier in Zyklen von je drei Tagen Dauer. Am ersten Tag arbeiten wir im Silo, am zweiten sammeln wir draußen Abfälle, mit denen das Silo befüllt wird, und am dritten Tag erholen wir uns und kümmern uns um unsere Essensvorräte. Wenn es hell ist, angeln wir, stellen Fallen auf und sammeln Kräuter und Pilze. Andere bewachen das Lager und trocknen das Fleisch.«

»Du bist also ein Restaurateur?«, fragt Julen. »Ein nützlicher Beruf.«

»Nicht hier«, antworte ich. »Hier gibt es kein Material, das man zusammenbauen, und keine Gegenstände, die man reparieren könnte.«

»Wir haben immerhin die Mine.«

»Halt den Mund, Julen«, knurrt Hans. »Wir werden noch sehen, ob wir ihm alles anvertrauen können.«

»Ich verstehe. Hoffentlich kann ich euch bald beweisen, dass ihr mir vertrauen könnt.«

Dann brechen Julen, Pul und ich auf. Der Weg führt durch mooriges Gelände. Ich bleibe dicht bei den anderen, denn sie bewegen sich gänzlich ohne Lichtquelle fort. Manchmal bleiben sie ein paar Minuten stehen und horchen nach anderen Gruppen, die sich im selben Gebiet bewegen.

»Die Natur ist hier nicht gerade großzügig«, flüstert Julen mir zu. »Deshalb hält jeder seine Fundorte geheim.«

Der Schlamm wird immer tiefer und das Vorankommen entsprechend schwieriger. Nach gut hundert Metern gelangen wir auf festeren Untergrund. Pul entzündet ein Streichholz, bringt damit ein fettiges Tuch zum Brennen und steckt es in ein Glas. Das Glas stellt er auf ein Holzbrett, das er auf einem Tümpel mit schwarzem, öligem Wasser treiben lässt. Das Brett beginnt zu zittern. Plötzlich taucht das Maul eines Tieres auf. Julen rammt einen Stock zwischen die Kiefer und zieht das Tier aus dem Wasser. Pul holt das Licht wieder an Land und leuchtet das zuckende Tier an. Mit einem Messer schneidet er ihm den Kopf ab. Leicht angeekelt frage ich:

»Was ist das?«

»Es hat keinen Namen. Es ist eine Art degenerierter Aal«, erklärt Pul. »Schau dir mal die scharfen Zähne, die spitzen Stacheln am Rücken und die grünlichen Pusteln an. Die Haut ist giftig, aber das Fleisch ist nahrhaft.«

»Und wirklich ekelhaft«, fügt Julen hinzu.

Gerges

Dies ist die erste Nacht, in der mich die Jungs nicht wegen eines Notfalls wecken und in der ich länger als vier Stunden am Stück schlafen kann. In den letzten Tagen waren unsere Milizquartiere voller Terroristen, die wir mit großem Energieaufwand zum Sprechen bringen mussten. Außerdem habe ich an einer Geheimaktion teilgenommen: Wir haben einen Terroristenanführer aus der Oberstadt entführt. Wir waren in Zivil und die ganze Zeit maskiert. Den Typen haben wir uns gegriffen, als er ganz in Ruhe mit seiner Familie beim Essen saß. Seine zwei Leibwächter lagen zu diesem Zeitpunkt schon erwürgt im Treppenhaus. Selten habe ich einen derartigen Adrenalinschub gespürt wie bei dieser Aktion.

Jetzt liege ich seit etwa einer halben Stunde wach.

Ganz in der Nähe schnarcht mein Vater. In ein paar Tagen können wir in unser Haus zurückkehren – bis dahin wird es wieder bewohnbar sein. Ich fürchte mich vor der Rückkehr, denn dort bin ich mit den Erinnerungen an meine Mutter konfrontiert. Seit ihrem Begräbnis habe ich nicht viel an sie gedacht. »Erst die Rache, dann die Tränen«, hat mein Vater gesagt. Lucen ist verurteilt, und sein Leiden fängt gerade erst an. Seine Komplizen und Chefs haben schon ziemlich viel durchgemacht und verfaulen in unseren Kerkern, während sie auf ihre Strafen warten.

Die Tränen bleiben aus. Ist es normal, dass ich keinerlei Schmerz verspüre? Ist es möglich, dass meine Mutter und ich nebeneinanderher gelebt haben, ohne das Geringste füreinander zu empfinden? Ich habe schon versucht, mich an die schönen Momente mit ihr zu erinnern, an Zärtlichkeit und Lächeln. Aber da ist nichts. Ich habe zwar gesehen, wie sie diese Gefühle gezeigt hat. Doch sie galten immer nur meinem großen Bruder Kéin. Er war stark, entschlossen und verkörperte alle Eigenschaften meines Vaters. Bewegt sah meine Mutter zu, wenn er die Uniform anzog. Sie klopfte imaginäre Staubkörner von seiner Jacke. Wie gern sie ihn berührte und umarmte! Ich bewunderte meinen Bruder, genau wie alle anderen es taten, und ich träumte davon, ihm eines Tages zu gleichen. Als Kéin vor sechs Jahren starb, wurde der Platz, den er in unserem Haus einnahm, sogar noch größer. Alles dort erinnerte an ihn: die Fotos an den Wänden und die Kerze in einer Nische in der Vorratskammer, die immer brennen musste.

Ich habe alles anders gemacht. Meine Identität entwickelte ich außerhalb der Familie, auf der Straße, im Kontakt mit meinen Freunden. Manchmal empfand ich meinen Eltern gegenüber sogar Misstrauen, weil ich unter dem Einfluss dieser Typen stand, die für mich jetzt gar nicht mehr existieren. Heute glaube ich, dass mich die Freunde von damals manipuliert haben, dass ich nicht mehr als ein Spielball ihrer Interessen war. Wegen Lucen wäre ich fast vom rechten Weg abgekommen! Er gab sich nett, als eine Art Ersatzbruder, und wickelte mich damit ein. Doch der Drecksack hat meine Mutter getötet, indem er eigenhändig eine Bombe vor meinem Fenster platzierte. Wo er jetzt ist, soll er von mir aus verrecken und dabei möglichst viel leiden. Die Jungs, die ihn festgenommen haben und beim Prozess dabei waren, haben mir von seinem lächerlichen Widerstand erzählt. Selbst als ihm die Beweise unter die Nase gehalten wurden, spielte er noch das Unschuldslamm. Der Typ ist eine Schande. Ich ärgere mich über mich selbst, weil ich einst an ihn geglaubt habe.

Der Wachposten am Eingang unseres Hauses hat mir gesagt, dass Snia mehrmals vorbeigekommen ist. Meiner Anordnung zufolge hat er sie stets abgewiesen. Heute überreicht er mir einen Brief von ihr.

»Du solltest ihn lesen, Gerges«, rät er freundschaftlich. »Ich habe den Eindruck, dass die Kleine es ernst meint und wirklich an dir hängt. Vielleicht hat Lucen sie genauso beeinflusst wie dich. Gib ihr eine Chance.«

Wortlos stopfe ich den Brief in die Tasche. Ich hatte mit Snia wirklich glückliche Momente, ehe ich den Bericht über sie las. Noch heute zittere ich, wenn ich an diese Augenblicke denke. Wie sie sich zärtlich an mich schmiegte. Damals war ich sicher, dass ihre Augen nicht logen. Ich habe unseren Nachmittag im Kino sehr genossen. Auf dem Hinweg nahm sie mich an der Hand, und später küsste sie mich auf den Mund – angeblich weil ich sie vor Bösewichten beschützt hatte, die sie auf offener Straße verprügeln wollten. Aber am schönsten war die Zeit im Kino selbst. Ich habe die ganze Zeit allein in die Pedale getreten, damit unsere Verabredung möglichst lange dauerte. In diesem Moment begehrte ich nicht nur ihren Körper, sondern ihr ganzes Wesen, ihren Atem ganz nah an meinem Hals, ihre Haare, die mich am Kinn kitzelten und so gut rochen, und den Klang ihrer Stimme.

Diese Erinnerungen sind aus heutiger Sicht wie Verletzungen, die ich noch absichtlich mit einer Messerspitze vertiefe. Ich muss sie aus meinem Kopf vertreiben und mich mit etwas anderem beschäftigen. Françoş hat mir von seiner Schwester erzählt. Sie sucht einen maßvollen Begleiter, der bereit ist, mit allen Mitteln für die Sache zu kämpfen. Eines Morgens begleitete sie ihren Bruder. Ihre Formen sind so ansprechend wie die der Prostituierten am Hafen, doch ihr Blick ist offen und ehrlich. Genau so ein Mädchen brauche ich. Sie würde mir schöne Kinder schenken. Ich werde es mal bei ihr versuchen.

Gerade als ich Snias Brief zerreißen will, bittet mein Vater mich, ihn in den Versammlungsraum zu begleiten. Also stecke ich das blöde Ding wieder ein.

Es sind nur die Männer anwesend, denen mein Vater bedingungslos vertraut. Das schließt die Alkoholiker und Unreifen prinzipiell aus. Diese beiden Sorten von Milizionären haben die unschöne Neigung, draußen mit ihren Taten zu prahlen. Manchmal ist das ganz nützlich, und mein Vater bedient sich ihrer, um Informationen »durchsickern« zu lassen. Meistens gefährdet ihr Verhalten aber unsere Operationen.

Sobald die Tür hinter uns geschlossen ist, beginnt mein Vater:

»Wir haben zu viele Gefangene. Es wird schwer, jeden eines Vergehens anzuklagen. Ihr kennt ja die Richter: Wenn Beweise fehlen, lassen sie hin und wieder einen frei. Dass wir vor sechs Monaten einen Gerichtsschreiber verprügelt haben, sicherte uns eine Zeit lang ihre Unterstützung. Aber jetzt hören sie nicht mehr auf uns. Es kann nicht 36 Einzellösungen geben: Um die Gefangenen, bei denen Zweifel bestehen, müssen wir uns persönlich kümmern.«

Allseitiges Nicken zeigt an, dass niemand dem Chef widersprechen wird.

Franços schlägt vor: »Wir streuen das Gerücht, sie seien geflohen, knallen sie ab und vergraben die Leichen im Steinbruch.«

»Gute Idee«, findet mein Vater, »aber dann wird die Bevölkerung glauben, die Flucht aus unserem Gefängnis sei nicht schwer. Und das ist nicht gut für uns. Wir brauchen eine andere Idee.«

»Spritzen«, meint Clude. »Vor drei Jahren hat das gut funktioniert. Und selbst wenn sie nicht alle sofort sterben, leben sie auch im Falle eines Freispruchs nicht mehr lange. Dann wäre die Botschaft deutlicher.«

»Brillant, mein Junge!«, lobt unser Chef. »Nimm Gerges heute Nacht mit ins Krankenhaus.«

Ich mag dieses Krankenhaus nicht. Es riecht immer noch nach dem Tod meines Bruders und erinnert mich an die Tränen meiner Mutter. Ich erinnere mich, wie ich damals mit meinen Eltern hier war. Mein Vater trat mit seinen großen Schuhen gegen die Fliesen, um sich abzureagieren. Ich erinnere mich nicht, was ich selbst in diesem Moment getan habe. Vielleicht war ich zu diesem Zeitpunkt für meine Eltern schon durchsichtig geworden.

Clude kennt den Weg. In seinem Gesicht spiegelt sich eine beeindruckende Entschlossenheit. Schon in der Eingangshalle treffen uns neugierige Blicke – was wir wohl zu so später Stunde hier machen? Doch niemand wagt es, uns Fragen zu stellen. Wir betreten eine Umkleidekabine und ziehen Arztkittel über unsere Kleidung. Mein Kollege holt Namensschilder aus der Tasche und heftet sie an unsere Brusttaschen.

»Von jetzt an gehen wir mit normaler Geschwindigkeit. Wenn uns jemand aufhält, überlässt du mir das Reden.«

Über das Treppenhaus gelangen wir in den dritten Stock. Dann geht es durch einen langen, menschenleeren Flur. Clude hält mich zurück, ehe wir die offene Tür des Schwesternzimmers erreichen. Die Schwestern kehren uns den Rücken zu und unterhalten sich leise. Wir schleichen an ihnen vorbei und gelangen zu einer Tür, die mit einer dünnen Metallschicht überzogen ist. Clude holt einen Schlüssel aus der Tasche. Er passt.

»Das Krankenhaus hat das Schloss nach unserem Diebstahl austauschen lassen. Aber Grégire hat den Schlosser ausgesucht. Wir sollten hinter uns abschließen.«

Mein Freund scheint in seinem Element zu sein. Er

zieht sterile Handschuhe an, reicht auch mir welche und warnt mich:

»Von jetzt an müssen wir ganz langsam, ruhig und vorsichtig vorgehen.«

Mit zwei dünnen Eisenstäben öffnet er das Schloss eines kleinen Gefrierschranks. Dann liest er die Etiketten auf den dort verwahrten Fläschchen. Alle enthalten eine dunkelrote Flüssigkeit – wahrscheinlich Blut. Clude wählt vier aus und stellt sie auf einen Schreibtisch. Aus der Tasche holt er eine Spritze, mit der er aus jedem Fläschchen eine Probe entnimmt. Dann mischt er alles in eine leere Phiole, die er aus einem Mülleimer gefischt hat. Als Nächstes wirft er Spritze und Handschuhe weg und zieht ein neues Paar an. In den Schubladen sucht er nach einem dicken Gummiband, das er sich um den Bizeps bindet.

»Hol eine verpackte Spritze und packe sie aus. Dann musst du mich stechen. Ich zeige dir, an welcher Stelle.«

Er klopft sich auf den Oberarm, bis die Haut sich rötet. Er zeigt mir eine Vene. Ich habe so etwas noch nie getan, doch ich handle, ohne zu zögern. Ich nehme ihm Blut ab, bis er mir mit einem Kopfnicken bedeutet, es sei genug. Anschließend füllt er mit seinem Blut die vier Fläschchen auf und stellt sie exakt an ihren alten Platz zurück.

Möglichst unauffällig verlassen wir das Krankenhaus, in dem wir uns höchstens 20 Minuten aufgehalten haben. Ich frage:

»Kennst du dich damit aus? Wie hast du die Fläschchen ausgewählt?«

»Eigentlich nicht. Ich weiß, dass sie dort das mit den gefährlichsten Viren infizierte Blut aufbewahren. Im Fall einer Epidemie können sie damit Impfstoffe herstellen.

Auf den Etiketten befinden sich kleine rote Totenköpfe. Ich habe einfach die Fläschchen mit den meisten Totenköpfen genommen. Mit diesem hoch konzentrierten Mistzeug werden wir Wunder bewirken!«

Ludmilla

Ein paar Stunden nach seinem Besuch in unserem Haus hat Siremain sich in seiner Zelle umgebracht. Das erfahre ich aus der Zeitung, die ich seit einiger Zeit lesen darf. Er hat Frau und Tochter einen Abschiedsbrief hinterlassen, in dem er seine Verbrechen bereut und sich entschuldigt, weil er die beiden zurücklassen muss. Der Artikel listet auch Aussagen seiner Kollegen auf. Manche schildern ihn als mustergültigen, sympathischen Mitarbeiter und »guten Familienvater«, der niemals einen solchen Verrat begehen könne. Andere zeigen sich von seinem Vergehen nicht überrascht und beschreiben ihn als instabile, geldgierige Persönlichkeit. »Ich dachte mir schon, dass er etwas im Schilde führte, und hatte stets ein Auge auf ihn«, so ein Kollege. Was hat mein Vater diesem Mann geboten, damit er seinen früheren Wegbegleiter dermaßen denunziert? Ist er zu weiteren Grausamkeiten fähig?

Nach diesem Ereignis verändert sich mein Leben. Die Schwestern Broons geben mir zu verstehen, dass ich im Schachklub nicht länger erwünscht bin. Ich habe das Gefühl, bestraft zu werden, obwohl ich doch nur ihre Befehle befolgt habe. Sie beschließen, dass ich trotzdem mit François zusammenbleiben soll – bestimmt, damit er ihnen Dinge weitererzählen kann, die ich ihm anvertraue. Immerhin ist und bleibt mein Vater in ihren Augen ein sehr bedeutender Mann. Schnell merke ich, dass mich der Ausschluss aus der Gruppe sogar erleichtert: Jetzt kann ich ein normales Leben führen, ohne irgendwelche Dramen auszulösen. Als ich den Wiedervereinigern beitrat, glaubte ich, mich für das Gemeinwohl einzusetzen, doch mein einziges konkretes Engagement bewirkte den Selbstmord eines Menschen und stürzte dessen Familie in die Verzweiflung und den Ruin. So etwas kann ich nicht. Ich bin nicht in ausreichendem Maß persönlich von Ungerechtigkeiten betroffen, nicht überzeugt genug von der Sache und so wenig mutig, dass es an Feigheit grenzt.

Meine Beziehung zu François wird von Tag zu Tag intensiver. Was ich für ihn empfinde, kannte ich zuvor nicht, und es verwirrt mich. Ich spüre, dass es ihm genauso geht. Eines Abends verkündet François beim Abschied, ehe wir weitergehen könnten, müssten wir uns ernsthaft unterhalten.

Am folgenden Samstag sitzen wir in meinem Zimmer einander gegenüber – ganz wie bei einer Partie Schach. Ich habe meinen Spiegel mit einem großen Tuch verhängt, damit Yolanda nichts mitbekommt.

»Wenn wir ein richtiges Liebespaar werden wollen«, flüstert François, »dann beginnt jetzt eine neue Phase unserer Beziehung. Für mich ist das sehr wichtig. Es bedeutet, dass wir uns wirklich füreinander entscheiden.«

»Ich weiß«, antworte ich mit fester Stimme. »Und ich bin dazu bereit.«

»Aber können wir uns wirklich verloben, obwohl wir geschworen haben, unsere persönlichen Interessen denen der Gruppe unterzuordnen?«

»Unsere Beziehung steht nicht im Konflikt mit unserem Engagement. Durch unsere Liebe verraten wir schließlich niemanden.«

»Und wenn die anderen uns zwingen, alles zu beenden?«

»Ich wüsste nicht, weshalb sie dazu das Recht hätten.«

Er sieht mich ernst an. Dann lächelt er und fasst mich an den Händen. Wir umarmen uns lange. Nie habe ich tieferes Glück verspürt.

In den folgenden Wochen gleicht mein Leben einem Traum. Seine Sanftheit, Leidenschaft und Zärtlichkeit erfüllen mich ganz. In seinen Armen kann ich an manchen Nachmittagen alles Unheil vergessen, das ich verursacht habe. Mein Geliebter versucht, mich immer wieder vergeblich zu überzeugen, dass ich doch kein Feigling bin. Indem ich meinen Vater nicht angefleht habe, Siremain zu verschonen, hätte ich pragmatisch gehandelt. Er ist zutiefst überzeugt, dass mein Vater mein Bitten niemals erhört hätte. Vielleicht hat er recht, aber im Moment weigere ich mich noch, das zuzugeben. »Du gefällst dir als reuige Sünderin«, behauptet er eines Tages. Und es stimmt: Ich will leiden, denn ich verdiene es nicht anders.

Mein Vater kommt an den Wochenenden immer seltener nach Hause. Doch wenn er hier ist, lässt er mich weder Schmerz noch Enttäuschung spüren. Er lächelt mich oft an und fragt sogar manchmal nach François. Ich hingegen bin immer unsicher, wenn er hier ist. Gern würde ich die Karten auf den Tisch legen, ihn fragen, was genau er über mich herausgefunden hat und welche Rolle er mich spielen ließ. Aber ich wage es nicht. Vielleicht hofft ein Teil von mir gegen jede innere Logik immer noch, dass nichts Schlimmes geschehen und ich die Tatsachen falsch gedeutet habe.

Doch eines Abends verstört mein Vater mich zutiefst. Es ist ein Sonntag, und wir sind gerade mit dem Abendessen fertig, als er ankündigt:

»Ich habe ein Dokument mitgebracht und möchte, dass du es liest. Es stammt aus einer Akte über einen Jungen deines Alters, der in der Unterstadt lebt.«

»Warum sollte mich das interessieren?«

»Weil es Zeit ist, dass du die Welt um dich herum etwas besser verstehst. Du hast eine zu romantische Vorstellung von der Gesellschaft. Für dich läuft alles auf eine Opposition zwischen den netten, unterdrückten Armen und den bösen, privilegierten Reichen hinaus. Aber in Wirklichkeit ist das Leben viel komplizierter. Außerdem war ich zufällig beim Begräbnis eines Anschlagopfers. Die Unterlagen dazu sind in einem braunen Umschlag, auf dem mit Rot dein Name steht. Hol den Umschlag aus meinem Büro, bevor du auf dein Zimmer gehst. Einverstanden?«

»Ja«, antworte ich nüchtern.

Zum Glück habe ich den Umschlag nicht in seiner Gegenwart geöffnet. Ich hätte meine Aufregung nicht verbergen können.

Persönliche Akte von Lucen, 17 Jahre, Sohn von Arand, Restaurateur auf 410.

Ich lasse die Blätter fallen und werfe mich aufs Bett. Das weiß er also auch! Wie hat er das gemacht? Wie lange spielt er mir schon etwas vor? Ich atme tief durch, ehe ich weiterlese.

Mit Entsetzen erfahre ich, dass Lucen festgenommen und zum Tod durch Erhängen verurteilt wurde. Die Beweise seiner Beteiligung an einem tödlichen Anschlag sind aufgelistet; seine Schuld scheint zweifelsfrei bewiesen. Wie konnte so ein netter Junge kaltblütig eine Mutter töten, zumal die seines besten Freundes? Es ist auch die Rede von einer großen Summe, die er für dieses Verbrechen erhalten hat. Es scheint, als habe er nur aus Gier gehandelt. Wiederholt taucht der Ausdruck »Söldner der Terroristen« auf. Eine Notiz am Seitenende nennt eine gewisse Firmie als seine Komplizin, die wohl schon von ihm schwanger sei und von der Polizei gesucht werde, da sie das von Lucen gestohlene Geld habe.

Ohne anzuklopfen, kommt mein Vater gegen 22 Uhr in mein Zimmer, um die Unterlagen wieder an sich zu nehmen.

»Ich möchte, dass du darüber mit niemandem sprichst. Diese Dokumente sind als ›geheim‹ klassifiziert und dürfen eigentlich nicht außerhalb der Räumlichkeiten der Sicherheitsbehörde gelesen werden.«

»Ich werde nichts davon erzählen, Papa.«

»Dessen bin ich sicher. Ich wusste schon immer, dass ich dir vertrauen kann.«

»Wurde dieser Lucen hingerichtet?«

»Nein, noch nicht. In der Unterstadt werden alle Todesstrafen erst nach sechsmonatiger Zwangsarbeit im verseuchten Wald vollstreckt. Gute Nacht, Ludmilla, und geh nicht zu spät schlafen.«

François erzählt mir nie von den Missionen, an denen er teilnimmt. Einmal wollte er es tun, aber ich unterbrach ihn, denn ich will lieber nichts wissen, damit ich ihn nicht eines Tages verrate. Vielleicht auch, um mir nicht im Nachhinein um ihn Sorgen zu machen. Eines Abends entdecke ich in der Zeitung einen Artikel, der schildert, dass am Todestag des Broons-Bruders Flugblätter verteilt wurden. Der Journalist beschreibt die Sache als »studentisches Happening« und gibt sich Mühe, dem Ereignis jeden politischen Anstrich zu nehmen und es auf eine »Aktion zur Erregung von Aufmerksamkeit« zu reduzieren. Weiter unten lese ich, dass die Polizei, die an öffentlichen Plätzen immer präsent ist, den Menschen offiziell untersagt hatte, die Blätter aufzuheben, und dass die Straßenreinigung sofort angewiesen wurde aufzuräumen. Eine halbe Stunde später kehrte wieder Alltag ein – als sei nie etwas geschehen. All diese Mühen und Risiken für nichts und wieder nichts …

Grisella ist begeistert, dass ich nicht mehr im Schachklub bin. Zunächst kommen wir einander dadurch wieder näher. Sie ist überzeugt, dass ich nur hingegangen war, um François herumzukriegen. Ich hüte mich, sie vom Gegenteil zu überzeugen. Sie hat nun endlich selbst einen Freund, der aber nicht auf unsere Schule geht. Er heißt Eugène und studiert Jura. An der Jacke trägt er das Abzeichen einer extremistischen Jaspistengruppe. Grisella gibt mir zu verstehen, dass sie regelmäßig an Versammlungen dieser Gruppe teilnimmt.

»Er ist der Anführer seiner Gruppe und sehr intelligent. Er hat ein unglaubliches Charisma. Wenn er spricht, sind alle still. Es ist, als sei die Luft dann elektrisch aufgeladen. Wirklich beeindruckend.«

»Sind deine Eltern damit einverstanden, dass du zu den Treffen gehst?«

»Ja. Sie respektieren es. Vor allem deshalb«, fügt sie lächelnd hinzu, »weil sie meine Ansichten teilen. Aber ich darf nicht an den Demonstrationen teilnehmen, denn die entwickeln sich manchmal zu Schlägereien.«

»Dein Freund geht aber hin?«

»Er liebt es, die Wievis zu verprügeln.«

Weil ich sie sprachlos anstarre, erklärt sie:

»Na die Wiedervereiniger! Du weißt doch, von wem ich rede? Das sind Leute, die wollen, dass wir verschwinden und uns mit den Schweinen vermischen, die in der Nox leben.«

»Das hatte ich schon verstanden.«

Mein Verhältnis zu Yolanda verbessert sich schlagartig, nachdem ich ihr kleines Geheimnis entdeckt habe: Eines Nachts konnte ich nicht schlafen, weil ich Halsschmerzen hatte, und ging in die Küche, um mir einen Tee mit Honig zu machen. Plötzlich hörte ich ein Geräusch von der Haustür her. Jemand steckte einen Schlüssel ins Schloss! Ich glaubte zunächst an einen Einbruch oder, noch schlimmer, einen Entführungsversuch. Starr vor Angst blieb ich an Ort und Stelle. Dabei hätte ich doch nach meinem Kindermädchen rufen müssen. Doch aus meinem Mund kam nur ein kaum hörbares Röcheln. Als ich sah, dass es Yolanda war, verlor ich das Bewusstsein.

Am nächsten Morgen wachte ich in meinem Bett auf. Sie muss mich letzte Nacht dorthin getragen haben. Beim

Frühstück wirkte sie nervös und vorsichtig. Sie hatte Angst.

»Ich werde Sie niemals an meinen Vater verraten, Yolanda«, beruhigte ich sie.

»Warum denn nicht?«, fragte sie leicht aggressiv.

»Weil ich das noch nie getan habe. Aber …«

»Ich wusste, dass noch ein Aber kommt.«

»Spielen wir mit offenen Karten, Yolanda. Sie spionieren mich im Auftrag meines Vaters aus, weil Sie dazu gezwungen werden. Aber ich weiß, dass Sie ihm nicht alles erzählen. Zum Beispiel haben Sie ihm nichts von meiner … intimen Beziehung zu François erzählt. Wenn mein Vater das wüsste, würde er der Beziehung bestimmt ein Ende setzen.«

Yolanda wirkte peinlich berührt. Ich merkte, dass ich auf dem Holzweg war.

»Ach, er weiß davon?«, fragte ich verstört. »Wie dem auch sei … Ich habe jedenfalls Ihre Sachen neulich durchsucht, weil ich wütend auf Sie war. Ich weiß, dass Sie ein Kind haben.«

Yolanda sah mich reglos an. Sie wirkte kontrolliert, aber ihre Augen zuckten unwillkürlich. Ich fuhr fort:

»Ich glaube, dass Sie das Kind nachts besuchen. Aber ich wüsste nicht, inwiefern das meinen Vater etwas anginge.«

Nach langem Schweigen flüsterte sie:

»Was wollen Sie als Gegenleistung?«

»Momentan gar nichts. Habe ich richtig geraten?«

»Ja. Mein Sohn lebt seit vier Jahren in einem Waisenhaus hier im Viertel. Ihr Vater hat mir versprochen, dass ich ihn eines Tages wieder zu mir nehmen darf, wenn ich ihm bedingungslos gehorche. Ich kann meinen Sohn nicht aufgeben. Fast jede Nacht schleiche ich mich in seinen Schlafsaal und lege mich ganz dicht neben ihn. Ich flüstere ihm ins Ohr, damit er mich nicht vergisst, atme seinen Geruch ein und streiche ihm übers Haar, wenn er im Schlaf unruhig ist. Ich wache über ihn und versichere mich, dass es ihm gut geht. Überlegen Sie einmal, wie verzweifelt ich an den Wochenenden war, an denen Sie mich eingesperrt haben.«

»Wurden Sie denn noch nie von einer Waisenhaus-Aufpasserin überrascht?«

»Nein. Ich habe einige Mitarbeiter bestochen. Bis jetzt haben alle den Mund gehalten.«

»Yolanda, können wir einander vertrauen?«

»Das kann ich nicht versprechen – es wäre nicht ehrlich. Ich muss zuallererst an meinen Sohn denken. Das verstehen Sie bestimmt. Ich kann Ihnen nur versprechen, dass ich Ihnen in Zukunft immer vorab sage, welche Informationen ich Ihrem Vater weiterleite.«

»Ist das alles?«

»Darüber hinaus kann ich Ihnen leider nichts anbieten. Unser Arrangement gibt Ihnen allerdings etwas Zeit, glaubwürdige Ausreden zu finden oder zu fliehen, falls die Lage ausweglos werden sollte. Aber Sie wissen ja, dass Ihr Vater letztlich immer die Wahrheit herausfindet. Vor so einem Vater kann man keine Geheimnisse haben.«

Firmie

Inzwischen bin ich ziemlich schwer. Mein siebter Schwangerschaftsmonat beginnt. Lucen ist immer noch nicht zurückgekehrt. Mit unserem Geld bin ich so sparsam wie möglich umgegangen, aber meine Lage wird von Tag zu Tag schwieriger. Ich habe nur noch drei Gold-Écus, die mindestens für zwei Wochen reichen müssen. Was soll nur aus mir werden? Und aus unserem Baby?

Mein Leben ist eintönig. Haushalt und Wäsche beschäftigen mich immerhin ein wenig. Ansonsten schlafe ich viel und spiele in Gedanken mit dem Baby, das mir aus dem Bauch heraus kleine Zeichen schickt. Mein Bauch verformt sich manchmal auf ganz seltsame Weise. Ich fühle mich komisch und zugleich wunderbar. Ich erzähle dem Baby oft von seinem Vater, aber auch davon, was wir alles tun wollen, wenn wir einst aus der Unterstadt hinausgelangen. Ich singe ihm selbst erfundene Lieder vor, denn richtige kenne ich nicht. Ich erzähle ihm, dass es in der Welt da draußen sehr mutig sein muss: Wir werden es zwar immer beschützen, aber überall lauern Gefahren. Ich sage ihm ständig, dass ich es liebe, auch wenn ich das Gefühl habe, dass es gerade schläft. Manchmal stelle ich mir vor, wie es mich anlächelt. Ich will es so schnell wie möglich in den Armen halten, aber ich will auch, dass Lucen an diesem Tag bei uns ist. Dimitr stellt mir jeden Tag um die gleiche Zeit das Essen vor die Tür. Unser Verhältnis ist immer noch distanziert. Er hat mir zu verstehen gegeben, dass er mir in der Sekunde seine Dienste verweigern wird, in der ich kein Geld mehr habe, und dass ich nie etwas anderes sein werde als eine Kundin. Ich will nicht ständig daran denken, was passieren wird, wenn ich kein Geld mehr habe. Seit über drei Monaten habe ich nichts von Sionne gehört. Ich hoffe, dass die Geburt gut verlaufen und das Baby lebensfähig ist. In der Unterstadt gehen die Mütter mit ihren Neugeborenen oft erst nach einem Jahr nach draußen. Bestimmt hält sie sich an diese Tradition, denn die Babys werden auf diese Weise nicht so häufig krank oder wenigstens erst später, wenn sie widerstandsfähiger sind. Neue Versuche, in meine Wohnung einzudringen, scheint es auch nicht gegeben zu haben. Eine Woche nach jener schrecklichen Nacht hat Dimitr mir zwischen den Zeilen mitgeteilt, er habe das Problem gelöst.

Ich gehe oft auf der Terrasse hin und her wie ein Gefängnisinsasse beim Ausgang. Wenn die Nox nicht zu dicht ist und es zulässt – was ein- oder zweimal im Monat der Fall ist –, betrachte ich die Leute im Haus gegenüber. Im Erdgeschoss ist ein Geschäft mit bestimmt sehr teuren Waren. Im ersten Stock liegt eine Wohnung mit einem großen, unbenutzten Raum voller Sofas und Sessel, die mit bunten Stoffen bedeckt sind. Heute brennt das Licht, obwohl niemand zu Hause ist. Die vielen Goldverzierungen an den Wänden erzeugen einen sanften Schimmer, ähnlich einem Sonnenaufgang im Film. Lucen und ich haben einander versprochen, eines Tages einen richtigen Sonnenaufgang zu sehen. Dreimal konnte ich bisher die Umrisse der Bewohner erkennen: In der Wohnung leben die Eltern, eine Bedienstete und die Tochter. Letztere verbringt ihre Tage mit Nichtstun, obwohl sie doch hinausgehen und die Welt sehen könnte. Niemand interessiert sich für sie, denn sie ist schwanger und hat keinen Ehemann – genau wie ich. Sie liegt auf dem Bett, mümmelt Kuchen, liest ein bisschen und schreibt manchmal etwas in ein Heft. Was hat sie zu erzählen? Ich wünschte, sie würde ihren Kopf ans Fenster lehnen, damit ich ihr Gesicht sehen kann. Sie und ich gleichen einander; wir sind untätige Gefangene. In einem anderen Leben hätten wir Freundinnen werden können.

Heute will Dimitr unbedingt hereinkommen und mit mir sprechen. Ich setze mich aufs Bett, er auf einen Stuhl.

»Wie lange willst du noch bleiben?«, fragt er in neutralem Ton.

Ich antworte, ohne nachzudenken: »Ich warte auf Lucens Rückkehr.«

»Da kannst du vielleicht noch lange warten … Womöglich dein ganzes Leben lang. Du hast also unendlich viel Geld, stimmt's?«

Irgendwann musste er ja darauf zu sprechen kommen. Ich holte tief Luft und gestehe ihm, in welch kritischer finanzieller Lage ich mich befinde.

»Das dachte ich mir schon. Und was willst du tun?«

»Ich weiß nicht. Wenn Lucen nicht bald kommt, gehe ich zurück in die Unterstadt. Dort habe ich Freunde …«

»Es gibt noch eine andere Lösung, Firmie. Du bist glücklicherweise hübsch und bei guter Gesundheit. Du könntest dein Baby für einen guten Preis verkaufen. Ich kenne Leute, die nicht den offiziellen Weg gehen und das Kind, das sie aufziehen, selbst aussuchen wollen. Du solltest darüber nachdenken.«

Ich bin schockiert. Wovon redet er? Ich bekomme

kaum Luft und höre ihm zu, als spräche er mit jemand anderem. Am liebsten würde ich ihn zum Schweigen bringen, ihm sagen, dass mich sein Vorschlag anwidert und ich ihn umbringen würde, wenn man mir mein Kind nähme. Er sieht mich erwartungsvoll an. Er glaubt wohl, ich sei überrascht, fühlte mich vielleicht sogar geschmeichelt und wisse nicht, wie ich reagieren solle. Viele Mädchen aus der Unterstadt würden dem Angebot freudig zustimmen. Man verdient etwas Geld ... und kann wenig später ein zweites Kind bekommen.

»Ich könnte einen guten Vertrag für dich aushandeln. Jemand käme hierher, um dir bei der Geburt zu helfen. Ich würde dir die Wohnung bis zum Abstillen überlassen. Und du könntest mit einer hübschen Summe ein neues Leben anfangen. Was meinst du?«

Ich schweige. Ich weiß, dass ich jetzt »Ja« sagen muss, und sei es nur, um Zeit zu gewinnen. Aber ich bringe kein Wort heraus.

»Du weißt ganz genau, dass du keine Wahl hast, Firmie. Wenn du einverstanden bist, bringe ich dir in einer Woche den Vertrag zum Unterschreiben. Aber überlege es dir, bevor du deine Entscheidung triffst, denn du kannst sie später nicht mehr zurücknehmen. Machen wir es so?«

Mit Mühe gelingt mir ein Kopfnicken. Ich will einfach nur, dass er verschwindet.

Niemals. Ich werde niemals das Kind aufgeben, das ich in mir trage. Aber zu seinem und meinem Wohl werde ich Dimitrs Vorschlag annehmen. Er wird mich – und das Baby – gut ernähren. Ich werde das Abstillen so lange wie möglich hinauszögern und dann mit meinem Kind fliehen. Bis dahin werde ich nichts mehr ausgeben, um noch etwas Geld zu haben, wenn wir gehen.

Heute habe ich nach dem Aufwachen geweint, ohne recht zu wissen, warum. Immerhin habe ich mir eine gewisse Atempause verschafft. Eigentlich müsste ich mich sicherer fühlen. Aber die Traurigkeit hat mich unbarmherzig im Griff. Was, wenn mein Geliebter nicht zurückkehrt? Der Gedanke verfolgt mich seit Tagen; ich kann ihn nicht abschütteln. Er ist wie ein Gift, das sich den Weg durch meinen Körper bahnt und mich am Schlafen hindert. Und wenn Lucen tot ist?

Gerade habe ich Dimitrs Vertrag unterschrieben. Er will ein Foto von mir machen und befiehlt mir, ein farbiges Pulver auf die Wangen aufzutragen, damit ich nicht so müde aussehe. Dann streicht er mir die Haare aus der Stirn. Ich mag es nicht, wenn er mich anfasst, aber ich ertrage es. Auf den Fotos soll ich fröhlich aussehen. Ich lächle mechanisch.

»Du musst dir Mühe geben, Firmie!«, befiehlt er trocken. »Sonst werfe ich dich raus.«

»Reg dich nicht auf, Dimitr. Gib mir noch zwei Minuten.«

»Es ist auch wichtig, dass man deine Zähne gut sieht.«

Ich denke fest an Lucen. Wir drei sind wieder zusammen. Das Kind ist in meinen Armen eingeschlafen. Wir bewundern eine Filmlandschaft mit Bäumen, die sich im Wind wiegen. Lucen hält mich eng umschlungen … Ich lächle glücklich. Jetzt blicke ich auf. Dimitr macht Fotos und sieht zufrieden aus.

»Siehst du – wenn du willst, geht es doch.«

Ohne ein weiteres Wort verlässt er meine Wohnung. Ich lege mich wieder schlafen. Vielleicht sehe ich meinen Geliebten im Traum wieder.

Seit zwanzig Minuten bin ich schon auf der Terrasse und betrachte das Mädchen, das auf einem Sofa eingeschlafen ist. Je länger ich sie ansehe, umso mehr habe ich das Gefühl, sie schon einmal gesehen zu haben. Nur einmal zuvor war ich so hoch oben in der Stadt wie jetzt: Damals suchte ich das schwangere Mädchen auf, dessen Eltern es einem niedriger gestellten Jungen anboten, um seine Ehre wiederherzustellen und den Schein zu wahren. Sie hieß Mihelle. Ich bin fast sicher, dass sie es ist. Warum habe ich das nicht früher bemerkt, obwohl ich doch gegenüber wohne? Als ich hier einzog, standen wir unter Druck, hatten Angst, gefasst zu werden, und konnten uns gar nicht richtig umsehen. Unsere Wege haben sich also schon einmal gekreuzt. Der Junge, dessen Kind ich austrage, hat sie nicht geheiratet. Ist das ein Wink des Schicksals? Ist sie genau jetzt hier, um mir zu helfen? Ich ärgere mich, dass ich so kindisch bin. Warum sollte sie mir die Hand reichen, mir, die ich sie der Chance beraubt habe, ihr Kind zu behalten? Vielleicht hasst sie mich ja? Wäre ich an ihrer Stelle, würde ich nicht helfen und mich sterben lassen.

Jetzt ist sie aufgewacht und dicht ans Fenster getreten. Sie hebt den Blick. Ich habe den Eindruck, dass sie mich gleich entdeckt. Ich erwidere den Blick und hebe die Hand. Sie bleibt eine Weile reglos stehen; dann erwidert auch sie meine Geste.

Lucen

»Lucen? Lucen, hast du dich erholt? Der Alte will dich sehen.«

Ich habe ein bisschen geschlafen. Nach dem Fischen habe ich mich nicht gut gefühlt. Ich hatte Nasenbluten und das Gefühl zu ersticken. Panisch wollte ich mir den mit Alkohol getränkten Sack vom Gesicht reißen. Meine neuen Freunde drückten mich zu Boden, damit ich zur Ruhe kommen und die bodennahe Luft atmen konnte. Nach ein paar Minuten vernebelte sich mein Blick.

»Ja, es geht mir besser.«

Wir gehen langsam – bestimmt wegen mir. Nach kurzer Zeit erreichen wir eine Blechhütte. Am Eingang sind ausgefranste Plastikbänder befestigt, die sich im Wind bewegen. Auf einer Liege ruht ein alter Mann, der mit schwacher Stimme fragt:

»Bist du es, Lucen? Taf hat mir gesagt, dass du dich als wertvoll erweisen könntest. Hast du seit deiner Ankunft schon gehustet?«

»Nein, aber ich hatte Nasenbluten.«

»Das ist nicht schlimm«, presst er hervor, ehe er selbst von einem heftigen Hustenanfall geschüttelt wird. »Haben dir die anderen von mir erzählt?«

»Nein.«

»Ich bin seit vielen Jahren hier. Ich kann nicht mehr im Silo arbeiten, aber Rihard hat entschieden, dass ich den verseuchten Wald nicht lebend verlassen darf. Jedes Mal wenn ich kurz vor meiner Freilassung stehe, hängen sie mir irgendein Vergehen an, das meinen Aufenthalt verlängert. Ich habe mich gefragt, warum das so ist. Im Grunde glaube ich, dass es mein Schicksal ist. Irgendwo muss geschrieben stehen, dass ich hier sterben werde.«

»Haben Sie nie versucht zu fliehen?«

»Das ist noch niemandem gelungen, aber ich bin überzeugt, dass es einen Weg gibt. Vielleicht wirst du ihn finden. Ich weiß, dass du darüber nachdenkst – wie alle zum Tode Verurteilten. Denn du hast nichts zu verlieren.«

Am Abend sitzen wir am Feuer und rösten das wenige Stunden zuvor gefangene Tier. Meine Kameraden schweigen. Ich frage nach:

»Redet ihr nicht, weil ich hier bin? Soll ich euch alleine lassen?«

Meine Frage scheint Hans unangenehm zu sein. Die anderen senken die Köpfe. Julen ergreift das Wort:

»Wir wollen sicher sein, dass du nichts weitererzählst. Wir haben nichts gegen dich, aber du bist hier aufgekreuzt, hast vor allem Angst, bist verwundbar und …«

»Du musst Geduld haben«, wirft Dlan ein, »genau wie wir uns gedulden mussten. Verstehst du?«

»Ja.«

Nach kurzem Zögern wage ich mich vor:

»Dann rede eben ich, und ihr macht mit den Informationen, was ihr wollt. Der Alte hustet viel, und ich weiß, wie man ihm helfen kann. Zufällig habe ich kurz vor meiner Festnahme den Ort entdeckt, an dem die Miliz ihre Hustenmedikamente aufbewahrt. Ich weiß nicht, ob ihr mit den Leuten in der Stadt kommunizieren könnt, aber ich kann euch alle nötigen Informationen geben.«

»Schreib alles, was du weißt, auf diesen Zettel«, schlägt Hans vor.

Heute rät man mir, keine heiße Kräuterbrühe zu trinken. Julen erklärt es mir:

»Dann kannst du auch nichts erbrechen. Sonst läufst du Gefahr, im Schlaf zu ersticken.«

Wir stellen uns an. Wir sind ungefähr 40 Leute. Niemand sagt ein Wort. Manche justieren die Säcke auf den Köpfen ihrer Kameraden. Bald öffnet sich eine Tür, und die Ersten verschwinden in einem riesigen Betonzylinder. Beim Übertreten der Schwelle muss man den Wächtern die Tätowierung zeigen. Ein Soldat reißt mein Pflaster grob ab. Eine achtstellige Nummer kommt zum Vorschein, die er auf einer Liste abhakt. Ich komme als Letzter dran. Nach ein paar Metern erreichen wir einen runden Raum von ungefähr 50 Metern Durchmesser und 20 Metern Höhe. Der Raum ist voller großer Haufen aus sich zersetzendem pflanzlichem Material. Jeder von uns wird mit einer Mistgabel bewaffnet. Damit sollen wir die verwesenden Pflanzen in Schubkarren füllen, die wir in die Mitte des Silos fahren und in ein Loch von mehreren Metern Durchmesser schütten. Niemand beeilt sich. Alle wissen, dass sie zehn Stunden ohne Essen und Trinken durchhalten müssen. Es ist ein gefährlicher Ort: Ein Sturz in das Loch wäre tödlich; eine Verletzung an diesem Ort voller Mikroben und Viren würde sofort zu einer Infektion führen. Der Alkohol schafft es kaum, den Geruch zu filtern. Es riecht nach Schweinejauche und vergammelten

Pflanzen. Einen ähnlichen Geruch habe ich schon einmal bei einem Klassenkameraden gerochen, der Schweine züchtete. Nach einer Stunde habe ich heftige Kopfschmerzen, die bis zum Abend anhalten. Meine Augen brennen und füllen sich mit Tränen. Als ich fertig bin und meine Schubkarre abstelle, kommt Julen mir zu Hilfe, denn ich knie halb am Boden und habe nicht mehr die Kraft, mich aufzurichten. Dank ihm schaffe ich es bis zum Ausgang. Überraschenderweise warten dort schon die anderen auf mich.

»Lass dich fallen«, ermutigt mich Hans. »Wir tragen dich zum Lager.«

Sie geben mir zu trinken und lassen mich schlafen. Als ich mitten in der Nacht aufwache, entdecke ich direkt neben mir eine Dose mit Nahrung. Ich stürze mich darauf wie ein Unterhundert.

Am zweiten Arbeitstag müssen wir Pflanzen und Tierdung sammeln und unter dicken Plastikplanen abladen. Der Geruch ist im Freien erträglicher, und ich habe genug Energie, um meine Umgebung aufmerksam zu betrachten. In der Nähe der Gitter stehen mehr Wachen. Ohne zu zögern, hetzen sie die Hunde auf jeden, der sich außerhalb des für den Tag festgelegten Gebiets bewegt. Heute Vormittag arbeite ich mit Pul zusammen. Er bringt mir alle Tricks bei, mit denen ich Energie sparen kann: Zum Beispiel kann man die Arbeit kurz unterbrechen, um einen winzigen Schlummer zu halten, wenn die Wachen gerade wegsehen. Er rät mir auch, mich immer auf die Mistgabel zu stützen, um langsamere Bewegungen zu machen und die Rückenmuskulatur zu entlasten. Dank seiner Tipps bin ich am Abend in einem besseren Zustand als am Vortag.

Die Zeit vergeht. Ich gewöhne mich an die Abläufe. Wenn ich morgens aufwache, denke ich immer an Firmie und strecke aus Gewohnheit den Arm aus, um sie zu streicheln. Doch der Platz neben mir ist leer. Nachts träume ich manchmal, dass ihr etwas zustößt, und schrecke weinend auf. Dann fällt es mir schwer, mich wieder zu beruhigen. Ich kann ihr nicht helfen, und das verursacht mir große Schmerzen.

An die Stunden im Silo werde ich mich nie gewöhnen. Jedes Mal treten wieder die Symptome auf, die ich schon am ersten Tag verspürt habe. Am Morgen vor einem Arbeitstag im Silo weiß ich nie, ob ich bis zum Abend überleben werde. Doch bislang halte ich durch. Seit meiner Ankunft vor fast einem Monat sind zwei Männer vor meinen Augen zusammengebrochen. Einer blieb liegen – er war an einem Herzinfarkt gestorben. Die Unberührbaren verhalten sich freundlich: Sie bringen mir bei, welche Pflanzen essbar sind und wo man große Bisamratten fangen kann. Deren Fleisch schmeckt mir besser als das der degenerierten Aale. Meine neuen Freunde haben mir auch erklärt, wie die Biomassefabrik funktioniert. Die verwesenden Stoffe werden über ein Schaufelrad in einen riesigen Bottich namens Faulturm transportiert. Dort werden sie erhitzt und vermengt. Ein Teil der dabei entstehenden Gase betreibt einen Generator und liefert Elektrizität; der andere wird aufbewahrt und zum Beheizen und Betanken der Zeppeline verwendet. Hans erzählt, in der Vergangenheit habe es mehrere spontane Explosionen gegeben, bei denen viele Unberührbare ums

Leben gekommen seien. Ich fühle mich meinen neuen Freunden zwar jeden Tag näher, aber trotzdem warten sie mit ihren Unterhaltungen immer, bis ich eingeschlafen bin. Wie lange wird das noch so gehen?

Der Alte hat mich wieder zu sich gerufen. Es geht ihm besser; er empfängt mich im Sitzen. Zur Begrüßung umarmt er mich lange. Diese unerwartete freundschaftliche Geste verdanke ich den Informationen über die Hustenmedikamente der Miliz.

»Danke. Wie hast du das herausgefunden?«, fragt der Alte.

»Ich habe zufällig ein Gespräch unter den Milizionären gehört.«

»Seit Jahren schon kursieren Gerüchte über diese Medikamente. Doch niemand konnte je beweisen, dass es sie gibt. Dank deiner Hinweise habe ich es nun etwas leichter. Jetzt stehe ich in deiner Schuld, Lucen. Und das trifft sich gut, denn ich weiß, wie ich sie begleichen kann. Ich werde dir bei der Flucht helfen. Das ist die letzte große Herausforderung meines Lebens und eine Art Rache an den Folterknechten.«

»Warum fliehst du nicht mit mir?«

»Ich bin schon zu alt und habe nicht genug Kondition. Außerdem erwartet mich auf der anderen Seite niemand. Bei dir ist das anders: Du hast eine Frau und bald auch ein Kind, wenn ich recht informiert bin. Und du bist jung. Du bist nicht in dem Alter, in dem man aufgibt.«

»Vielen Dank.«

»Noch ist nichts erreicht. Also, Folgendes habe ich beschlossen: Du kommst einmal pro Woche zu mir, und wir erarbeiten geduldig die Einzelheiten des Plans. Momentan denke ich über das größte Problem nach: Wie kommt man über die Elektrozäune? Denk darüber nach. Ich werde dir sagen, welche Lösungsversuche bereits fehlgeschlagen sind. Wir müssen einen neuen Weg finden und Rihard überraschen. Um den restlichen Teil der Flucht mache ich mir weniger Sorgen, weil ich draußen viele Leute kenne.«

Am Abend nach dieser Unterhaltung laden die Jungs mich ein, mit ihnen am Feuer sitzen zu bleiben. Daraus schließe ich, dass Taf mit ihnen geredet hat.

»Du hast bestimmt viele drängende Fragen, Kleiner?«

»Und wie!«

Ich erfahre, dass sie über die sogenannten Postbäume mit der Außenwelt in Kontakt stehen. Das System funktioniert gut, wird aber nur in dringenden Fällen und zwischen Freunden verwendet, die die Zeit im Wald gemeinsam durchgestanden haben. Um den Alten hat sich Hans gekümmert. Dazu hat er einen Pakt mit einem Typen namens Bran geschlossen, der erst vor ein paar Wochen freikam. Die beiden haben gemeinsam zwei Bäume ausgesucht – einen auf jeder Seite des Elektrozauns. Die Bäume durften nicht auffällig sein, weder zu groß noch ungewöhnlich geformt. Der Mann von draußen versucht gemäß Vereinbarung drei Monate lang, mindestens einmal im Monat die Post abzuholen. Er sucht schnell den Fuß des Baumes ab und kehrt mit oder ohne Nachricht zurück. Die Schwierigkeit besteht auf beiden Seiten des Lagers darin, die fraglichen Bäume wiederzufinden. Deshalb muss man vorher so viele Orientierungspunkte wie möglich vereinbaren. Hans hat seinen Zettel mit einem Stein beschwert und mit einer Steinschleuder auf die andere Seite befördert, wobei er sich Mühe gab, genau zu zielen.

Julen erklärt, er würde gern einen »Postbaumvertrag« mit mir abschließen. Er kommt in weniger als sechs Monaten frei.

»Das ist nett von dir, Alter, aber zu diesem Zeitpunkt werde ich schon eine Weile tot sein.«

»Ach ja! Tut mir leid, Lucen, das hatte ich vergessen.«

Gerges

In der folgenden Nacht ziehen Clude, Françs und ich Einweghemden an und steigen ins zweite Kellergeschoss der Milizstation hinab. Die Nahrungsmittel der Gefangenen wurden zuvor mit starken Drogen versetzt, um zu verhindern, dass einer von ihnen während der Injektion aufwacht oder ein Schlafloser Alarm schlägt. Wir inspizieren in Ruhe alle Zellen, ehe wir mit der Arbeit beginnen. Jeder von uns ist mit einer vollen Spritze virenverseuchten Blutes bewaffnet und muss sich um etwa zehn Terroristen kümmern. Wir haben vereinbart, nur in Körperteile zu stechen, die man normalerweise nicht sieht. Ich habe mich für den Nacken im Bereich des Haaransatzes entschieden. Wir arbeiten alle drei hoch konzentriert. Abgesehen vom gelegentlichen Grunzen der Häftlinge herrscht völlige Stille. Im Lauf des morgigen Tages werden die Kerle freigelassen. Damit unser Plan gelingt, dürfen vor der Entlassung keinerlei Symptome sichtbar sein.

»Was habt ihr mit uns gemacht, ihr perversen Schweine?«, brüllt ein Alter am Morgen, der vor der Freilassung seine Sachen abholt. »Warum hatten wir alle beim Aufwachen Kopfschmerzen?«

»Wenn wir unsere Meinung über dich nicht ändern sollen, Heni, dann hältst du besser die Fresse!«

Unwillkürlich betrachte ich das Genick der Männer, die ich persönlich infiziert habe. Bis auf einen Gefangenen, der sich dort ständig kratzt, scheinen die anderen bislang keine Symptome aufzuweisen.

Im Büro frage ich unsren Experten, ob das, was wir den Männern gespritzt haben, eine Epidemie auslösen könnte.

»Du musst verstehen: Je schneller der Tod kommt, umso weniger Menschen können infiziert werden. Das ist logisch. Und wenn daran nebenbei ein paar ihrer Familienmitglieder sterben, ist das doch eher ein Vorteil, findest du nicht?«

»Natürlich.«

»Gerges, du warst in letzter Zeit in vielen Momenten sehr kaltblütig, in denen andere sich furchtbar aufgeregt hätten. Deshalb verstehe ich nicht, wieso du in der Nacht, als Alai und Didir den alten Alponce erwürgt haben, dermaßen in Panik geraten bist.«

»Darüber spreche ich nicht gern. Ich habe mich inzwischen verändert.«

»Gewiss, gewiss«, antwortet er und verzieht leicht das Gesicht. Er ist nicht überzeugt.

Gemeinsam mit ein paar Kollegen von der Miliz bringe ich die paar Säcke mit Habseligkeiten von mir und meinem Vater zu unserem Haus. Mit einer Fackel in der Hand gehe ich die Fassade ab, um sicherzustellen, dass die Renovierungsarbeiten am Haus umfassend durchgeführt wurden. Drinnen wurden viele Möbel durch andere ersetzt, die mein Vater als »Kriegsbeute« bezeichnet, die also zuvor unseren Gefangenen gehörten. Clude und ich verabreden uns für den Rundgang um 20 Uhr. Kaum sind unsere Kollegen fort, klopft es an der Tür. Ich zünde eine Kerze an und öffne vorsichtig. Eine zarte Gestalt tritt an mir vorbei über die Schwelle und streift mich dabei. Es ist Snia. Die Berührung jagt einen Schauder über meinen Körper. Sie setzt sich auf einen Sessel. Ihre Hände umklammern die Armlehnen. Leicht wird sie sich nicht hinauswerfen lassen. Ich werfe ihr ihren Brief in den Schoß.

»Du hast ihn ja nicht einmal geöffnet!«, ruft sie mit Tränen in den Augen.

»Ich habe ihn seit Tagen in der Tasche. Ich wollte ihn nicht lesen, aber ich hatte keine Zeit, ihn wegzuwerfen. Du musst endlich begreifen, dass wir nichts mehr miteinander zu tun haben. Lucen wurde die ganze Zeit von der Miliz beobachtet, und ich weiß alles. Es wäre besser, wenn du sofort gehst.«

»Erst müssen wir reden.«

»Worüber denn? Darüber, dass du mit Lucen hinter meinem Rücken einen Komplott geschmiedet hast? Ich hoffe, er küsst wenigstens gut? Du kannst froh sein, dass ich nicht schon längst deine Verhaftung angeordnet habe.«

»Hör bitte auf! Was erzählst du da? Ich und Lucen? So ein Unsinn!«

»Ich habe ein Foto von euch gesehen, auf dem ihr euch verliebt umarmt. Und das, während ich auf dem Dachboden vergammelt bin. Da hattet ihr endlich eure Ruhe, nicht wahr? Also, welche Ausreden hast du?«

Ihr Blick verwirrt mich. Sie schweigt und überlegt. Mit fester Stimme sagt sie schließlich:

»Eines Abends hat Katine mir von den Problemen ihres Bruders erzählt. Dein Freund brauchte Geld, und zwar viel und so schnell wie möglich. Ich habe einen Cousin, einen Flüchtling, der am Hafen illegalen Handel treibt und immer nach zuverlässigen Typen ohne Vorstrafen sucht. Ich war die Vermittlerin. Später habe ich erfahren, dass Lucen mit meinem Cousin ins Geschäft gekommen ist. Weil du bei den Ordnungskräften arbeitest, konnte ich nicht mit dir darüber sprechen.«

»Hättest du aber tun sollen.«

»Ich … ich wollte nicht, dass du weißt, dass ich mit Flüchtlingen verwandt bin. Das schreckt manche Leute ab.«

»Weißt du, welche Art von Arbeit dein Cousin für ihn hatte?«

»Nein, und ich wollte mich nicht noch mehr in die Sache einmischen.«

»Hat dieser Flüchtling mit den Terroristen zu tun?«

»Ich weiß nicht, Gerges. Eigentlich nicht, denn er arbeitet nur gegen Geld, aber …«

»Aber?«

»Ich kann mir vorstellen, dass er die Terroristen als normale Kunden betrachtet, sofern sie ihn bezahlen.«

Wir schweigen einen Moment lang. Ich darf mich nicht hereinlegen lassen. Ich betone jedes einzelne Wort, als ich sie frage:

»Aber du hast ihn tatsächlich geküsst?«

»Nein. Er hat mich umarmt, um mich zu trösten, wie eine Art Bruder. Ich erinnere mich sehr genau an diesen Moment. Er kam, um mir zu sagen, dass du am Leben und außer Gefahr warst und dass dein Vater dich auf dem Dachboden eingesperrt hatte. Und ich … ich dachte den ganzen Tag, die Terroristen hätten dich gefoltert und getö…«

Sie weint und kann den Satz nicht beenden. Ich stehe auf und fasse sie an den Händen. Sie reißt sich los und läuft davon.

Heute früh ist mein Vater sehr aufgeregt, weil der Medikamentenvorrat der Miliz in der Nacht geplündert wurde.

»Das ist ein geheimer Ort, den nur wir kennen. Wer war letztes Mal dort?«

»Serge, Marcl und ich. Ich erinnere mich noch genau, es war der Tag, an dem Mama begraben wurde. Du hast darauf bestanden, dass ich hingehe, um auf andere Gedanken zu kommen.«

»Hat euch niemand angesprochen? Hattet ihr das Gefühl, beobachtet zu werden?«

Marcl sagt: »Ich weiß noch, dass die Nox besonders dicht war. Wir ließen Gerges vorausgehen, und zwar in der Hoffnung, dass der Dreckskerl Lucen auftauchen und uns in die Falle gehen würde.«

»Er könnte uns gefolgt sein«, überlegt Serge, »und alles begriffen haben, als …«

»Als was?«, ruft mein Vater.

»Ich war's«, gibt Marcl zu. »Ich habe so etwas gesagt wie: ›Zum Glück wissen die meisten nichts davon, sonst hätte die Miliz mehr Mitgl…‹«

Ohne aufzustehen, versetzt mein Vater ihm eine heftige Ohrfeige.

»Ihr seid wirklich dumm!«, sagt er trocken.

»Dein Sohn hat nichts gesagt, Grégire. Der hatte an dem Morgen keine Lust auf Scherze.« Marcl reibt sich das Kinn.

»Aber wenn es Lucen war, wie konnte er diese Information aus dem verseuchten Wald herausschmuggeln?«

»Stell dir vor: Manchmal dringt etwas nach außen«, erklärt mein Vater. »Wir müssen die gerade Freigelassenen befragen. Ich habe Angst, dass Gerüchte entstehen und zu Aufständen führen könnten.«

»So weit ist es noch nicht, Chef«, beschwichtigt ihn Clude. »Vielleicht geschah der Überfall auch zufällig, und die Typen haben den Karton gestohlen, ohne seinen Inhalt genau zu kennen. Immerhin werden die Medikamente ohne Verpackung in Plastikbeuteln aufbewahrt, genau wie Drogen.«

Mein Vater und ich essen zu Hause. Zum ersten Mal sind wir beim Essen nur zu zweit. Wir haben an einem Stand auf der Straße Ragout gekauft. Ich will ihm unbedingt eine Frage stellen, aber bei ihm weiß man nie, ob es der richtige Moment ist. Unsere Blicke treffen sich.

»Wenn du mich etwas fragen willst, nur zu!«

»Papa, findest du es normal, dass wir ein Medikament

besitzen, das den Husten der Armen heilt und verhindert, und es nicht unter der Bevölkerung verteilen?«

»Normal? Normal für wen? Du gehörst zur richtigen Seite, und das ist das Wichtigste. Mach dir nicht so viele Gedanken. Das führt zu nichts. Wir haben keine Macht über das, was hier geschieht. Die da oben entscheiden.«

»Und was haben sie davon, dass die Armen massenweise sterben?«

»Das ist doch leicht zu verstehen. Es ist eine Möglichkeit, das Bevölkerungswachstum in den Unterstädten zu beschränken. Stell dir mal vor, wir wären doppelt so viele: Die Grenzen würden durchbrochen.«

»Und welche Rolle spielen wir bei alledem?«

»Wir werden länger leben als die anderen und deine Kinder auch. Vergiss nicht, dass unsere Familie an erster Stelle steht.«

Mein Vater hat uns Männern aufgetragen, in Zivil die Gespräche in den Cafés und Restaurants zu belauschen – wenn möglich in Begleitung von einem Mädchen. Wir sollen herausfinden, ob die Menschen schon von den aus unserem Geheimvorrat gestohlenen Tabletten gehört haben. Françoş besteht darauf, dass ich mit seiner Schwester hingehe, die ihm zufolge damit einverstanden wäre. Ich lehne ab, weil ich fürchte, Snia könnte mich in Begleitung einer anderen überraschen. Ich habe immer noch große Lust, sie wiederzusehen, auch wenn ich nicht sicher bin, ob es ihr genauso geht. Also mache ich mich auf den Weg zum Haus meiner Ex-Verlobten. Sie empfängt mich kühl, weist mich aber nicht ab. Ich erkläre ihr, dass ich sie zur Tarnung brauche. Meine Offenheit scheint ihr zu gefallen – sie kommt mit. In den engen, gewundenen Straßen berühren sich unsere Körper, und irgendwann nehme ich sie wie selbstverständlich an der Hand. Sie lässt es zu. Wir setzen uns in ein Café, und ich erkläre ihr das Vorgehen:

»Wir unterhalten uns ganz normal und …«

»Wie Verliebte?«

»Ja.«

Sie legt die Ellenbogen auf den Tisch und reicht mir die Hände. Vor Aufregung kann ich den Satz kaum beenden:

»Und … und … wenn ich dir zuzwinkere, hören wir auf zu reden, und ich lausche. Einverstanden?«

»Einverstanden. Und was genau willst du belauschen?«

»Das wirst du schon sehen.«

»Du kannst es mir nicht sagen, stimmt's?«

Ich zwinkere ihr zu, denn in diesem Augenblick entdecke ich ein Familienmitglied eines meiner »Patienten«. Nach einer Weile kommt das Gespräch auf ein Thema, das mich direkt betrifft:

»Ja, der Tod kam ganz plötzlich. Fieber und Blutungen, haben sie gesagt. Seine Frau und sein Kind haben die gleichen Symptome. Sie liegen im Krankenhaus auf der Isolierstation. Vielleicht sterben sie auch an diesem Mist.«

»Und wo soll er sich damit angesteckt haben?«

»Das weiß man nicht. Mein Bruder hatte nicht einmal Zeit, ein Gespräch mit dem Arzt zu führen. Ach, unser Leben ist nichts wert.«

»Kanntest du ihn?«, flüstert mir Snia ins Ohr.

»Er war ein Gefangener der Miliz. Den hätten wir vom Hals!«

Mein Vater wird zufrieden sein, denn in keinem der Gespräche, die ich heute in drei verschiedenen Cafés belauscht habe, wurden unsere Tabletten erwähnt. Snia und ich haben alles geklärt und uns gegenseitig entschuldigt, dass wir falsch reagiert haben. Wir werden unseren Eltern offiziell verkünden, dass wir einander wieder verpflichtet sind, und wir werden Snias Eltern bitten, uns an einem der kommenden Sonntage ihre Wohnung für die ersten Tests zur Verfügung zu stellen.

»Ich habe große Lust darauf«, sagt sie.

»Ich auch.«

»Ich habe vergessen, dir etwas zu sagen. Lucen hat kurz vor seiner Festnahme einen Brief für dich bei mir hinterlegt, und …«

»Wirf ihn weg. Von diesem Kerl will ich nichts mehr hören.« Ich kann meine Wut kaum im Zaum halten.

»Den musst du schon selbst wegwerfen. Ich finde nicht, dass ich das Recht dazu habe.«

Ludmilla

»Ludmilla, wir müssen reden«, sagt Léna Broons sanft, aber bestimmt. Ich habe gar nicht gemerkt, dass sie sich in der Cafeteria direkt hinter mir angestellt hat. Jetzt spüre ich, wie sie mir einen Zettel in die Jackentasche schiebt. Ich drehe mich nicht um, weil ich weiß, dass sie bereits verschwunden ist. Was hat sie mir wohl zu sagen? Glaubt sie, ich könne ihr noch nützlich sein? Ich bin fest entschlossen, keine weiteren Aufträge von ihr anzunehmen. Beim letzten Mal wäre ich wegen ihr fast ins Gefängnis gekommen. Aber ich bin trotzdem neugierig, warum sie mich kontaktiert.

»Also, meine Liebe«, meint Grisella, die ich vor dem Matheunterricht treffe, »hat dir etwa das ›hervorragende‹ Essen in der Cafeteria nicht geschmeckt, oder bereitet dir dein Freund Unglück?«

»Warum fragst du?«

»Du siehst irgendwie unzufrieden aus.«

»Keine Sorge, alles in Ordnung. Ganz bestimmt.«

»Übrigens frage ich mich, ob François nicht Lust hat, zu einer von Eugène organisierten Versammlung mitzukommen. Politik interessiert ihn doch, oder? Und du könntest ihn begleiten.«

»Ich weiß nicht, aber ich verspreche dir, ihn zu fragen.«

Der einzige Grund, aus dem François an solch einem Treffen teilnehmen würde, wäre, dort Unruhe zu stiften. Natürlich erzähle ich ihm nichts.

Auf dem Rückweg nach Hause habe ich endlich Zeit, Lénas Nachricht zu lesen. Ich laufe Arm in Arm mit François und reiche auch ihm den Zettel:

Morgen 10 h, Toiletten 1. Stock, 1. Kabine

Ich bin überrascht, als mein Freund den Zettel unauffällig in den Mund stopft. Leicht angeekelt frage ich nach:

»Willst du den etwa essen?«

Er schluckt, ehe er leise antwortet:

»Das ist der sicherste und schnellste Weg. Ich weiß, dass nicht jeder das kann. Léna geht zum Beispiel immer zur Toilette oder zu einem anderen Mädchen der Gruppe, das den Zettel dann verschluckt.«

»Wie schön für das Mädchen!«

»So ist es eben, wenn man die Chefin ist … Manchmal habe ich auch gesehen, wie solche Zettel in winzige Fetzen zerrissen und in einem benutzten Taschentuch versteckt wurden.«

»Weißt du, warum Léna mit mir reden will?«

»Nein. Ich hoffe nur, sie befiehlt uns nicht, Schluss zu machen.«

»Darüber haben wir bereits gesprochen, François. Wir werden ihr nicht gehorchen. Das haben wir gemeinsam so entschieden.«

»Natürlich, aber …«

»Aber was?« Ich bin sichtlich beunruhigt.

Er lächelt mich beschwichtigend an, aber sein Zögern macht mich nervös.

Yolanda erwartet mich schon. Lächelnd schlägt sie vor:

»Soll ich Ihnen ein paar Crêpes machen?«

»Warum?«

»Wenn es mir als Kind nicht gut ging, hat meine Mutter mir Crêpes gemacht. Wollen Sie welche?«

»Ja, vielen Dank.«

Ich setze mich und sehe ihr zu. Gern wüsste ich mehr über sie. Ich starte einen Versuch:

»Stammen Sie aus der Oberstadt?«

»Ja.«

»Haben Sie in meinem Alter ein ähnliches Leben geführt wie ich heute?«

»Ja, so ähnlich. Aber ich hatte mehr Gesellschaft –

meine beiden Eltern und meinen großen Bruder. Ich wollte Stylistin werden, Kleidung und Accessoires entwerfen.«

»Was ist geschehen?«

»Vielleicht ein andermal ...«

Ich frage nicht nach. Sie dreht mir wieder den Rücken zu und macht sich am Gasherd zu schaffen.

Am nächsten Tag öffnet sich genau um zehn Uhr die erste Kabine der Toiletten, und Léna lässt mich hinein, ohne mich auch nur eines Blickes zu würdigen. Ich sitze auf dem Toilettendeckel und lese wieder und wieder die zwei an mich gerichteten Seiten.

Auf dem ersten Blatt steht ein Text in Maschinenschrift:

Informationen über Siremain

Es steht mittlerweile fest, dass Siremain in den letzten sechs Monaten seines Lebens subversiven Tätigkeiten nachging. Er war eine der Quellen des Sicherheitsbüros im Netz Nr. 6. Man hat Spuren seiner Korrespondenz in den Notizbüchern von M. T., dem vor zwei Monaten während einer Operation an Herzstillstand verstorbenen Leiter des Netzes, gefunden. Letzterer diente ihm als Kontaktmann.

Den grafologischen Analysen und den Aussagen seiner Witwe zufolge sind die Notizbücher echt, und die Schrift stimmt mit der von M. T. überein.

Die Hypothese, der zufolge der Sicherheitschef alle Beweise gefälscht hat, um seinen scheinbar besten Angestellten auszuliefern und seine Tochter zu schützen, ist ohne Grundlage.

Ich atme schneller und begreife langsam, dass mein Vater nie von meinen illegalen Aktivitäten wusste. Ich verstehe jetzt auch, dass sich sein Verhalten mir gegenüber in den vergangenen Monaten nicht geändert hat. Plötzlich sehe ich ihn nicht mehr als Monster, das kaltblütig einen Unschuldigen opfert, um mich zu schützen. Ganz erleichtert beginne ich mit der Lektüre des zweiten Blatts. Diesmal ist der Text handschriftlich:

Neuer Auftrag: Eugène T. (der Freund deiner Freundin Grisella)

Eugene T. ist ein fanatischer Theoretiker der Jaspisten und der Chef einer kriminellen Vereinigung. Manchmal wird er ohne sein Wissen von Polizei und Sicherheitskräften manipuliert und beobachtet. Er fühlt sich bedroht und wechselt ständig den Wohnort. Du musst so viele Informationen wie möglich über ihn sammeln und sie an François weiterleiten.

P.S. Zerreiße diese beiden Briefe sorgfältig und wirf die Fetzen in die Toilette. Sprich mich niemals öffentlich an. Wir müssen weiterhin sehr vorsichtig bleiben.

Als ich François nach dem neuen Auftrag frage, antwortet er wie ein braver kleiner Soldat:

»Wir dürfen uns keine Fragen stellen. Die Chefs treffen die Entscheidungen.«

Mir wird bewusst, dass wir kleinen Aktivisten aus den

unteren Rängen auf Mutmaßungen angewiesen sind. Was François auch zugibt:

»Vielleicht wollen sie ihn ausspionieren, um schon im Vorhinein von seinen geplanten Schandtaten zu erfahren und sie zu verhindern. Planen sie einen Angriff auf ihn, um ihm Angst einzujagen, oder wollen sie ihn vielleicht sogar töten, damit er wirklich nie mehr Schaden anrichten kann?«

Ich erzähle Yolanda von meinem Vorhaben, zu einer Versammlung der Jaspisten zu gehen. Sie verzieht das Gesicht. Das hatte sie von mir offensichtlich nicht erwartet. Ich erkläre:

»Ich mache es Grisella zuliebe. Sie ist mit dem Anführer zusammen und …«

»Eugène T.«

»Ja, kennen Sie ihn etwa? Ich gehe nur einmal hin, um mir das anzusehen. François geht mit. Sie können uns gern unauffällig folgen – ich weiß ja, dass Sie das beruhigt.«

»Ich glaube, Sie wissen nicht, was das bedeutet, Ludmilla. Wenn jemand aus Eugène T.s Umfeld herausfindet, wer Ihr Vater ist, könnten Sie zum Ziel eines Anschlags oder einer Entführung werden. Damit wäre Ihr Vater niemals einverstanden.«

»Erzählen Sie ihm bloß nichts davon! Im Namen unserer Freundschaft! Bitte! Geheimnis gegen Geheimnis!«

»Ludmilla, ich kann das nicht vor ihm geheim halten. Das Risiko für Sie ist zu groß, und wenn Ihr Vater davon erfährt, schickt er mich in ein weit entferntes Gefängnis, und ich werde meinen Sohn nie wiedersehen. Ich bin verpflichtet, Ihren Vater unverzüglich zu informieren.«

»Nein, lassen Sie nur. Ich werde nicht hingehen. Rufen Sie ihn nicht an! Wenn Sie es doch tun, werde ich ihm alles erzählen!«

Ich laufe in mein Zimmer und schließe mich ein. Ich bin unglaublich wütend, aber ich werde nicht klein beigeben.

François hat lange über die Sache nachgedacht. Er erzählt mir zwar nichts, aber ich ahne, dass auch er mit den Schwestern Broons gesprochen hat. Zunächst sagt er, ich hätte gut reagiert, indem ich scheinbar von dem Vorhaben abgelassen und Yolanda gedroht habe. Dann erklärt er, dass wir mein Kindermädchen während unseres heimlichen Ausflugs in ihrem Zimmer einschließen werden. Wenn wir sie nach unserer Rückkehr befreien, wird sie nicht den geringsten Grund haben, uns an meinen Vater zu verraten. Er würde ihr nur vorwerfen, nicht genug aufgepasst zu haben, und sie bestrafen.

Trotzdem werde ich mein Äußeres verändern, mich schlicht kleiden und meine Haare bedecken. Vielleicht sind ja Zivilpolizisten anwesend, um die Anwesenden auszuspähen. Außerdem werde ich darauf bestehen, dass Grisella mir ihren Freund nur im kleinen Kreis vorstellt.

Wie üblich verbringt François den Samstagnachmittag bei mir zu Hause. Angesichts des am Abend bevorstehenden Ereignisses sind wir beide sehr aufgeregt. Zunächst ist es wie ein Spiel: Wir beobachten Yolanda, um den Moment abzupassen, in dem sie in ihr Zimmer geht. Doch schnell bekommen wir Angst. Eigentlich geht sie tagsüber nie in ihr Zimmer. Ständig ist sie im Erdgeschoss oder in den anderen Stockwerken beschäftigt. Vielleicht misstraut sie uns auch. François glaubt, eine Lösung zu haben:

»Wir müssen sie auf der Toilette einsperren. Dort gibt es kein Fenster, und …«

»… sie muss sich nichts verkneifen«, ergänze ich grinsend. »Trotzdem … Den ganzen Abend da drin! Vielleicht schiebe ich ihr eine Zeitschrift unter der Tür durch.«

»Ludmilla, das hier ist ernst. Wir müssen konzentriert bleiben. Und wir können sie auf der Toilette nicht einschließen, weil die Tür kein Schloss hat. Wir müssen die Klinke mit einer Stuhllehne blockieren.«

Ein paar Minuten später geht uns die arme Yolanda in die Falle. Seltsamerweise regt sie sich nicht auf, sondern versucht nur, mich zur Vernunft zu bringen:

»Tun Sie das nicht, Ludmilla. Gehen Sie nicht ohne mich. Wenn Sie mich hinauslassen, gehe ich mit und sage Ihrem Vater nichts davon. Ludmilla, hören Sie mich?«

»Zu spät«, antworte ich, ehe ich die Haustür hinter mir zuziehe.

Das Publikum ist größtenteils männlich. Es sind knapp 100 Leute gekommen. Auch ein paar Familien sind darunter. Wir setzen uns ans Ende der vierten Reihe, um, so mein Schutzengel, »bei Gefahr fliehen zu können«. Auf dem Podium halten mehrere Personen nacheinander Reden von immer gleichem Inhalt: »Unsere Gesellschaft ist in Gefahr, aber zum Glück sind wir da, um die Welt zu retten.« Eugène ist als Letzter an der Reihe. Er lässt auf sich warten. Fünf endlose Minuten lang skandiert das Publikum rhythmisch seinen Namen, ehe er sich auf die Bühne bequemt. »Faszinierend«, hatte Grisella das genannt. Ich würde eher sagen: erschreckend. Sein Tonfall unterscheidet sich von dem der Vorredner. Er brüllt nicht, sondern verführt, lächelt und wirkt manchmal beinahe lyrisch. Seltsamerweise hatte ich mich darauf eingestellt, ihn fürchterlich oder gar lächerlich zu finden. Aber das will mir nicht gelingen. Außerdem scheint er jeden Einzelnen direkt anzusehen, als spräche er zu ihm persönlich. Obwohl ich Angst habe, berührt mich das beinahe. Erst am Ende der Rede sehe ich François an. Auch er ist sichtlich beeindruckt und flüstert mir ins Ohr:

»Dieser Junge ist gut. Er kann unglaublichen Schaden anrichten.«

Grisella kommt auf uns zu, zögert aber, uns anzusprechen.

»Ich hätte dich fast nicht erkannt. Warum versteckst du deine Haare? Du siehst aus wie eine Bedienstete.«

»Mein Vater lässt mich auf Schritt und Tritt beobachten. Ich habe keine Lust, von einem seiner Männer aufgegriffen zu werden. Deshalb werden wir auch schnell nach Hause zurückkehren.«

»Aber ich möchte euch unbedingt Eugène vorstellen.«

»Wenn wir uns an einem ruhigeren Ort treffen könnten, würde ich mich sicherer fühlen.«

»Dann treffen wir uns bei mir.«

Sie reicht uns ihren Schlüsselbund:

»Wir kommen bald nach.«

Firmie

Ich sitze auf dem Bett. Schauer laufen mir über den ganzen Körper. Ein lautes Geräusch ganz in der Nähe hat mich aus dem Schlaf gerissen. Das Baby ist auch wach und bewegt sich in meinem Bauch. Ich drücke auf den Lichtschalter, aber er funktioniert nicht. Vielleicht ist der Unterhundert, der hier Zwangsarbeit leistet und für die Elektrizität zuständig ist, eingeschlafen. Ich schalte meine Taschenlampe ein. Auf dem Boden liegen Glasscherben. Plötzlich geht das Deckenlicht an. Neben den Glasscherben entdecke ich eine gelbliche Papierkugel. Im selben Moment klopft es an der Tür.

»Ich bin's, Dimitr. Mach auf.«

»Warte, ich komme schon«, antworte ich.

Zuvor hebe ich schnell noch die Papierkugel auf und verstecke sie unter der Bettdecke.

»Alles in Ordnung? Ist dir etwas passiert?«, fragt mein Vermieter.

Er tritt ans Fenster und inspiziert den Schaden. Dann kniet er sich hin, späht unters Bett und holt einen Stein hervor, den er mir zeigt.

»Sieh her. Der ist durch dein Fenster geflogen. Hast du sonst nichts gefunden?«

»Was denn zum Beispiel?«

»Ich weiß nicht. Einen Drohbrief oder so. Das ist schon in mehreren Häusern in der Nachbarschaft passiert. Manche beschuldigen die Unberührbaren, die heute Nacht einen Rundgang gemacht haben, allerdings gibt es bislang keine Beweise, dass sie damit zu tun haben.«

»Und was glaubst du?«

»Ich wäre erstaunt. So etwas passt nicht zu ihnen. Sie schreien und jagen den Leuten Angst ein, das schon. Aber bisher haben sie noch nie etwas zerstört. In einer Stunde schicke ich jemanden, der eine neue Scheibe einsetzt. Schließ dich während der Reparatur- und Aufräumarbeiten im Bad ein.«

»Ich könnte auf die Terrasse gehen.«

»Das wäre mir nicht recht. Vielleicht wollen sie ja gerade das.«

»Wer denn?«

Aber Dimitr geht wortlos hinaus. Ich verriegle hinter ihm die Tür und lege mich wieder hin. Der zusammengeknüllte Zettel trägt Lucens Schrift. Mein Herz krampft sich zusammen, und ich bekomme feuchte Augen. Ich muss tief durchatmen, ehe ich mich konzentrieren kann.

Ich bin am Leben, und ich liebe dich. Halte noch ein paar Monate durch. Mein Freund Julen wird dich bald besuchen. Desinfiziere ihn. Lucen

Entgegen aller Wahrscheinlichkeit war mein Glauben an Lucen berechtigt. Ich streichle meinen Bauch und spreche sanft mit dem Baby.

»Papa ist bald wieder bei uns.«

Inzwischen sind mehrere Tage vergangen, und ich habe noch nichts von Julen gehört. Vermutlich hat Dimitr Wachposten aufgestellt. Bislang hat er zwei Anspielungen auf das Baby gemacht und es als »Schatz« bezeichnet, den man »bewachen« müsse. Da er mich seit einigen Wochen auf eigene Kosten versorgt, will er natürlich sein Geld nicht riskieren. Könnte ich unbemerkt durchs Treppenhaus gehen? Ist Lucens Freund vielleicht gezwungen, sein Vorhaben aufzugeben? Auf der Terrasse bin ich zwar regelmäßig, aber ich bleibe nie lange, weil ich Angst habe, gerade in dem Moment nicht in der Wohnung zu sein, in dem der Bote kommt. Mit einer Scherbe, die der Reinigungsdienst vergessen hat, habe ich mir absichtlich in den Fuß geschnitten. Dimitr hat die Wunde untersucht und mir sofort Alkohol, Watte und Verbände gebracht. Er will unter allen Umständen vermeiden, dass ich vor der Geburt krank werde. Ich bin also auf die Begegnung mit diesem Julen vorbereitet, denn ich könnte ihn nun desinfizieren.

Von der Terrasse aus beobachte ich Mihelles Wohnung. Ich habe sie nicht mehr gesehen, seit wir einander neulich ein Zeichen gegeben haben, aber an diesem Abend dringt ein schwaches Licht aus der Wohnung. Die Nox ist heute sehr dicht, genau wie sonst am Hafen, und das ist hier sehr selten. Ich werde bald wieder hinunter in die Wohnung gehen. Plötzlich spüre ich, dass jemand neben mir steht. Es ist weder Lucen noch sein Freund Julen. Der Geruch ist zu mild und gleicht eher einer teuren Seife.

»Ich bin das Mädchen von gegenüber«, sagt die Stimme leise. »Ich heiße Mihelle.«

»Ich weiß. Ich bin Firmie, Lucens Frau. Wir sind uns schon einmal begegnet.«

»Jetzt erinnere ich mich. Ich hatte dich nicht wiedererkannt. Bist du hier eingesperrt?«

»Ja.«

Ich erzähle ihr meine ganze Geschichte. Ohne nachzudenken, vertraue ich ihr alle meine Geheimnisse an. Das ist zwar nicht vorsichtig, aber ich trage sie schon so lange in mir, dass ich sie nicht mehr für mich behalten kann. Schweigend hört Mihelle mir zu.

»Ich könnte dir bei der Flucht helfen.«

»Warum willst du das tun? Wir kennen uns doch gar nicht.«

»Weil du es verdient hast. Ich habe nicht deinen Mut gehabt.«

»Wie bist du hierhergekommen, ohne dass Dimitr dich entdeckt hat?«

»Dimitr? Ich sollte es dir eigentlich nicht erzählen, aber er weiß Bescheid. Ich habe ihn bezahlt, damit ich zu dir kommen darf. Er weiß nicht, dass wir uns kennen. Ich wusste es ja auch nicht mehr. Ich musste versprechen, ihm nach unserem Gespräch alles zu erzählen. Er glaubt, dass du eine Vertraute brauchst und ihm vielleicht etwas verheimlichst. Und er hatte recht.«

Ich beuge mich hinunter und taste nach einer meiner angespitzten Stricknadeln, die in meinem Socken versteckt sind. Ich halte sie fest in der Hand, ohne dass Mihelle es sehen kann.

»Und, wirst du ihm etwas erzählen?«

»Natürlich nicht. Für wen hältst du mich? Ich stehe nicht in der Schuld dieses skrupellosen Geschäftemachers. Den musst du meiden wie die Pest. Wenn du willst, komme ich wieder.«

»Wirst du mir auch von dir erzählen?«

»Das wird nicht gerade spannend. Mein Leben ist nicht besonders interessant. Übrigens, ich habe einen gewissen

Julen getroffen, der heute Nacht bei dir vorbeikommen will. Er bittet dich, die Tür nicht abzuschließen. Aber ich warne dich: Er ist wirklich Furcht einflößend und sieht aus, als käme er direkt aus der Hölle.«

Ich habe keine Macht mehr über mein Schlafverhalten. Ich habe das Gefühl, dem Rhythmus des Babys völlig ausgeliefert zu sein. Manchmal überkommt mich schlagartig große Müdigkeit, und ich schlafe einfach ein, egal zu welcher Tageszeit. Ich möchte nicht, dass Julen mich im Schlaf überrascht. Ich habe Angst. Vielleicht nutzt ja jemand die Tatsache, dass die Tür nicht abgeschlossen ist, um mich zu töten oder auszurauben. Seit Stunden sitze ich jetzt auf einem Stuhl und halte Wache. Das Licht habe ich ausgeschaltet. Aber irgendwann fallen mir die Augen zu; ich kann nichts dagegen tun.

Ein Mann schüttelt mich sanft. Er verströmt einen beißenden, fast unerträglichen Geruch.

Mit kratziger Stimme sagt er: »Ich bin Julen, ein Freund von Lucen. Darf ich das Licht einschalten?«

»Ja.«

Er sieht sich im Zimmer um. »Schön ist es hier. Ich habe Angst, etwas schmutzig zu machen. Kommt hier Wasser aus den Wänden, wie in den Filmen? Du riechst gut, so wie die Mädchen von oben.«

Julens Gesicht ist mit Pusteln übersät. Während er mit mir spricht, hält er den Kopf gesenkt, um so wenig wie möglich von seinem Gesicht zu zeigen.

»Wasch dich doch erst einmal?«, schlage ich vor. »Dann kannst du die Pusteln desinfizieren. Ich habe ein Fläschchen Alkohol.«

»Hast du keine Angst vor mir?«, fragt er. »Das brauchst du auch nicht. Von mir geht keine Gefahr aus. Ich habe Lucen so viel zu verdanken, dass ich sogar für ihn sterben würde, wenn es sein müsste. Waschen würde ich mich gern, aber du darfst mir dabei nicht zusehen.«

»Einverstanden.« Ich lasse ein Bad ein.

Vorsichtig zieht Julen sich aus, und ich beobachte ihn aus dem Augenwinkel. Die Unterwäsche klebt an seiner mit eitrigen Wunden übersäten Haut. Ich höre ihn stöhnen. Dann lässt er sich in das Seifenwasser gleiten. Der Schmerz raubt ihm kurzzeitig den Atem. Doch er entspannt sich bald und wendet sich mir zu. Nur sein Kopf ragt aus dem Wasser.

»Das Schlimmste ist vorbei. Zuerst habe ich ein Brennen am ganzen Körper gespürt, aber jetzt habe ich mich an das Wasser gewöhnt und fühle mich besser. Danke, Firmie. Komm ruhig näher. Ich werde dir berichten, was ich weiß.«

Julen scheint einen auswendig gelernten Text wiederzugeben, denn er macht keinerlei Pausen, und seine Sätze sind wohlkonstruiert. Ich erfahre, dass Lucen sich an seine neue Umgebung gewöhnt hat. Er hat geholfen, das Leben der anderen Lagerbewohner zu verbessern, ist beliebt und wird respektiert. Weil er dem Lagerchef geholfen hat, wurde seine Hinrichtung um sechs Monate verschoben. So bleibt ihm genug Zeit, seine Flucht vorzubereiten. Bislang weiß kaum jemand von seinem Plan, aber diejenigen, die Bescheid wissen, glauben an ihn. Er wäre der Erste, der es schafft. Ich frage Julen, wann genau Lucen fliehen will. Er stottert:

»Lucen … wusste, dass du diese … Frage stellen würdest. Er kann noch kein konkretes Datum nennen. Frühestens in vier Monaten.«

Das ist ein harter Schlag für mich. Er wird also nicht hier sein, wenn das Baby kommt. Ich reiße mich zusammen. Eigentlich ist das ja nicht so schlimm, solange wir irgendwann alle drei vereint sind.

Als Nächstes bombardiert Julen mich mit sehr präzisen Fragen: Er will wissen, wie viel Geld ich noch habe, was ich esse, wie viel ich schlafe und ob ich eventuell Schmerzen habe. Meine Antworten wiederholt er laut, um sie sich besser einzuprägen. Dann steigt er aus der Wanne. Ich tupfe vorsichtig seinen Rücken trocken, trage den Alkohol auf, gebe ihm ein altes T-Shirt und helfe ihm beim Anziehen. Sein Körper ist ausgemergelt. An den Gelenken wirkt die Haut fast durchsichtig. Seine Scham vor mir ist gänzlich verflogen, und ich kümmere mich um ihn, wie ich mich um ein gebrechliches Elternteil kümmern würde.

Schließlich verabschiedet er sich:

»Auf Wiedersehen. Lucen wird deine Nachricht in den nächsten Tagen erhalten. Danke, Firmie. Ich würde übrigens auch für dich sterben, wenn es sein müsste.«

Heute Nacht habe ich gut geschlafen. Ich fühle mich viel besser, seit ich mehr weiß. Als Dimitr mir das Essen bringt, bemerkt er einen seltsamen Geruch. Er wirft mir vor, ich ließe mich gehen, würde meinen Mülleimer nicht mehr leeren und vielleicht sogar 90-prozentigen Alkohol inhalieren (nach dem es im Zimmer auch riecht). Als er das Fläschchen findet, regt er sich auf, weil deutlich weniger darin ist als zuvor. Er ist überzeugt, ich wolle seinen Vertrag sabotieren. Er lässt mich nicht zu Wort kommen, brüllt und droht mit den schlimmsten Strafen, falls ich das Kind verlieren sollte oder es nicht gesund geboren würde. »Mich hintergeht man nicht!«, ruft er dreimal. Er bleibt lange am Fenster stehen – vielleicht versucht er, sich zu beruhigen. Dann kündigt er an, seine Kunden würden heute Nachmittag ihren Arzt vorbeischicken, der mich untersuchen werde. Auch er, Dimitr, werde anwesend sein, damit ich während der Untersuchung nichts Negatives sagen könne. Beim Hinausgehen knallt er die Tür zu.

Ich lege die Hände an die Fensterscheibe und blicke zu Mihelles Wohnung hinüber. Hoffentlich begreift sie, dass ich sie brauche. Ich weine schon seit fast einer Stunde ohne Unterlass – seitdem die zwei Dreckskerle weg sind. Ich habe begriffen, dass ich in ihren Augen ein Nichts bin. Der Arzt hat mir kein einziges Mal in die Augen gesehen, mich direkt angesprochen oder gefragt, ob ich Schmerzen hätte. Und Dimitr wollte sich alles aus nächster Nähe ansehen und zeigte sich stolz, eine gute Fortpflanzungsmaschine ergattert zu haben. Ich fühlte mich maßlos erniedrigt. Beim Anziehen brach ich in Tränen aus.

»Vielleicht etwas müde«, vermutete der Arzt, während er seine Instrumente wegräumte.

»Leg dich hin!«, befahl Dimitr sofort.

Wären die Stricknadeln griffbereit gewesen, hätte ich sie den beiden in die Augen und ins Herz gerammt und wäre geflohen. Ich weine über meine Feigheit.

Jetzt klopft es leise. Wie ein Roboter bewege ich mich zur Tür, unfähig, einen klaren Gedanken zu fassen.

»Ich bin's, Mihelle. Ich darf fünf Minuten bleiben. Lässt du mich rein?«

Lucen

Am nächsten Tag zeigen mir die Jungs die sogenannte Mine. Nur die Mitglieder der Gruppe kennen diesen Ort. Hier findet man Gegenstände und Materialien von früher, die unter einer Schicht Erde und Pflanzen verborgen sind. Meine Freunde glauben, hier sei früher eine Art gigantischer Mülleimer gewesen. Die Leute vergruben, was sie nicht länger brauchten, und versuchten scheinbar nicht, die kaputten Sachen zu reparieren oder wiederzuverwenden. Dlan führt mich ungefähr zehn Meter vom Lager weg, während Julen Wache hält. Dlan kniet sich hin und streicht vertrocknete Gräser beiseite, unter denen eine Blechplatte zum Vorschein kommt. Er hebt sie an. Darunter befinden sich Plastikflaschen, Metalltuben, Dosen mit Schrauben und kleinen Werkzeugen, Schläuche, Bücher und vieles mehr.

»Wir dachten, dass du als Restaurator bestimmt weißt, was man aus diesem Zeug machen kann.«

Wie versprochen besuche ich regelmäßig den Alten. Jedes Mal gehe ich mit einer Idee hin, die ich für großartig halte, und gehe voller Verzweiflung wieder nach Hause. Anscheinend haben die Jungs schon alles versucht: Sie haben einen Baum auf den Zaun stürzen lassen, um ihn als eine Art natürliche Brücke zu benutzen; sie haben einen Kurzschluss ausgelöst, um den Stromkreis zu unterbrechen …

»Es darf nichts Aufsehenerregendes sein«, erklärt mir der Alte. »Sonst löst Rihard den Notfallplan aus, alle Männer und Hunde werden gleichzeitig auf dich gehetzt, und die Polizei aus der Stadt hat genug Zeit, Verstärkung zu schicken. Von hier bis in die Vorstadt sind es über 20 Kilometer.«

»Ich muss also so unauffällig verschwinden, dass man meine Flucht erst am nächsten Tag bemerkt, richtig?«

»Genau.«

An einem anderen Abend schlage ich ihm vor, den Strom des Elektrozauns umzuleiten und den Zaun an einer Stelle zu durchbrechen.

Der Alte antwortet sofort:

»Dafür musst du zwei Probleme lösen, Lucen: Du musst die Materialien finden, mit denen dir das gelingt. Wir haben bereits gesucht und glauben, sie werden außerhalb aufbewahrt. Außerdem wird der Doppelzaun äußerst regelmäßig überwacht, auch nachts.«

Die Tage, an denen wir auf Nahrungssuche sind, nutzen wir auch, um die Mine weiter zu erkunden. Eines Tages entdeckt Pul mehrere Rollen Klebeband. Ich bin erstaunt, dass das Material nach all der Zeit immer noch klebt. Seit Wochen denke ich über eine Konstruktion nach, die uns das Atmen erleichtern könnte, aber mir fehlte bisher die Möglichkeit, die einzelnen Bauteile miteinander zu verbinden.

»Klebeband! Pul, du bist genial!«

Pul sieht mich an, als hätte ich den Verstand verloren. Nach der Rückkehr ins Lager hole ich eine Plastikflasche und einen Schlauch aus der geheimen Reserve. Den Schlauch schneide ich auf einen Meter achtzig zurecht. Mit einem Messer schneide ich die Flasche längs auf und entferne den Flaschenboden. Mit dem Klebeband befestige ich den Schlauch am Flaschenhals. Die so entstandene Maske setze ich auf und lasse den Schlauch bis fast zum Boden hinabhängen. Meine Stimme klingt verzerrt, und beim Sprechen beschlägt das Plastik. Ich erkläre meinen Freunden das Prinzip:

»Die Maske verstecken wir unter den Säcken, die wir uns wie immer überziehen. Den Schlauch schieben wir im Hosenbein bis hinunter zum Schuh. So können wir die bodennahe Luft atmen.«

Ich nehme die Maske ab, um besser sprechen zu können.

»Ich muss die Konstruktion natürlich noch verbessern, um sie bequemer und leistungsfähiger zu machen. Aber sagt mal ehrlich, Jungs, ist das nicht eine tolle Idee?«

Die freudigen Gesichter meiner Freunde spiegeln meine Begeisterung.

Von einem Gedanken bin ich regelrecht besessen: Was wird aus Firmie? Hat sie noch Geld? Musste sie zu ihren Eltern zurückkehren? Ist sie noch mit unserem Baby schwanger? Ich bin wütend, weil ich bislang keine Möglichkeit gefunden habe, ihr zu Hilfe zu kommen. Das Datum meiner Hinrichtung nähert sich unausweichlich. Ich verbringe viel Zeit mit dem Alten, aber leider erbringen unsere Überlegungen keinen konkreten Plan. Ich hatte gehofft, an einem Streifzug der Unberührbaren in der Stadt teilnehmen zu können, die manchmal nachts die Kadaver einsammeln und sich mit ihrem Gebrüll den Bewohnern der Unterstadt in Erinnerung rufen. Aber als Todeskandidat bekomme ich diese Erlaubnis unter keinen Umständen.

Dank der Masken atmen wir nun weniger giftige Gase ein. Meine Freunde sind dagegen, dass wir den anderen unseren Trick verraten. Sie fürchten, dass die Information zu den Wachen gelangt und die Masken eingezogen werden. Außerdem leben wir weiterhin mit der Angst, ohnmächtig zu werden – was beinahe allen passiert, die den Faulturm befüllen müssen. Dann könnte unsere besondere Ausrüstung entdeckt werden. Bislang ist noch keiner von uns umgekippt. Hoffentlich bleibt das auch so. Als Dank für meine Erfindung versuchen meine Freunde nächtelang, einen Tunnel für mich zu graben. Das Projekt ist wegen der Zusammensetzung des Erdbodens von vornherein zum Scheitern verurteilt. Nacheinander geben alle auf. Ich aber kann nicht von dem Tunnel ablassen. Obwohl der Tunnel immer wieder einstürzt, stehe ich an manchen Abenden allein auf und grabe tief in den morschen Felsen.

Heute bestellt man mich zu »Rihards Unterkunft«. Keiner meiner Freunde war je dort, nicht einmal der Alte. Es ist ein geheimer Ort im Herzen des Waldes. Bis zu dem fürchterlichen Datum bleibt mir noch weniger als ein Monat. Der Chef will mir bestimmt persönlich verkünden, an welchem Tag ich hingerichtet werde. Eine Wache geht in nördlicher Richtung voraus, eine zweite folgt mir auf dem Fuß. Wenn ich langsamer werde, drückt mir der Wachmann seinen Gewehrlauf in den Rücken. Es geht ungefähr einen Kilometer einen Schotterweg entlang. Dann bleiben die beiden stehen und verbinden mir die Augen. Ich muss mich im Kreis drehen – sie wollen, dass ich die Orientierung verliere. Dann gehen wir durch den Wald, wobei die Wachen mich brutal am Arm zerren. Sie haben es eilig. Nach etwa 200 Metern halten sie an. Ich höre, wie sie sich an einer Metallplatte zu schaffen machen. Sie schubsen mich eine Treppe hinunter, die unter die Erde führt. Es ist hier sehr feucht; die Stufen sind glitschig. Sie drücken meine rechte Hand auf ein Geländer. Nach 27 Schritten höre ich, wie sich eine schwere Tür öffnet. Man nimmt mir die Augenbinde ab. Die Wachen setzen ihre Gasmasken ab. Ich hatte ganz vergessen, dass sie darunter ein Gesicht haben. Die Luft hat hier fast keinen Eigengeruch, ganz anders als draußen. Ich fülle meine Lungen damit. Man bringt mich zu einer Dusche, wie ich sie bei Ludmilla kennengelernt habe. Ein willkommener Kontrast zu der Katzenwäsche ohne Seife, die ich nach der Rückkehr vom Silo mit dem Regenwasservorrat unserer Gruppe sonst durchführe. Bei dieser Art Wäsche müssen wir erst vorsichtig die ölige Schicht entfernen, die sich an der Wasseroberfläche bildet, um an die brackige Brühe zu gelangen, die wir auch trinken. Als ich aus der Dusche komme, gibt man mir eine braune Hose und ein braunes Hemd. Meine eigene Kleidung wird auf einen Haufen in der Ecke geworfen. In der Umkleidekabine befinden sich viele Gasmasken und Ganzkörperanzüge. Ein Mann sprüht mir eine alkoholhaltige Lotion auf Hände und Haare. Dann bringt mich ein Wachmann in ein Büro. Ich muss mich setzen. Ich warte beinahe eine Stunde. Angst habe ich keine. Was könnte mir Schlimmeres zustoßen – ich bin ja bereits zum Tode verurteilt. Plötzlich herrscht Bewegung auf dem Flur. Ein Mann platzt herein und reißt mich am Kragen hoch. Ich bin in Hab-acht-Stellung. Rihard setzt sich mir gegenüber und bedeutet mir mit einer knappen Geste, mich ebenfalls zu setzen.

»Lucen, ja?«

»Ja.«

»Ja, Chef!«, schreit der Mann hinter mir und rammt mir seine Faust in den Rücken.

Nachdem ich wieder zu Atem gekommen bin, wiederhole ich:

»Ja, Chef …«

»Du bist mit meinem Glücksbringer befreundet. Ihr nennt ihn den Alten. Wir sind gleichzeitig hier im Lager eingetroffen, und es gibt mir ein gutes Gefühl zu wissen, dass er noch am Leben ist. Aber deshalb habe ich dich nicht herbeordert. Einer meiner Männer hat dich erkannt. Er sagt, du könntest Rattenkämpfe organisieren? Aus deiner Akte geht das nicht hervor. Sie handelt eher von deinem Interesse an Sprengstoff.«

»Das stimmt, Chef. Ich war Syvains Assistent, unter anderem im *Milord*.«

»Ist das der, der sich ›König der Ratten‹ nennt?«

»Ja, Chef.«

»Unsere Lager und Keller sind voll von den Viechern. Sie fressen unsere Nahrungsvorräte auf. Ich will, dass du sie alle fängst, bis auf die letzte Ratte, und sie an einen anderen Ort bringst. Die Ratten sollen für ein bisschen

Unterhaltung sorgen. Du wirst zwei meiner Männer darin ausbilden, wie man Ratten fängt, züchtet und trainiert. Wenn ich mit dir zufrieden bin, kann ich dir ein paar Monate länger in meiner Hölle anbieten.«

Als ich nicht sofort antworte, hält er mir eine Pistole an die Stirn.

»Wenn du das Angebot nicht annimmst, beende ich dein Leben sofort.«

Er entsichert die Waffe.

»Ich ... bin einverstanden, Chef«, stottere ich.

»Das dachte ich mir.«

Als ich dem Alten von meinem Erlebnis erzähle, reagiert er aufgeregt. Zum einen ist er erleichtert, dass ich meiner Strafe noch für einige Zeit entgehen werde. Zum anderen sieht er eine neue Möglichkeit für unseren Fluchtplan:

»Seltsamerweise wird Rihards Bunker nicht richtig bewacht, obwohl dort Soldatenuniformen und Gasmasken gelagert werden. Wenn es dir gelingt, dort hineinzukommen, kannst du eine Uniform stehlen und das Lager unerkannt durch den Haupteingang verlassen. Dazu musst du natürlich den geeigneten Moment abwarten, einen Soldaten deiner Statur finden und dessen Gang und Gestik imitieren. Einfach ist das nicht.«

Für die Dauer meines Auftrags bin ich von der Arbeit im Silo und an den Sammelstellen befreit. Rihard hat zwei Männer abgestellt, die mit mir arbeiten sollen. Sobald ich sie ausgebildet habe, werden sie das Kommando übernehmen. Sie erzählen mir mehr über Rihards Vorhaben. Er will nur Rattenkämpfe, weil Hunde zu teuer sind. Er will seinen Männern Unterhaltung bieten, aber zugleich von den Kämpfen profitieren, indem er die Wetten kontrolliert und einen Teil der Einsätze kassiert.

Die zwei Männer an meiner Seite sind nicht besonders motiviert. Einer der beiden, Olvier, hat sogar Angst vor Ratten. Er hat nicht gewagt, das zuzugeben, weil er genau weiß, wie sein Chef auf Widerspruch reagiert. Ich inspiziere unser Jagdgebiet und erstelle eine Liste der Dinge, die nötig sind, um Gehege zu bauen und die Ratten zu fangen. Ich bitte sie, auch meine Freunde bei der Arbeit einsetzen zu dürfen, damit alles schneller vorangeht. Sie gestatten es mir sofort, weil sie ihren Chef so schnell wie möglich zufriedenstellen wollen. Hans und die anderen freuen sich, der Arbeit im Silo wenigstens für ein paar Tage zu entgehen.

Wir verbringen mehrere Wochen mit dem Bau von Gehegen aus dicken Brettern und Gittern. Dann fangen wir ganze Rattenkolonien ein. Pul, der in seinem früheren Leben in der Unterstadt Zimmermann war, vertraue ich den Bau der Arena an. Als ich die für den Kampf geeigneten Ratten auswählen will, merke ich, dass unser Bestand nur wenige dominante Tiere umfasst, die tatsächlich Kämpfe bestreiten könnten. Also müssen wir die Ratten vor den Kämpfen hungern lassen, um sie aggressiver zu machen. Ich bin nicht sicher, ob wir mit diesem Vorgehen langfristig gute Ergebnisse erzielen können. Wahrscheinlich wird Rihard bald echte Kämpfer in der Stadt holen müssen. In diesem Fall könnte ich seine Männer als Berater begleiten. Vielleicht hätte ich dann die Gelegenheit, zu fliehen und Firmie wiederzusehen. Ich klammere mich an diese Hoffnung.

Die erste Veranstaltung ist ein voller Erfolg. Rihard selbst ist gekommen. Alle Wachen, die gerade nicht arbeiten, müssen bei dem Schauspiel zusehen. Einige lassen sich auf Wetten ein, um ihren Chef nicht zu enttäuschen. Rihard lehnt an der Bar und sieht zufrieden aus. Er winkt mich zu sich.

»Sechs Monate, Lucen. Du hast dein Leben gerade um sechs Monate verlängert.«

Als ich eines Abends besonders spät von den Rattenkämpfen zurückkehre, überrasche ich Julen beim Baden. Sein Gesicht und sein Körper sind von schlecht vernarbten Wunden übersät.

»Bitte sieh nicht hin«, sagt er traurig.

»Mache ich nicht, Julen. Hast du das schon lange?«

»Nein, erst seit ein paar Wochen, aber es wird immer schlimmer. Ich verfaule, Kumpel.«

»Werden Kranke hier im Lager nicht versorgt?«

»Was glaubst du? Schließlich sind wir zum Sterben hier, oder?«

»Wann kommst du hier raus?«

»In zwei Wochen. Wir müssen uns übrigens um unsere Postbäume kümmern. Ich könnte deine Frau besuchen. Denk gut darüber nach, was ich ihr ausrichten soll.«

Zwei Wochen später verabschiedet sich Julen. Er hat die Nachrichten, die er von uns allen überbringen soll, auswendig gelernt. An den vergangenen Abenden haben wir sie ihm vorgetragen. Er soll Firmie Sicherheit vermitteln und ihr sagen, dass ich in ungefähr 100 Tagen wieder bei ihr sein werde. Die Zahl habe ich einfach so genannt. Ich glaube immer weniger an ein Wunder, will Firmie aber nicht in Verzweiflung stürzen. Meinem Freund gebe ich eine kurze, handgeschriebene Nachricht mit, sodass Firmie ihm vertraut und ihn in die Wohnung lässt.

Erneut werde ich zu Rihard bestellt. Wie ich gehofft hatte, beschwert er sich über die mangelnde Kampfbereitschaft der letzten Ratten. Seine Einnahmen waren bescheiden. Er fragt, ob seine Männer daran schuld seien und hart bestraft werden sollten oder ob ich nun doch wegen Inkompetenz mein Leben lassen müsse. Ich erkläre, dass er seine Männer in die Kanalisation der Stadt schicken muss. Dort könnten sie wirklich dominante Männchen fangen.

»Ich habe ihnen beigebracht, wie man diese Tiere innerhalb einer Kolonie findet, aber sie kennen sich in der Kanalisation nicht aus und würden wahrscheinlich nicht an den richtigen Stellen suchen.«

»Könntest du eine Karte für sie zeichnen? Einige von ihnen können nämlich lesen.«

»Natürlich, Chef, aber …«

»Aber was?«, brüllt er plötzlich. »Du willst sie wohl lieber begleiten, nicht wahr? Und dann in der Kanalisation abhauen, wo du jeden Winkel kennst! Wage es, mir ins Gesicht zu sagen, dass du nicht daran gedacht hast!«

»Ich habe daran gedacht, Chef, aber ich weiß auch, dass kein Unberührbarer euch je entkommen ist. Dennoch kann man nicht verhindern, dass ein Mensch in meiner Situation die geringe Hoffnung hat, noch davonzukommen.«

»Du bist nicht ganz so dumm wie die anderen. Du wirst sie also in die Kanalisation führen – aber in Ketten und begleitet von zwei Soldaten, deren einzige Aufgabe es sein wird, dich abzuknallen, sobald du einen falschen Schritt machst oder versuchst, Kontakt zu irgendwelchen Freunden aufzunehmen. Verstanden?«

»Ja, Chef.«

»Wenn du gute Arbeit leistest und mein kleines Geschäft wieder profitabel wird, bekommst du ein paar Monate mehr Lebenszeit.«

Gerges

Heute äußert sich mein Vater vor Beginn der nächtlichen Rundgänge zu der von Clude vorgeschlagenen Methode, unsere Feinde ohne Gerichtsprozess zu eliminieren. Er war im Krankenhaus und hat die Akten durchsucht.

»Clude, dein Plan ist praktisch narrensicher. 28 der 29 von uns behandelten Dreckskerle haben unsere schöne Stadt bereits für immer verlassen. Hinzu kommen fast genauso viele Personen, die durch Ansteckung gestorben sind. Meistens waren es Verwandte, aber auch drei Angestellte des Krankenhauses, was nur schwer zu vermeiden war.«

»Für den 29. könnten wir einen kleinen Verkehrsunfall organisieren«, schlägt Clude vor. »Ich regle die Dinge am liebsten von Anfang bis Ende.«

»Das spricht für dich, aber ich glaube, wir sollten es dabei belassen. Manche haben schon eine Verbindung zwischen den Todesfällen und uns hergestellt. Ich habe sogar bereits Drohbriefe erhalten. Bis jetzt ist alles perfekt: Sie wissen, dass wir es waren, aber sie können nichts beweisen.«

Ich bitte meinen Vater um ein kurzes Gespräch unter vier Augen:

»Hier ist ein Brief an mich, den Lucen vor seiner Verhaftung in Snias Briefkasten geworfen hat. Ich weiß nicht, ob er dich interessiert ...«

»Er ist noch nicht geöffnet. Dich interessiert er offensichtlich nicht.«

»Ich habe mit meiner Vergangenheit abgeschlossen.«

Ich sehe zu, wie er den Brief meines einstigen Freundes langsam öffnet und liest. Er zeigt keine Reaktion. Als er fertig ist, zerknüllt er das Blatt, legt es in einen Aschenbecher und entzündet es mit seinem Feuerzeug. Mit gespieltem Stöhnen sagt er:

»Ich war's nicht! Ich war's nicht! So ist Lucen. Weder eine Entschuldigung noch die Spur eines schlechten Gewissens. Du hast recht, mein Sohn, der Kerl ist den Strang nicht wert, mit dem er bald erhängt wird.«

Snia holt mich jetzt fast jeden Abend von der Polizeistation ab. Dann gehen wir zu mir, um zu knutschen und einen Vorgeschmack auf unsere künftigen Verabredungen zu bekommen. Körperlich fühlen wir uns stark zueinander hingezogen, und wenn Snia nach Hause muss, kommen wir kaum voneinander los. Ihre Eltern sind sichtlich zufrieden, dass wir wieder zusammen sind. Als ich meinem Vater gestand, dass in Snias Adern Flüchtlingsblut fließt, reagierte er amüsiert: »Als hätte ich das nicht gewusst!« Snia sagt, ihre Mutter wolle nicht, dass sie gleich schwanger würde – schließlich ist sie erst 14. Deshalb muss Snia zu einer Tante gehen, die ihr zeigen wird, wie wir trotzdem gefahrlos üben können. Ich kann es kaum erwarten.

An diesem Morgen bin ich der einzige Kollege im Kommissariat. Die anderen sind bei einer Treibjagd in den Docks. Sie suchen Illegale, die heute Nacht mit einem fremden Boot gekommen sind. Ich sortiere die Post und hefte die zuletzt eingegangenen Beschwerden im Archiv ab. Ansonsten habe ich nichts zu tun. Zu meiner großen Überraschung ist ein Paket direkt an mich adressiert. Es handelt sich um eine Kiste, die 20 Zentimeter lang ist und etwa acht oder neun Zentimeter in der Breite und Höhe misst. Das Gewicht schätze ich auf 200 oder 300 Gramm. Ich betrachte das Päckchen von allen Seiten und behandle es sehr vorsichtig. Die Vorschriften sind streng: Man darf Pakete nicht allein öffnen, und sollten Zweifel an der Rechtmäßigkeit der Pakete aufkommen, kümmert sich eine Spezialeinheit darum. Also lege ich das Paket auf meinen Schreibtisch und vertiefe mich in eine Zeitschrift über Kriegswaffen, die auf Arhurs Tisch herumlag. Hätte ich keine Angst, von den anderen überrascht zu werden, würde ich Snia bitten, mir hier Gesellschaft zu leisten.

Plötzlich betritt eine Frau schreiend das Kommissariat. Trotz der Schmutzschicht auf ihrem Kopf ist zu erkennen, dass sie sehr helle Haare hat. Sie will etwas sagen, ist aber kaum zu verstehen, weil sie gleichzeitig weint und nach Luft ringt. Ich kann nur einige Silben verstehen:

»Na hi … Na hi.« Ich bitte sie, sich zu setzen, und reiche ihr ein Taschentuch, damit sie ihre Tränen trocknen und sich beruhigen kann. Es dauert lange, ehe sie sich zusammenhängend äußern kann. Ich finde heraus, dass ihre acht Monate alte Tochter Nahalie heute Nacht verschwunden ist. Die Frau ist sicher, dass jemand bei ihr eingebrochen ist und das Kind entführt hat. Ich notiere ihre Adresse und verspreche, so schnell wie möglich eine Untersuchung in die Wege zu leiten. Sie bleibt so lange sitzen, bis ich sie wegschicke. Ich habe nicht den Mut, es ihr gleich zu sagen, aber die Chancen, dass wir ihr Kind finden, sind gering. Organisierte Banden aus anderen Städten machen hier regelmäßig Geschäfte mit entführten Kindern, um die Waisenhäuser der Oberstädte zu beliefern. Kaum haben sie das Verbrechen begangen, verlassen sie die Unterstadt. Meines Wissens ist es der Polizei bisher noch nie gelungen, eines dieser Netzwerke zu sprengen und den Eltern ihren Nachwuchs zurückzugeben.

Wenig später kommen die anderen zurück. Die Jagd war erfolgreich: Unsere Zellen sind gut gefüllt. Den Rest des Tages werden wir mit Verhören zubringen. Mein Vater kommt kurz vorbei, um sich zu vergewissern, dass während seiner Abwesenheit nichts Wichtiges geschehen ist. Ich erzähle ihm von dem verschwundenen Kind. Er verdreht bloß die Augen – gegen diese Dinge ist er machtlos. Dann zeige ich ihm das Päckchen. Er wiegt es in den Händen und schüttelt es leicht.

»Lass unseren Sprengstoffhund daran schnüffeln. Wenn er nicht anschlägt, kannst du es öffnen – wenn du willst. Ich wäre sehr erstaunt, wenn es sich um ein Geschenk handelt. Und jetzt haben wir zu tun.«

In einer Pause am Spätnachmittag gehe ich zu unseren Sprengstoffexperten. Der Hund schleicht um das Paket herum, schnüffelt, bellt aber nicht.

»Negativ«, bestätigt der Experte.

Ich gehe zurück ins Büro und schneide das Paket vorsichtig auf. Es enthält einen mit einem Faden zugebundenen Plastiksack. Ich löse die Schleife. Ein grässlicher Gestank steigt mir in die Nase. Schnell schließe ich das Paket wieder, halte es auf Armlänge und gehe nach draußen zum Mülleimer, um es loszuwerden.

»Was war das?«, will Clude wissen.

»Ein Rattenkopf voller Insekten. Es gibt wirklich ein paar Gestörte da draußen!«

»Ich mache die nie auf. Die wenigsten Menschen wollen uns eine Freude machen, meinst du nicht?«

Bis zum Ende meiner Dienstzeit beschäftige ich mich mit den Illegalen. Dann bin ich mit Snia verabredet. Sie weist mich darauf hin, dass ich mich ständig am Unterarm kratze.

»Wir hatten den ganzen Nachmittag mit Illegalen zu tun. Vielleicht habe ich mir einen Floh eingefangen.«

Am nächsten Morgen habe ich Fieber und Bauchschmerzen. Ich gehe dennoch zur Arbeit, denn wir müssen noch viele Illegale verhören, ehe der Grenzschutz die menschliche Ladung in Empfang nehmen kann. Mein Vater bemerkt meinen Zustand als Erster.

»Du siehst heute seltsam aus. Dein Gesicht ist ein bisschen rot.«

»Ich glaube, ich habe Fieber.«

»Dann geh sofort nach Hause; ich komme später vorbei, um nach dir zu sehen.«

Ich antworte nicht, da ich wirklich müde bin und starke Bauchschmerzen habe. Ich schleppe mich nach Hause und lasse mich aufs Bett fallen.

Später wache ich schweißgebadet auf. Die Wände schwanken und scheinen sich auf mich zuzubewegen, als wollten sie mich zerquetschen. Mein Körper fühlt sich weich, schlaff, fast flüssig an, und es ist, als zerfließe er auf dem Boden. Ich halluziniere. Ein Luftstrom saugt mich unausweichlich an. Meine Beine haben sich bereits vom Körper gelöst. Ich bin gelähmt und habe unendliche Schmerzen. Mein Bauch zerreißt. Bald werde ich verschwinden. Nicht die geringste Spur wird von mir bleiben.

Mein Vater schüttelt mich heftig. Er will den oberen Teil meines Körpers retten. Deshalb presst er ihn an sich und steckt ihn in eine große Holzkiste. Jetzt muss er sie verschließen, schnell, schnell, ehe ich wieder zerfließe. Mein Kopf ist deformiert, weil unter meiner Haut schwarze Würmer umherkriechen. Ich will schreien, man solle sie herausholen, aber mein Mund ist versiegelt.

Ich bin in einem weißen Raum. Unbekannte machen sich an mir zu schaffen. Sie sprechen laut. In meiner Achsel ist eine harte, brennende Kugel gewachsen. Am liebsten würde ich sie herausreißen. Zwei Frauen halten meine Hände fest, während eine dritte mit einem Skalpell die Haut aufschneidet. Mein Vater ist hier. Er ist einverstanden und tut nichts, um mein Leiden zu beenden.

Es geht mir besser. Gern würde ich alle Körperteile berühren, um sicherzugehen, dass nichts fehlt und der Albtraum zu Ende ist, aber ich bin so müde, dass die Gliedmaßen den Befehlen meines Gehirns nicht gehorchen. Meine linke Achsel schmerzt ein wenig. Ich schlafe viel. Mein Vater kommt oft vorbei; manchmal auch Snia. Beide streichen mir über den Kopf und ringen sich ein Lächeln ab. Sie flüstern mir freundliche Worte zu, aber ich kann nicht antworten. Dazu habe ich nicht die Kraft. Manchmal füllen sich meine Augen mit Tränen, denn das Licht ist unerträglich hell. Dann schließe ich die Augen für lange Zeit.

Drei Tage. Ich war drei Tage lang im Delirium, habe geschrien und gesabbert – das erzählt mir meine Freundin. Dann lag ich eine Woche im Koma, das zum Teil durch die Beruhigungsmittel hervorgerufen wurde.

Ich hatte die Pest. Die Pest, die im Lauf der Geschichte schon Millionen Menschen das Leben gekostet hat. Ich wurde von einem durch Ratten übertragenen Floh infiziert. Damit bin ich das Opfer einer »absichtlichen Vergiftung«, schlimmer noch, eines »bakteriologischen Attentats«, wie mein Vater erklärt. Er erzählt mir von den Schrecken, die er durchlebt hat: Kaum hatte er mich an jenem Tag nach Hause geschickt, fand er auf seinem Schreibtisch eine Nachricht, der zufolge die Stunde der Rache gekommen sei und sein Sohn nun schrecklich leiden müsse. Er eilte sofort nach Hause, fand mich fiebernd und halluzinierend vor, hievte mich auf seinen Rücken und rief jemanden, der mich auf einer Karre ins Krankenhaus brachte. Ich hatte alle Symptome der Pest, aber die Ärzte wollten die Diagnose erst bestätigen, nachdem sie alle Untersuchungen durchgeführt hatten, denn diese Krankheit war in der Unterstadt bislang nie aufgetreten. Eine hohe Dosis Antibiotika und die Entfernung einer riesigen Pestbeule in meiner linken Achsel machten der Schweinerei schließlich den Garaus.

Jetzt ist mein Vater erleichtert und sofort wieder in seiner üblichen Rolle des Ermittlers:

»Niemand außer dir hat den Inhalt des Pakets gesehen. Erinnerst du dich wirklich nur an einen mit Insekten bedeckten Rattenkopf?«

»Das ging alles so schnell … Es stank so sehr, dass ich das Paket so schnell wie möglich wieder zumachte und wegwarf. Aber wenn ich genauer darüber nachdenke … da war etwas Blaues …«

»Wie, etwas Blaues?«

»Auf dem Kopf der Ratte war blaue Farbe. Seltsame Vorstellung, oder? Vielleicht habe ich es mir aber auch nur eingebildet. Ich kann nur schwer unterscheiden, was wirklich passiert und was Teil der Halluzinationen ist.«

»Interessant«, bestätigt mein Vater. »Die Organisatoren der Rattenkämpfe markieren die Tiere, indem sie deren Köpfe färben. Da die Kämpfe verboten sind, muss man im kriminellen Milieu ermitteln.«

Snia leistet mir Gesellschaft. Sie erzählt, was sie gerade in der Schule lernt. Wenn sie älter ist, wird sie ein Geschäft betreiben wie ihre Eltern. Sie will ein Schmuckgeschäft oder eine Konditorei auf 700 eröffnen. Sie erzählt von ihren Freundinnen, die ich aber nicht kenne. Als sie Lucens Schwester Katine erwähnt, kann ich mir eine abschätzige Bemerkung nicht verkneifen. Sie hört es zwar, fährt aber fort. Sie will mir begreiflich machen, dass sie das Unglück ihrer Freundin sehr berührt. Ihre Schilderungen erinnern mich auf schreckliche Weise an alles, was ich nach dem Tod meines Bruders durchgemacht habe: ein Vater, der schweigt und sich in die Arbeit stürzt, und eine Mutter, die ohne Unterlass die Fehler von früher beweint. Snia erklärt, dass sie verzweifelt auf Lucens Tod warten, um seine Leiche zu erhalten und mit der Trauerarbeit beginnen zu können. Katine fühlt sich für ein Verbrechen bestraft, das sie nicht begangen hat. Ich habe beinahe so etwas wie Mitgefühl und will meiner Freundin nicht länger zuhören. Stattdessen betrachte ich sie und konzentriere mich auf ihre Bewegungen, ihre Mimik und das Begehren, das ich für sie empfinde. Jetzt zählt nur noch Snia. Mit Lucen und seiner Familie will ich nie wieder etwas zu tun haben.

Die Krankenschwester, die meinen Verband wechselt, ist so alt, wie meine Mutter war, und nennt mich ihren »Kleinen«. Jeden Morgen erfahre ich etwas mehr über sie und den Alltag im Krankenhaus. Eines Tages erzählt sie mir mit tränenerstickter Stimme von dem Leid, das sie erfuhr, als ein mysteriöses Virus ihre Schwester und ihre beste Freundin dahinraffte, die beide in der Notaufnahme gearbeitet hatten. Seither ist nichts mehr wie früher; das Leben fällt ihr schwer. Sie fragt sich, warum sie nicht selbst in jener Nacht gestorben ist. Ich sehe sie schweigend an.

»Ich weiß nicht, was auf einmal mit mir los ist«, entschuldigt sie sich. »Ich werde Ihnen mit meinen Schauergeschichten noch den Tag verderben. Das haben Sie nicht verdient. Sie wirken so nett.«

Sie zwingt sich zu einem Lächeln. Dann geht sie hinaus. Wenn sie wüsste …

Ludmilla

»Sie sind also Grisellas beste Freundin?« Er fixiert mich.

Aus der Nähe ist er gar nicht so beeindruckend: Er ist kleiner als François, hat eine lange Nase und zu dicke Brauen. Sein Blick verunsichert mich. Unwillkürlich senke ich den Kopf.

»Ja. Ich möchte Ihnen auch meinen Freund François vorstellen.«

»Guten Abend.«

»Guten Abend.«

Die beiden Männer sehen einander an, als versuchten sie einzuschätzen, wer im Falle einer Schlägerei die Oberhand hätte.

»Kommt ins Wohnzimmer«, ruft Grisella, »es gibt etwas zu trinken.«

»Bitte nach Ihnen«, sagt Eugène.

Er breitet freundlich die Arme aus, nutzt aber die Gelegenheit, mir im Vorbeigehen in die Taille zu kneifen. Instinktiv kuschle ich mich an François. Wir setzen uns auf die Couch; Grisella und ihr Freund nehmen auf Stühlen Platz. Eugène ist entschlossen, den Ton anzugeben:

»Ludmilla, Grisella hat mir schon viel von Ihnen erzählt. Wie ich sehe, hat sie nicht übertrieben. Sie sind hübsch. Langes, volles blondes Haar, helle Haut. Ein echtes Mädchen aus der Oberstadt. Es schadet auch nicht, dass Sie aus einer wohlhabenden Familie stammen.«

»Ich glaube, Grisella hat ein bisschen übertrieben.« Seine Worte sind mir von Minute zu Minute peinlicher.

»Unbegrenzter Kredit in den Luxusboutiquen, ein Kindermädchen … das ist doch ziemlich viel. Was genau macht Ihr Vater denn?«

Ich sehe François an. Er steht auf:

»Wir werden jetzt gehen. Es ist spät. Bitte entschuldigen Sie uns.«

»Schon? Sie sind doch gerade erst gekommen«, wundert sich Eugène. »Jage ich Sie mit meinen Fragen in die Flucht?«

»Also …«, stottere ich, »ich muss … auf die Zeit achten, weil …«

»Ach ja, das weißt du ja gar nicht, Liebling«, eilt Grisella mir zu Hilfe, »sie sind heimlich hier. Ihre Eltern wissen nichts davon. Vor allem Ludmillas Vater nicht.«

»Trotzdem«, beharrt Eugène in schärferem Ton, »ist das etwas überstürzt. Habe ich Sie etwa enttäuscht?«

»Nein, überhaupt nicht, nein, es war sehr … sehr interessant«, stammle ich. »Bis morgen, Grisella.«

»Was für ein Idiot!«, urteilt François, sobald wir draußen sind. »Du hast Eindruck auf ihn gemacht. Er war richtig scharf auf dich. Deine Haare, deine Schönheit … man konnte glauben, er habe von einer Zuchtstute gesprochen.«

Um nicht laut aufzulachen, halte ich mir die Hände vor

den Mund. Meine Euphorie ist ansteckend, denn auch François kichert leise. Ich blicke hoch zu Grisellas Wohnzimmerfenster. Eugène schaut uns mit wutverzerrtem Gesicht nach.

Je näher wir meinem Viertel kommen, das ein reines Wohnviertel ist, umso weniger Passanten begegnen wir. Als die Straße eine Linkskurve macht, spricht uns eine junge Frau an, die ihr Gesicht unter einem dicken Schal verbirgt. Und doch kommen mir ihre Gestalt und Gesten bekannt vor.

»Sie werden seit zehn Minuten von drei Männern verfolgt.«

»Yolanda, sind Sie es? Oh, Yolanda, bitte verzeihen Sie uns.«

»Unterbrechen Sie mich nicht. In 100 Metern, wenn Sie in die Kirschbaumstraße einbiegen, wird der Angriff stattfinden. Sind Sie bewaffnet, François?«

»Nein.«

»Wissen Sie sich zu wehren?«

»Nur mit bloßen Fäusten.«

»Ziehen Sie ein paar Sekunden vor dem Angriff Ihre Jacke aus, und wickeln Sie sie um den linken Unterarm. Nutzen Sie die Jacke als Schutzschild. Greifen Sie mit Fußtritten an. Und zögern Sie nicht, kräftig zuzutreten, denn heute geht es um Leben und Tod. Ich werde mich verstecken und die Angreifer von hinten überfallen, sobald Sie an mir vorbeigegangen sind. Ludmilla, Sie verstecken sich bitte.«

Sie kauert sich zwischen zwei parkende Autos. Ich kann nicht anders: Ich drehe mich um und sehe drei Gestalten, die sich mit schnellen Schritten nähern. François presst mich an sich, aber dadurch werden wir langsamer, und ich bekomme noch mehr Angst.

Unsere Verfolger sind kaum noch 20 Meter von uns entfernt. Einen von ihnen hören wir schon laut atmen. François lässt mich los, zieht seine Jacke aus und wickelt sie um seinen Unterarm. Zugleich dreht er sich um. Die drei Männer werden langsamer. Der mittlere lächelt. Beinahe gleichzeitig ziehen seine Begleiter links und rechts von ihm je ein Messer und lassen die Klingen aufspringen. Der Mann in der Mitte ist stehen geblieben. Er will dem Spektakel wohl zusehen. Wo hat Yolanda sich versteckt, und wie will sie eingreifen?

François schiebt mich nach hinten, hält sich den linken Arm vors Gesicht und wirft sich auf den rechten Angreifer, der mit seiner Waffe herumfuchtelt. Ich ziehe mich vorsichtig zurück. Meine Beine fühlen sich an wie Wackelpudding. Plötzlich ein Schrei. Einer der Männer hat von hinten einen heftigen Schlag in die Knie bekommen. Der zweite Schlag trifft seinen Kopf, er fällt zu Boden; seine Haare färben sich blutrot. Yolanda steht jetzt dem Anführer gegenüber, der sich den Metalldeckel eines Mülleimers geschnappt hat und sich auf sie stürzt. Mit einer schnellen Bewegung schlägt sie ihm den Deckel aus der Hand und versetzt dem Mann blitzschnell einen Tritt in den Unterbauch. Ehe der Mann zurückweichen oder sich wehren kann, trifft ihn ein zweiter Tritt zwischen den Beinen. Mit lautem Stöhnen krümmt er sich zusammen. Yolandas Knie trifft seine Stirn. Er bricht bewusstlos zusammen. Ich drehe mich nach François um, der ein paar Meter weiter gegen den dritten Angreifer kämpft. Das

Messer liegt inzwischen auf dem Boden. Yolanda nähert sich den Kämpfenden, hebt das Messer auf und sticht es dem Mann in den Oberschenkel. Das Opfer fällt zu Boden und hält die Hand auf die Wunde, um den Blutfluss zu stoppen.

»François, weichen Sie zurück, sonst kommen Sie noch mit dem Blut in Kontakt. Kümmern Sie sich um Ludmilla, sie ist ja wie versteinert. Begleiten Sie sie nach Hause. Ich bringe das hier zu Ende und komme dann nach.«

Mein Freund zieht mich vom Boden hoch und legt mir seine schmutzige Jacke um die Schultern. Wir gehen so schnell wie möglich nach Hause.

In der Küche trinken wir Tee und versuchen, uns zu beruhigen. Ich habe während des gesamten Heimwegs kein Wort herausgebracht. François hat eine – zum Glück nicht sehr tiefe – Schnittwunde am linken Ellbogen davongetragen. Dann kommt auch Yolanda nach Hause.

»Macht so etwas nie wieder!«, predigt sie. »Ohne mich wären Sie tot, François, und Sie, Ludmilla, wären jetzt deren Geisel.«

»Warum glauben Sie, dass die Männer sie entführen wollten?«, fragt François.

»Einer der beiden hatte ein Seil und Klebeband dabei. Ihr Versteck muss ganz in der Nähe gewesen sein, denn sie hatten kein Auto bereitgestellt. Bestimmt wollten sie bei einem Gleichgesinnten unterkommen.«

»Wissen Sie, wer die waren?«

»Zwei von ihnen hatten auf der linken Faust die bekannte Tätowierung der extremistischen Jaspisten. Ich wette, sie gehörten zu der Leibgarde, die dem guten

Eugène nahesteht. Ich weiß nicht, was Sie beide ihm getan haben, aber er scheint Sie nicht sonderlich zu mögen. Vielleicht hat er gemerkt, dass Sie nicht ehrlich zu ihm waren … in politischer Hinsicht, meine ich.«

François tut, als verstünde er nicht. Yolanda sieht ihm in die Augen:

»Junger Mann, wenn ich noch einen Beweis für Ihre Überzeugungen bräuchte, hätte ich ihn heute Nacht bekommen. Sie kämpfen wie ein Anfänger. Wie ein Anhänger der … Jewowisten.«

»Was soll das heißen?«, fragt François.

»Sie kämpfen nur zu Ihrer Verteidigung und achten darauf, den Gegner nicht zu schwer zu verletzen.«

»Sie aber nicht. Gehören Sie zu einer terroristischen Vereinigung?«

»Nein. Ich handle nicht ideologisch. Kämpfen ist mein Beruf.«

Am Montag in der Schule berichten wir Léna in stark zensierter Form von unserer jüngsten »Heldentat«. Léna macht mir nur Vorwürfe:

»Deine Mission ist komplett gescheitert, Ludmilla. Wir wollten, dass du so viel wie möglich über Eugène herausfindest und sein Vertrauen gewinnst. Stattdessen gelingt dir die Glanzleistung, ihn dir gleich am ersten Abend zum Feind zu machen, indem du dich über ihn lustig machst. Ich dachte, du könntest uns noch nützlich sein, aber da habe ich mich wohl getäuscht.«

Sie schimpft mich aus wie ein kleines Mädchen. Soll sie doch selbst hingehen und dem Monster gegenübertreten! Ich sehe sie bloß schweigend an. Wenn sie eine Entschuldigung erwartet, muss ich sie enttäuschen. Das Einzige, wovor ich Angst habe, ist, dass sie François und mich zur Trennung zwingt. Doch das tut sie zum Glück nicht – was beweist, dass ich für sie noch immer interessant bin.

Den ganzen Tag lang fühle ich mich ziemlich einsam, denn Grisella geht mir aus dem Weg. Was hat Eugène ihr über mich erzählt? Bestimmt nicht, dass er mir seine bewaffneten Handlanger auf den Hals gehetzt hat. Mittlerweile bin ich überzeugt, dass Yolanda unsere drei Verfolger umgebracht hat, damit sie ihrem Chef nicht berichten konnten, dass ich mich in Begleitung einer professionellen Kämpferin befand.

Der Unterricht langweilt mich. Die ganze Situation erinnert mich an die vergangenen Jahre, in denen ich mich wie eine Aussätzige fühlte. Ich verbringe die Zeit damit, die anderen zu beobachten, vor allem Grisella, die wie ein Schmetterling von Gruppe zu Gruppe schwebt. Es ist ihr endlich gelungen, von den »coolen Mädchen« akzeptiert zu werden. Gleichzeitig ist sie mit den Gegnern der Wiedervereiniger befreundet. Diese Gruppe kannte ich bislang gar nicht. Als »Freundin des Anführers« ist sie natürlich der Star der Gruppe. Ich beobachte auch meine ehemaligen Freunde vom Schachklub. Sie tauschen heimlich Zettelchen aus und blicken sich verschwörerisch an.

In jeder Pause kommt François zu mir. Die wenigen Minuten verbringen wir schweigend miteinander. François wirkt besorgt und abwesend.

Eines Abends frage ich ihn ganz direkt:

»Willst du, dass wir Schluss machen?«

»Nein, ich liebe dich und würde alles tun, damit wir

zusammenbleiben.« Er umarmt mich und flüstert: »Aber die anderen sehen es gar nicht mehr gern, wenn wir uns zusammen zeigen.«

Wie jeden Morgen sehe ich auf dem Weg zur Schule von Weitem die Schwestern Broons. Eigentlich bin ich schneller als die beiden, aber ich bleibe hinter ihnen und halte beim Gehen absichtlich Abstand. Ich will nicht, dass sie glauben, ich suchte ihre Freundschaft. Mir fällt auf, dass Léna sich heute seltsam verhält. Sie läuft ganz rechts auf dem Gehweg und berührt dabei leicht die parkenden Autos. Plötzlich greift sie nach einem Zettel, der aus dem Fenster eines Autos ragt. Als ich selbst an dem Auto vorbeigehe, sitzt darin ein scheinbar in die Zeitungslektüre vertiefter Mann. Inzwischen hat die Ältere der Jüngeren ihre Tasche gegeben. Sie zieht ein Taschentuch hervor. Vielleicht will sie die Nachricht darin einwickeln und loswerden. Dann nimmt sie wieder ihre Tasche. Ich bin keine fünf Meter hinter ihr, als sie das Schulgebäude betritt. Ehe sie die Aula erreicht, stopft sie das Taschentuch tief in einen Mülleimer. Da mich gerade niemand beobachtet, fische ich das Taschentuch, ohne zu zögern, heraus.

Als ich am Nachmittag allein in meinem Zimmer bin, öffne ich das Taschentuch und sehe die Papierfetzen darin. Ich breite sie auf meinem Schreibtisch aus. Dabei lasse ich mir Zeit. Schließlich gelingt es mir, die Nachricht zu entziffern:

Entscheidung: Hinrichtung von Ludmillas Vater

Gruppe wird am Dienstag um 20 Uhr zur Ablenkung gebraucht

Firmie

Seit ungefähr zehn Tagen habe ich das Bett nicht mehr verlassen. Das Kind will auf die Welt, aber ich muss das Ende des dritten Trimesters abwarten, um seine Überlebenschancen zu erhöhen. Ich habe Angstzustände, bin müde und weine viel. Immerhin bin ich nicht allein, denn Dimitr hat Mihelle inzwischen erlaubt, mich zu besuchen, wann immer sie will. Er hat begriffen, dass ich sie brauche und es für das Baby – und damit für seine Geschäfte – gut ist. Sionne habe ich ein Mal wiedergesehen. Ihre Tochter Adrenne hatte sie nicht dabei, weil diese häufig krank ist. Sie wollte nicht, dass ich mich vor der Geburt bei ihrer Tochter mit Bakterien oder Viren anstecke. Sie hat nichts von ihrem Alltag mit Maurce erzählt, aber sie wirkte sorgenvoll.

Mihelle fühle ich mich inzwischen immer näher und kenne beinahe ihre ganze Geschichte. An jenem Tag, als sie mir alles erzählte, klang ihre Stimme anders als sonst: zerbrechlich und fast wie eine Kinderstimme.

»Meine Eltern haben mich immer von der harten Wirklichkeit ferngehalten. Für mich war das Leben leicht. Bis vor sechs Monaten dachte ich, mir sei nichts verboten und alles sei möglich. Wie du siehst, bin ich inzwischen wieder in der Realität angekommen. Ich lebe zu Hause wie eine Einsiedlerin. Vor unserer Begegnung hatte ich mit niemandem mehr Kontakt. Ich hatte alle Hoffnung aufgegeben und wartete nur darauf, dass mein Leben ohne großes Unglück vorbeigehen würde. Momentan lese ich bis tief in die Nacht, um mein eigenes Leben zu vergessen und es mit den Geschichten anderer zu füllen.«

Dann machte sie eine Pause und schien zu zögern. Ich nahm ermutigend ihre Hand, und sie fuhr fort:

»Als Kind habe ich während des Sonntagsausflugs mit meinen Eltern oft in der Nähe des *No man's land* gespielt. Aber wir gingen nie an die Grenzzäune. Weil ich abenteuerlustig war, kehrte ich allein dorthin zurück. Von einem Baum aus betrachtete ich die Menschen auf der anderen Seite. Sie schienen ein gutes Leben zu führen. Sie sahen aus wie ich, und dennoch war es mir untersagt, zu ihnen zu gehen.

Vor etwas über einem Jahr nahm mich eine Freundin zu einem ›besonderen Abend‹ im Wald mit, wie sie sagte. Die Sache fand etwas über meiner Wohnhöhe statt. Ich fand heraus, dass Jugendliche von oben sich regelmäßig auf der anderen Seite des Zauns trafen, günstigen Alkohol tranken und Mädchen mit ihren Privilegien beeindruckten und verführten. Schnell lernte ich einen Jungen kennen und kam ihm näher. Er war anders als die anderen und brachte mir echte Zuneigung entgegen. Wir haben uns noch oft getroffen. Wir unterhielten uns durch den Zaun, wenn eine Grenzpatrouille gerade vorbeigegangen war und die nächste uns noch nicht erreicht hatte, und wenn wir mehr Zeit hatten, kroch er unter der Absperrung hindurch. Bald kam uns der Gedanke, dass ich fliehen und für immer zu ihm auf die andere Seite gehen könne. Du lächelst, Firmie, und das zu Recht. Wie hätte das funktionieren sollen? Ich war dreizehneinhalb, er fast drei Jahre älter. Ich weiß, dass wir naiv oder gar dumm waren, aber damals glaubte ich eben an dummes

Zeug, zum Beispiel daran, dass man selbst über sein Leben entscheiden und mit Geld alles kaufen könne. Seitdem bin ich viel reifer geworden. Eines Abends im Sommer verließ ich also mein Elternhaus und nahm einen Teil der Ersparnisse meiner Eltern mit. Laurent hatte mir falsche Papiere besorgt und eine ›entfernte Tante‹ in der Oberstadt gefunden, die mich aufnehmen und versorgen würde. Unser verrücktes Abenteuer dauerte fast zwei Wochen. Bis ich eines Morgens von Polizisten abgeholt und zu meinen Eltern zurückgebracht wurde. Meine Eltern haben Geld bezahlt, um mir das Gefängnis zu ersparen. Bald danach merkte ich, dass ich schwanger war. Und damit war mein Traum zu Ende. Meine Eltern wollten erst, dass ich das Kind abtreibe, und als ich mich weigerte, versuchten sie, einen netten Ehemann für mich zu finden, der es mit meinem Zustand nicht allzu genau nahm. Letztlich verlor ich das Baby im vierten Monat, kurz nachdem ich deinen Lucen kennengelernt hatte.«

»Hast du nie versucht, den Kontakt mit Laurent wiederherzustellen?«

»Meine Eltern haben mich eingeschlossen, angeblich um mich zu pflegen. Ich würde eher sagen, sie haben mich unter Drogen gesetzt. Seitdem bin ich ruhiger geworden und habe gelernt zu verzichten.«

»Denkst du noch an ihn?«

»Nein, das darf ich nicht.«

Jetzt ist er da. Er liegt im Halbschlaf an meiner Brust. Er ist so schön, so weich, so perfekt und so zerbrechlich. Ihn so nah bei mir zu haben gibt mir Glücksgefühle, die alle

Schmerzen der vergangenen Nacht bei Weitem aufwiegen. Mehrmals glaubte ich, es nicht mehr zu schaffen, so erschöpft und verzweifelt war ich. Der bei der Geburt anwesende Arzt schrie mich an, ich würde mir nicht die nötige Mühe geben, um mein Kind zur Welt zu bringen. Zum Glück war Mihelle da. Sie sprach mir Mut zu und atmete im gleichen Rhythmus wie ich. Seitdem der Kleine da ist, genieße ich jeden Moment, als wäre es der letzte.

Die Tage vergehen. Der Arzt kommt einmal pro Woche und untersucht, misst und wiegt das Baby. Mein Vermieter macht bei diesen Gelegenheiten Fotos, die er seinen Kunden schickt. Die Kunden haben meinem Kind auch den Namen Malcolm gegeben. Wenn Dritte anwesend sind, verwende ich den Namen, aber sein richtiger Name lautet Igo. Wir schmusen viel, sehen und lächeln uns an, und ich flüstere ihm Sachen ins Ohr. Er kennt seine gesamte Familiengeschichte. Trotzdem habe ich versucht, die schlimmsten Dinge vor ihm ein bisschen zu beschönigen. Ich erzähle ihm auch, dass sein Vater bald wiederkommt.

Inzwischen sind fünf friedliche, glückliche Monate außerhalb der Wirklichkeit vergangen. Mein kleiner Schatz wird immer kräftiger. Er spielt gern mit meiner Nase, meinen Ohren und Haaren. Meine Freude über das Muttersein hat mich den Vertrag mit Dimitr beinahe vergessen lassen. Er aber hat ihn nie vergessen, und beim letzten Arztbesuch war er hier, um mich an unsere Übereinkunft zu erinnern. Er fragte den Arzt, wann er »die Ware endlich liefern« könne. Der Doktor antwortete ausweichend:

»In ein paar Wochen, spätestens in einem Monat. Passt Ihnen das?« Ich spüre, dass der Arzt sich überreden lassen würde, mein Kind früher wegzugeben. Seitdem lebe ich in der ständigen Angst, dass man mir meinen Sohn wegnimmt, ehe ich die Gelegenheit zur Flucht finde. Ich habe noch nicht einmal einen Fluchtplan erarbeitet, denn bisher hatte ich die Hoffnung, dass Lucen rechtzeitig zurückkehren und alles organisieren würde.

Mihelle hat mitangehört, wie Dimitr und der Arzt sich im Treppenhaus unterhielten. Dimitr wird das Kind in fünf Tagen holen. Seitdem sie mir das gesagt hat, habe ich sie nicht mehr gesehen. Wahrscheinlich ist mein Vermieter misstrauisch geworden und verbietet ihr, mich zu besuchen. Er hat Angst, dass sein Geschäft im letzten Moment scheitert. Ich merke, dass ich schon seit Langem in meiner Wohnung eingesperrt werde. Ich sitze in der Falle. Obwohl ich versuche, Igo gegenüber fröhlich zu sein, ist er aufgeregt und weint oft – als spüre auch er die Gefahr. Wenn er schläft, kämpfe ich gegen die Verzweiflung an, die alles zu verschlingen scheint. Ich muss viel weinen und kann nicht das geringste bisschen essen. Wenn ich mich doch dazu zwinge, schaffe ich es nicht, die Nahrung bei mir zu behalten. Lucen muss mich schnell hier herausholen, denn ich halte das nicht länger durch.

Lucen

Wie vereinbart steige ich ein paar Tage später in ein Auto, das mich in die Unterstadt bringen soll. Das Fahrzeug scheint hermetisch abgeriegelt, denn die schlechte Luft von draußen riecht man hier nicht. Die Männer haben ihre Ganzkörperanzüge und Gasmasken in einer Baracke nahe des Grenzpostens gegen dunkelbraune Uniformen getauscht. Zwei von ihnen sind mit Gewehren bewaffnet. Sie unterhalten sich, ohne sich groß um mich zu kümmern. Ein Wachmann, der gerade erst seinen Dienst im Lager angetreten hat, stellt sich den anderen vor. Alle bemitleiden ihn um die Arbeit im verseuchten Wald und bekräftigen, wie gerne sie bald etwas anderes machen würden.

»Vor allem, um möglichst weit weg von Ihr-wisst-schon-wem zu sein«, sagt einer.

Seine Kollegen nicken zustimmend.

»He, Neuling, warst schon mal nachts im ›Klub‹?«

»Nein, davon hat mir noch niemand erzählt. Was ist das?«

»Schau dir in 500 Metern mal die verlassene Hütte links von der Straße an. Stell dir vor: Samstagabends gehen Mädchen aus der Stadt dorthin, um Wachmänner kennenzulernen. Man kann mit ihnen trinken und auch andere Dinge tun, wenn du verstehst, was ich meine …«

»Und die Grenzposten lassen euch durch?«

»Wenn du sie bezahlen kannst, schauen sie weg. Aber Vorsicht: Wenn du nicht vor dem Wachwechsel zurück bist, giltst du als Deserteur und riskierst schwere Strafen.«

»Weiß Rihard davon?«

»Du hast wohl noch nicht verstanden, wie der Laden hier funktioniert! Offiziell weiß er es natürlich nicht. Aber in Wahrheit toleriert er die Ausschweifungen, solange sie geheim bleiben. Nebenbei streicht er selbst einen großen Teil der Schmiergelder ein. Capito?«

Wir haben die Kanalisation erreicht. Das Klackern der Kette, die mich mit einem der Wachmänner verbindet, hallt von den Wänden wider. Wir gehen nicht schnell, weil meine Bewacher sich hier nicht auskennen und Angst haben. Ich führe sie durch die Tunnel. Joeph macht sich Notizen und fertigt sogar einige Zeichnungen an. Die Schreie der Ratten erschrecken meine Begleiter. Wir machen gute Beute und begegnen bis zur Rückkehr in den Haupttunnel, den man das »große Sammelbecken« nennt, keiner Menschenseele. Während wir uns dem Ausgang nähern, wirken meine Bewacher zunehmend entspannt. Doch plötzlich sind wir nicht mehr allein:

»Halt!«, brüllt jemand hinter uns. »Drehen Sie sich nicht um! Wir haben Sie im Visier und werden nicht zögern zu schießen. Wer sind Sie?«

Es ist Grégires Stimme.

»Wir sind Wächter des Gefangenenlagers im Wald. Wenn Sie uns angreifen, wird unser Chef Rihard Sie das büßen lassen.«

»Der alte Rihard. Er ist ein sehr guter Freund von mir. Manchmal etwas direkt. Er ist eben ein Choleriker; dafür kann er nichts.«

Jetzt haben die Milizionäre uns umstellt. Als meine Wächter die Uniformen sehen, lächeln sie wieder.

»Das ist ja dieser Dreckskerl Lucen!«, giftet Grégire. »Vielleicht ist es Zeit, sein Urteil schon jetzt zu vollstrecken. Was meint ihr, Jungs? Es wäre doch ein schöner Tod für ihn, wenn er hier in der Kanalisation mit seinen geliebten Ratten verrecken würde.«

Grégire hat seine Pistole entsichert und kommt mit entschlossenen Schritten auf mich zu. Ich weiche zurück und ziehe dabei den Wachmann mit, an den ich gekettet bin. Vielleicht reagiert er deshalb; jedenfalls entsichert er sein Gewehr und schießt in die Luft.

»Ich habe nicht die Erlaubnis, Ihnen das zu gestatten. Wenn ich den Gefangenen nicht zurückbringe, muss ich sterben.«

Er richtet seine Waffe auf den inzwischen reglosen Grégire, in dessen Augen sich sein ganzer Hass auf mich spiegelt. Dann setzen wir unseren Weg Richtung Ausgang fort. Es herrscht eisiges Schweigen. Wir müssen an den Milizionären vorbei, und jemand spuckt mir ins Gesicht. Ich bin sicher, dass es der war, der inzwischen mein ärgster Feind geworden ist. Gerges.

Ich besuche den Alten in seiner Hütte, um ihm von den Ereignissen des Tages zu erzählen. Möglicherweise sieht er eine Lösung, aber er bleibt vorsichtig.

»Du hast eine vielleicht 20-prozentige Chance auf Erfolg«, schätzt er.

»Besser als nichts.«

»Dann hör zu. An einem Samstagabend wirst du in Rihards Behausung einbrechen und einen Ganzkörperanzug und eine Gasmaske stehlen. Dann gehst du zum Ausgang des Lagers. Dort ziehst du dich um und gibst dich als Neuling aus. Dann bestichst du den Wachhabenden an der Grenze, dich aus dem Lager zu lassen. Er wird glauben, dass du in die Hütte willst, um zu trinken und dich mit Frauen zu amüsieren. Sobald du das Lager hinter dir gelassen hast, suchst du Pul, der dich unter seine Fittiche nehmen wird.«

»Pul?«

»Er kommt in etwas mehr als drei Monaten frei.«

»Kann Julen nicht schon viel früher diese Rolle übernehmen?«

»Nein. Du brauchst jemanden, der Auto fahren kann und die Forststraßen gut kennt. Pul war oft in der Gegend, denn er war früher Zimmermann und hat hier geeignete Bäume zum Fällen ausgesucht. Bis es so weit ist, muss ich Geld für dich auftreiben und den Namen eines Neulings herausfinden, den die Grenzposten zum Zeitpunkt deiner Flucht noch nicht kennen. Dann müsst ihr ein geeignetes Versteck in der Unterstadt ausfindig machen und herausfinden, wie ihr aus dieser Region hinaus- und in die Großstadt hineinkommt. Ich werde bis dahin viele alte Kontakte auffrischen, die später unerlässlich für dich sein werden. Das könnte lange dauern. Du selbst musst dir Namen und Adressen, aber auch Karten der Region und Stadtpläne einprägen.«

»Glauben Sie, dass ich endlich ein friedliches, gefahrloses Leben führen kann, falls ich hier herauskomme und meine kleine Familie wiederfinde? Zum Beispiel in Grandville und mithilfe Ihrer Freunde? Das wäre wundervoll!«

Ich hoffe, dass er mich bestärkt und meinen Enthusiasmus teilt, aber er schweigt. Ich nähere mich ihm und berühre ihn leicht an der Schulter, damit er mir seine wahren Gedanken anvertraut.

»Lucen, du musst begreifen, dass du ein gesuchter Flüchtling bleibst – auch mit falschen Papieren, verändertem Aussehen und in einer Stadt, die fünfmal größer ist als unsere. Früher oder später wird man dich finden. Ich glaube, du kannst nur Frieden finden, wenn du auf eine Isola gehst.«

»Was ist eine Isola?«

»Das ist ein Ort, der aus der Nox herausragt, aber so klein und so weit von allen Städten entfernt ist, dass dort kaum jemand je leben würde. Nur Menschen wie du, die aus den unterschiedlichsten Gründen aus der Stadt geflohen sind, suchen dort Zuflucht. Auf manchen Isolas leben nur wenige Familien, manchmal sogar nur eine einzige. Andere Isolas werden von bis zu 100 Personen bevölkert. Das hängt vom Platz und den verfügbaren Ressourcen ab.«

»Das wäre gleichbedeutend mit einem Leben in der Wildnis.«

»Nicht mehr als hier. Man lebt von der Jagd, von Tierzucht und Ackerbau. Es ist ein gesundes, aber sehr hartes Leben, in dem man alles selbst erwirtschaften muss. Auch dieses Leben hat seine Gefahren, aber andere, als du bisher kennengelernt hast: Dort herrschen Kälte, Hunger, Durst und Rivalitäten mit anderen Stämmen. Dafür gibt es dort keine Miliz, keinen Rihard und keine gekauften Richter.«

Ich schließe den Alten in die Arme. Zum ersten Mal seit sehr langer Zeit lächle ich.

Nach drei ergebnislosen Expeditionen zum Postbaum finde ich endlich eine Nachricht von Julen: Firmie geht es gut. Sie konnte in Dimitrs Wohnung bleiben, weil sie ihm im Gegenzug versprochen hat, dass er unser Kind nach dem Abstillen verkaufen darf. Es war richtig, auf diesen Handel einzugehen, denn das Wichtigste war, Zeit zu gewinnen. Julen schreibt auch, dass bald zwei neue Häftlinge kommen, um die wir uns kümmern sollen: Bryn und Cril, zwei junge Jewowisten, die zu je sechs Monaten Zwangsarbeit verurteilt sind. Morgen bei der Arbeit werden wir uns bei den Wachen, die für das Aufnahmeprozedere verantwortlich sind, nach ihnen erkundigen.

Sie sind mitten in der Nacht angekommen und haben in einem Graben geschlafen. Jetzt warten sie auf uns. Es sind zwei Brüder von 14 und 15 Jahren. Bryn wirkt schwächlich und kann kaum mit uns Schritt halten. Doch er klagt nicht und lächelt, wenn man ihn anspricht. Ich begleite die beiden zur Anmeldung, weil ich gerade in der Erholungsphase bin. Ich versuche, sie zu unterstützen, wie Hans mich an meinem ersten Tag unterstützt hat. Sie haben schon vom Silo gehört und wollen von mir wissen, was dort geschieht.

»Es ist fürchterlich, aber man gewöhnt sich daran. Und ihr seid dort nie allein. Ihr seid auf die anderen angewiesen, genau wie die anderen auf euch. Um hier zu überleben, muss man sich gegenseitig helfen.«

»Und du, Lucen, wie lange bist du schon hier?«

»Fast neun Monate.«

»Das ist lange. Kommst du bald raus?«

»Ich bin zum Tode verurteilt. Ich sollte nach sechs

Monaten hingerichtet werden, aber ich habe mich gut geführt, und weil Rihard, der Chef dieses Lagers, Arbeitssklaven braucht, hat er meine Strafe um sechs Monate verlängert.«

»Entschuldigung«, sagt der Junge sichtlich beschämt, »das wusste ich nicht.«

Pul begleitet Bryn und Cril zu ihrem ersten Einsatz im Silo. Am Abend warten Hans und ich natürlich am Ausgang auf die beiden, um sie nach Hause zu tragen. Ich nehme Bryn auf den Rücken. Ich bin erleichtert, dass er durchgehalten hat. Wir geben ihnen zu trinken und legen sie hin, damit sie vor dem Essen ein wenig schlafen. Mitten in der Nacht weckt uns Cril. Er weint. Sein Bruder ist für immer eingeschlafen: Er ist tot.

In diesem Moment hasse ich die ganze Welt. Eine Woche lang spreche ich kein Wort mehr. Ich verbringe viel Zeit allein, arbeite in der Mine oder gehe fischen. Keiner meiner Freunde macht es mir zum Vorwurf. Alle respektieren mein Schweigen.

Mein Kind dürfte inzwischen zwei Monate alt sein. Ich wäre so gern bei ihm und Firmie. Ich denke an Firmie, die jeden Tag mit der Angst leben muss, dass man ihr das Kleine wegnimmt. Und ich sitze hier fest und kann nichts tun.

Der Alte widmet meinem Fluchtplan seine letzten Kräfte. Er verschickt viele Nachrichten. Ich begleite ihn zu seinem Postbaum und suche mit ihm nach den eintreffenden Antworten. Er gibt mir verschiedene Karten, die ich mir merken und nach der Erinnerung zeichnen muss.

Außerdem lässt er mich Namen und Adressen auswendig lernen und das Aussehen meiner künftigen Kontaktpersonen beschreiben.

Pul wird bald freigelassen. Er will, dass wir das Datum der Flucht jetzt festlegen, damit wir uns nicht verpassen, falls eine Nachricht verloren geht. Wir entscheiden uns für den Samstag in genau vier Wochen. Ich will nicht, dass er Firmie sofort informiert. Das soll erst im letzten Moment geschehen, wenn mir die Flucht aus dem Lager tatsächlich gelungen ist.

Gerges

Seit ich das Krankenhaus verlassen habe, sind viele Monate vergangen. Wir haben die Absender des vergifteten Päckchens nie identifiziert. Die Ermittlungen im Milieu der illegalen Rattenkämpfe blieben ergebnislos.

Snia ist im zweiten Monat schwanger und wohnt inzwischen bei mir. Ich sage »bei mir«, weil mein Vater nach und nach ausgezogen ist. Er wird Horense heiraten. Sie ist die Witwe eines befreundeten Polizisten, der bei einer Schießerei im Hafen ums Leben kam. Mein Vater hat sich sehr um sie gekümmert, und langsam ist eine Beziehung zwischen den beiden entstanden. Er hat mir gesagt, er werde meine Mutter nie vergessen, aber das Leben müsse weitergehen. Lucen ist immer noch nicht hingerichtet worden. Mein Vater hatte einen Kalender in seinem Büro bei der Miliz hängen, auf dem er die Tage bis zur Hinrichtung zählte. Als es fast so weit war, erfuhr er einen Tag vor dem angesetzten Datum, dass mein größter Feind einen Strafaufschub erhalten hat. Das hat ihn unglaublich wütend gemacht. Ich persönlich war nicht besonders irritiert. Lucen gehört der Vergangenheit an, und ich habe seit Monaten nicht mehr an ihn gedacht. Ich denke nur noch an meine Beziehung zu Snia. Die Abende bei der Miliz verbringe ich oft mit Clude an den Straßensperren. Clude trinkt nicht, und gegenüber den Passanten hält er sich an die Regeln. Oder ich mache Verwaltungs- und Ermittlungsarbeit. Ich habe es seit geraumer Zeit vermieden, an den sogenannten handfesten Verhören teilzunehmen. Ich habe meinen Kollegen eines Tages erklärt, dass mir diese Verhöre keinerlei Freude bereiten. Seltsamerweise schien sie das zu belustigen. Unserer Organisation gehören mehr als genug Milizionäre an, die diese Aufgabe allzu gern erledigen. Nie wurde ich gezwungen, mir die Hände schmutzig zu machen. Nicht einmal von meinem Vater, der meine diesbezügliche Abneigung mit Sicherheit als Schwäche betrachtet.

Clude hat Firmie in einer Wohnung für Reiche in der Nähe des *No man's land* entdeckt.

»Eine gewisse Sionne hat mir den Tipp gegeben«, erklärt er. »Ich glaube, du kennst sie. Vor ein paar Monaten bin ich ihr zufällig auf der Straße begegnet. Sie war hochschwanger. Es brauchte nicht viel Überzeugungskraft, um sie dazu zu bringen, mir das Versteck ihres Mannes Maurce zu verraten. Sie hatte Angst vor mir. Maurce wäre ein guter Fang gewesen, aber er ist uns leider entwischt.

Gestern kam Sionne allerdings ganz allein zu mir und bot mir an, ihre beste Freundin gegen etwas Geld zu verraten.«

»Bei wem hält Firmie sich versteckt?«

»Bei Dimitr, dem Flüchtling und Händler. Weißt du, wen ich meine? Er sorgt für Firmie, damit sie ihm ihr Kind verkauft.«

»Sie verkauft ihr Kind!«, staune ich. »Sie und Lucen hielten sich doch immer für etwas Besseres, aber wie man sieht, sind sie nicht besser als die Widerlinge, mit denen sie Geschäfte machen. Worauf warten wir noch? Warum nehmen wir Firmie nicht gleich fest?«

»Dimitr hat mit deinem Vater eine Vereinbarung getroffen. Grégire bekommt von Dimitr einen Batzen Geld, dafür darf Firmie noch ein paar Wochen abstillen. Danach wird Dimitr ihm Firmie ausliefern.«

Heute heirate ich. Ich trage die Uniform der Miliz. Als Snia und ich das Rathaus verlassen, stehen meine Freunde Spalier und recken ihre Schlagstöcke in die Höhe. Mein Vater hält sich im Hintergrund. Es soll nicht aussehen, als wolle er mir die Schau stehlen. Die erst seit kurzer Zeit schwangere Snia ist strahlend schön. Im Versammlungsraum der Miliz, wo später unser Festessen stattfinden wird, habe ich Bilder von meiner Mutter und Kéin aufhängen lassen. Viele Familienangehörige meiner Frau sind gekommen, aber sie bleiben unter sich in einem bestimmten Bereich des Raums. Als Snia uns vorstellt, erkenne ich Namen wieder, die seit Kurzem in unseren Akten auftauchen, darunter Smon, der die Arbeiter am Hafen vermittelt und eine Zeit lang auch Lucen beschäftigt hat. Wir unterhalten uns über Rattenkämpfe und die Kämpfer, die Smon am liebsten mag. Ich gebe zu, erst ein einziges Mal einen Kampf des »Stars« gesehen zu haben.

»Früher war ich begeisterter Fan. Wir waren eine ganze Bande aus dem Viertel und gingen ein- oder zweimal im Monat ins *Milord* oder in andere Kneipen. Am letzten Kampf, den ich gesehen habe, hat *Sweety Demon* teilgenommen. Es ist lange her, aber ich erinnere mich gut daran«, erzähle ich Smon.

»Du musst wieder vorbeikommen. Dieses Rattenmännchen lebt immer noch und wird von Mal zu Mal wilder. Wenn du willst, lade ich dich ein.«

»Wenn ihr jetzt über Rattenmassaker sprechen wollt, gehe ich, Jungs«, droht meine Frau lächelnd.

Smon und ich erzählen einander von unseren Kindheitserinnerungen, die alle mit diesem Viertel und seinen Traditionen verbunden sind. Nach einer Stunde entschuldigt er sich dafür, mich an diesem wichtigen Tag so lange in Anspruch genommen zu haben.

»Es war mir eine Freude, Smon, und ich hoffe, dass wir uns bald wieder unterhalten können.«

Smons Augen sehen ehrlich aus. Er macht krumme Geschäfte, und ich verfolge alle, die krumme Geschäfte machen. Zwischen uns scheint es nur Unterschiede zu geben, und doch habe ich das Gefühl, wir seien nicht sehr verschieden.

Dank des Alkohols heizt sich die Stimmung der Festgesellschaft langsam auf. Ein paar Männer grölen Lieder, auch wenn sie nur den Refrain kennen. Snias Cousinen tanzen Walzer mit den Milizionären, obwohl viele von ihnen Eltern oder Jugendfreunde haben, die ein paar

Stockwerke tiefer im Gefängnis der Miliz vor sich hin vegetieren. Snia und ich tanzen viel, damit die Zeit vergeht und wir nicht ständig mit allen anstoßen müssen. Wir wollen sobald wie möglich wieder allein sein.

Zu Hause darf ich Snia endlich mein großes Geheimnis anvertrauen:

»Liebling, wie du weißt, nehme ich jeden Morgen Tabletten. Ich hatte dir gesagt, es handle sich um eine Behandlung im Anschluss an meine Infektion mit der Pest. Aber das stimmt nicht. Bis jetzt durfte ich dir die Wahrheit nicht sagen.«

»Du hast mich belogen?«

»Lass mich ausreden, es ist wichtig. Wie alle Mitglieder der Miliz habe ich kostenlos und lebenslang Zugang zu einer Therapie, die dem Armenhusten vorbeugt und ihn, falls er noch nicht weit fortgeschritten ist, sogar heilen kann.«

Snia sieht mich verblüfft an. Es scheint ihr schwerzufallen, mir zu glauben. Ich fahre fort:

»Die Frauen und Kinder der Milizionäre genießen dieses Privileg ebenfalls. Aber Vorsicht, diese Information ist wirklich höchst geheim. Sicher verstehst du, dass andere uns und unsere Familien angreifen könnten, wenn das bekannt würde. Und diejenigen, die uns mit dem Medikament versorgen, würden uns verrecken lassen, weil wir eine derart brisante Information durchsickern ließen. Ich weiß, was du jetzt denkst: dass es den anderen gegenüber ungerecht sei, wie zum Beispiel …«

»… gegenüber meinem kleinen Bruder, der mit drei Jahren unter unvorstellbaren Qualen starb.«

»Ich weiß, dass es dich nicht trösten wird, Snia, aber mach dir klar, dass das unserem Kind nicht passieren wird – und darauf kommt es an. Und wir werden länger für unser Kind da sein können als die anderen und …«

»… es ist widerlich und doch eine gute Nachricht.«

Sie umarmt mich, wirkt aber lange nachdenklich. Wird dieses Geständnis sie misstrauisch machen? Wird sie mich weiterhin genauso lieben? Sie wendet mir ihre Lippen zu. Wir küssen uns zärtlich.

»Ich weiß, dass du nichts dafür kannst und großzügiger wärst, wenn alles nur von dir abhinge. Mach dir keine Sorgen, Gerges, ich werde dich ein Leben lang lieben, auch wenn wir älter als 40 werden.«

Die Ermittlungen bezüglich meiner Vergiftung haben Neuigkeiten ergeben. Jemand hat einen anonymen Brief auf meinem Schreibtisch hinterlassen: Ich soll mich in der Kanalisation mit einem mysteriösen Informanten treffen. Der Treffpunkt ist genau beschrieben und liegt 50 Meter weit im Sammelbecken. Mein Vater ist fast sicher, dass es sich um eine Falle handelt, beschließt aber, dass ich trotzdem hingehen soll. Er und zwei weitere Männer werden mich begleiten. Sie werden bewaffnet sein und mir auf mein Trillerpfeifensignal hin zu Hilfe kommen.

Die Vorstellung, diesen Ort allein zu betreten, ist schrecklich. Seit meiner Infektion habe ich nämlich eine richtige Rattenphobie entwickelt. Ich habe es niemandem erzählt – außer natürlich Snia, mit der ich alles teile. Vor allem habe ich nichts meinem Vater gesagt, in dessen Augen ich fehlerlos erscheinen möchte. Es hat so lange gebraucht, bis er vergessen hatte, dass ich früher ein Feigling war.

Am Treffpunkt ist niemand. Fast eine Viertelstunde warte ich regungslos. Ein paar Ratten beschnüffeln mich und klettern auf meine Schuhe. Ich versuche, nicht zu laut zu reagieren, und schüttle bloß heftig die Füße, um sie wegzuschleudern. Als mein Vater und unsere Kollegen hinzukommen, merke ich erleichtert, dass ich nicht der Einzige bin, der sich hier nicht wohlfühlt. Françous ist sehr nervös und schreit sogar, als einer der hübschen Nager sein Hosenbein hochklettern will. Mein Vater sagt, es sei an der Zeit zu gehen. Das Treffen sei mit Sicherheit ein Ablenkungsmanöver gewesen. Bald würden wir erfahren, dass auf der anderen Seite der Stadt ein fulminanter Einbruch stattgefunden habe und die lokalen Ordnungskräfte angegriffen worden seien oder Ähnliches.

»Wir sind denen schon wieder auf den Leim gegangen! Das nervt mich!«, schimpft mein Alter.

»Chef«, wirft Clude ein, »ich glaube, von links kommt jemand.«

Mein Vater bleibt auf der Stelle stehen und bedeutet uns stumm, die Stirnlampen auszuschalten und uns zu verstecken. Bald höre ich das Klirren einer Kette und das fröhliche Pfeifen eines Mannes. Sie sind zu fünft. Einer von ihnen ist ein Häftling. Wir drücken uns an die Wände und lassen sie passieren, um sie anschließend von hinten zu überraschen. Es sind Wachmänner des Straflagers im verseuchten Wald. Wir haben also nichts zu befürchten.

Dann sehe ich es. Lucen ist bei ihnen! Mein ehemaliger Freund wirkt, als sei er am Ende seiner Kräfte. Er scheint dort im Lager nicht viel Spaß zu haben. Wie wird mein

Vater reagieren, wenn er sieht, dass Lucen noch am Leben ist?

»Da ist ja dieser Dreckskerl Lucen!«, schreit er. »Vielleicht ist es Zeit, sein Urteil schon jetzt zu vollstrecken. Was meint ihr, Jungs? Es wäre doch ein schöner Tod für ihn, wenn er hier in der Kanalisation mit seinen geliebten Ratten verrecken würde.«

Er entsichert seine Pistole und läuft ganz ruhig auf Lucen zu, aber die Wachen stellen sich zwischen die beiden. Mein Vater muss innehalten. Er schäumt vor Wut, ist aber machtlos. Auf dem Rückweg klopft er mir freundschaftlich auf den Rücken und flüstert mir zu:

»Schade, dass uns die Möglichkeit genommen wurde, selbst Rache zu nehmen. Aber sei gewiss, mein Sohn, irgendwann kriegen wir ihn!«

»Ich konnte dem Mistkerl noch ins Gesicht spucken, als er verduftet ist!«, prahlt François grinsend.

»Sehr gut, mein Junge«, lobt mein Vater, »das wird diesem Schwein die Visage säubern.«

Zurück bei der Miliz wirkt mein Vater, der sich doch eigentlich freuen müsste, beinahe enttäuscht. Wir müssen nun doch nicht sofort mit einer neuen Mission beginnen und erledigen bis Dienstschluss Routineaufgaben.

Eines Abends komme ich nach Hause und spüre sofort, dass meine Frau Sorgen hat. Sie lächelt kaum und erklärt:

»Smon ist seit drei Tagen nicht nach Hause gekommen. Das sieht ihm gar nicht ähnlich. Vor einer Stunde war seine Frau hier. Sie ist völlig verzweifelt. Erst war sie in dem Café, in dem er sich sonst immer aufhält, und dann hat sie all seine Kollegen kontaktiert. Ohne Ergebnis.«

»Warum ist sie nicht zur Polizei gegangen?«

»Die Flüchtlinge wollen mit der Polizei nichts zu tun haben. Und das Misstrauen beruht auf Gegenseitigkeit.«

»Aber sie hätte wenigstens zu mir kommen können. Ich gehöre ja irgendwie zur Familie.«

»Mach dir nichts vor, mein Liebling. Ihre Gemeinschaft bleibt immer noch unter sich, und durch meine Heirat mit dir habe ich mich ausgegrenzt. Alle, die uns bei der Hochzeitsfeier angelächelt und auf uns angestoßen haben, werden ganz bestimmt nie wieder ein Wort mit uns wechseln. Und indem Pulette hierherkam, hat sie die Regeln der Gruppe gebrochen. Ich glaube, sie sah wirklich keine andere Lösung mehr.«

»Konnte ihr niemand sagen, wo ihr Mann zuletzt gesehen wurde?«

»Einer seiner Kollegen hat von einer Verabredung in der Kanalisation nahe des großen Sammelbeckens erzählt. Aber mehr wusste er auch nicht.«

Grégire entsendet vier Milizionäre und zwei Kanalarbeiter in die Kanalisation. Sie sollen sich auf die Suche nach Smon machen. Ich bestehe nicht darauf, sie zu begleiten, sondern koordiniere die Suche vom Eingang des Sammelbeckens aus. Nach weniger als einer Stunde finden die Männer eine Leiche. Sie ist schwer zu identifizieren, weil die Ratten sich daran zu schaffen gemacht haben. Smon, der Flüchtling vom Hafen, wird durch seinen goldenen Siegelring und seine Kleidung identifiziert. Ich muss seiner Frau die Nachricht überbringen. Als sie mir öffnet, begreift sie sofort, was geschehen ist, und bricht vor meinen Augen zusammen. Ich trage sie zum Sofa. Zum Glück schlafen ihre Kinder, sodass ich deren Tränen nicht auch noch ertragen muss. Ich gebe ihr Smons persönliche Sachen, die er bei sich trug. Sie drückt die Gegenstände an sich und krümmt sich vor Schmerzen. Meine Erklärungen hört sie gar nicht; stattdessen weint sie laut. Ich weiß nicht, was ich tun soll, und gehe nach Hause. Als ich Snia von der Szene erzähle, will sie, dass ich mit ihr zu anderen Bekannten von Smon gehe, deren Hilfe Pulette akzeptieren würde.

Wir gehen hin. Snia bleibt jedes Mal nach dem Klopfen auf der Türschwelle stehen, und es fällt auch niemandem ein, sie hereinzubitten. Ich halte mich im Hintergrund. Wir gehen zu vier Häusern im Viertel. Als wir wieder zu Hause sind, erzählt mir Snia, welchen seltsamen Eindruck ihr die Besuche vermittelt haben: Niemand schien von unserer Neuigkeit überrascht, und niemand schien Mitleid für Pulette zu empfinden.

»Was schließt du daraus?«, frage ich Snia.

»Ich weiß nicht. Es ist, als habe Smon es in ihren Augen nicht anders verdient. Als habe er ihr Vertrauen missbraucht. Morgen besuche ich Pulette, um herauszufinden, ob man sie wirklich mit ihrem Schmerz alleinlässt. In diesem Fall wird sie mir wohl auftragen, dass ich mich um sie und ihre Kinder kümmere.«

Am nächsten Tag erzähle ich meinem Vater von den Ermittlungen über Smon. Er erklärt mir, seine Vorgesetzten verböten den Einsatz von Geldern und Personal für Vergeltungsmaßnahmen unter Flüchtlingen.

»Wenn die Flüchtlinge uns selbst Mitglieder ihrer

Gruppe vom Hals schaffen, sind wir die Letzten, die sich beschweren!«

Er weiß, dass der ermordete Smon aus Snias Familie stammt und ich ihn kannte, aber er macht auch hier keine Ausnahme.

Abends erzähle ich Snia von dem Gespräch mit meinem Vater. Sie selbst war inzwischen bei Pulette, aber deren Haus war verriegelt. Nachbarn sagten, die kleine Familie sei letzte Nacht mit unbekanntem Ziel weggezogen. Dann zieht Snia einen zerknitterten Umschlag aus der Hosentasche, den sie heute früh in unserem Briefkasten gefunden hat. Er enthält eine kurze Nachricht und einen Schlüssel.

Auf Wiedersehen, Snia. Such nicht nach mir. Ich habe dir meinen Schlüssel hiergelassen, damit du unser Babybett holen kannst, das ich nicht mitnehmen konnte. Betrachte es als Geschenk von Smon, der dich sehr mochte.

Pulette

»Ich wollte auf dich warten, um gemeinsam mit dir hinzugehen«, sagt Snia, als sie den Zettel wieder zusammenfaltet.

»Willst du wirklich, dass wir ihr Bett holen?«

»Ich erinnere mich daran; es ist ein einfaches Metallbett. Wir können es zerlegen und im Keller lagern. Wir werden es bald brauchen. Ich bin erstaunt, dass sie es niemand anderem gegeben hat, denn ich gehöre ja nicht mehr richtig zur großen Familie der Flüchtlinge.«

»Ich glaube, sie wollte dem Willen ihres Mannes nachkommen.«

Pulettes Haus ist völlig leer. Nur das Babybett steht noch da, ohne Matratze und Decken. An den Wänden sind nicht einmal Nägel oder Haken verblieben. Wir nehmen den metallenen Rost vom Bett, um alles leichter transportieren zu können. Ich schließe hinter mir doppelt ab, um zu verhindern, dass sich hier arme Leute einnisten.

Ludmilla

Die Schwestern Broons wollen sich also an Papas Ermordung beteiligen. Jetzt verstehe ich besser, warum sie mich unbedingt von den Aktivitäten der Gruppe ausschließen wollten. Ich werde meinen Vater natürlich heute Abend warnen. Wie ich ihn kenne, muss ich ihm alles erzählen und ihm damit auch meine Lügen gestehen. Aber ich habe keine Wahl.

Am Telefon stottere ich, ich müsse ihn so bald wie möglich sprechen. Er versucht, mehr von mir zu erfahren, aber ich wiederhole nur meine Bitte, er möge kommen, und lege auf. Dieses für mich völlig untypische Verhalten hat ihn in Alarmbereitschaft versetzt, denn kaum eine Stunde später ist er schon bei mir. Er will, dass wir in sein Büro gehen, aber ich beharre darauf, dass wir uns in meinem Zimmer unterhalten, und sage ihm, er werde den Grund dafür gleich erfahren.

Ich setze ihn vor die Puzzlestückchen der düsteren Nachricht und beobachte ihn. Er zuckt kaum mit der Wimper. Wir setzen uns nebeneinander auf mein Bett.

Hier fühle ich mich wohl, denn ich kann mit ihm sprechen, ohne ihn direkt ansehen zu müssen. Ich erzähle ihm wirklich alles: wie ich ihn zum ersten Mal ausspionierte; von meinem heimlichen Ausflug in die Unterstadt, meiner Teilnahme am angeblichen Schachklub und dem Angriff auf François und mich. Sogar die Episode mit den Gefangenen, deren Namen ich den Schwestern Broons verraten hatte, lasse ich nicht aus, obwohl ich glaube, dass ich der Gruppe damit nicht geholfen habe. Es dauert eine halbe Stunde, ihm all meine Geheimnisse zu erzählen. Er hört schweigend zu. Danach bin ich so außer Atem wie nach einer Bergwanderung. Er lässt mir ein paar Sekunden Zeit. Dann fasst er meine Hand und sagt mit sanfter Stimme:

»Ich danke dir, Ludmilla. Ich weiß, dass dich das große Überwindung gekostet hat. Bestimmt fühlst du dich jetzt besser. Ich werde dir keine Moralpredigt halten. Auch wenn ich dein Verhalten nicht entschuldige, kann ich mir manches doch erklären. Manche Dummheiten gründen in der Unwissenheit, in der ich dich all die Jahre erzogen habe, andere in mangelnder Wachsamkeit meinerseits. Wir beide werden gemeinsam von vorne anfangen, aber vorher musst du mir beweisen, dass ich dir jetzt vertrauen kann. Ich liebe dich, meine Tochter.«

»Aber meine Geständnisse scheinen dich gar nicht so sehr zu überraschen! Wusstest du etwa schon über alles Bescheid?«

»Ja, beinahe. Mein Beruf besteht darin, alles über Abweichler zu wissen, und als Vater ist es meine Aufgabe, dich zu bewachen und zu beschützen.«

»Und die Todesdrohung? Ist das etwas Ernstes?«

»Ja. Es ist nicht die erste, aber diesmal wird es dank dir leichter, den Plan zu vereiteln.«

Weil ich den Eindruck habe, dass er guter Stimmung ist, beschließe ich, alles auf eine Karte zu setzen:

»Und du? Würdest du mir deine Geheimnisse verraten?«

»Nicht alle. Das darf ich nicht. Aber ich kann von dem erzählen, was dich betrifft.«

»Jetzt gleich?«

»Nein, später. Du verstehst bestimmt, dass die Informationen, die du mir gerade gegeben hast, wichtig sind und es nötig machen, dass ich meine Kollegen anrufe und mit der Arbeit beginne. Erzähle niemandem von unserem Gespräch. Nicht einmal François.«

»Warum nicht?«

»Das erkläre ich dir später, aber es ist wichtig. Versprich es mir.«

»Versprochen.«

In der Schule merke ich, dass Grisellas Verhalten sich verändert hat. Sie meidet mich nicht mehr und erwidert sogar meinen Gruß. Ich versuche, nicht voreilig zu sein, und warte, bis sie mich von sich aus anspricht. Sie knüpft wieder Kontakt zu mir, indem sie mir kleine Zettel zusteckt. Für unser Alter und vor allem angesichts der Tatsache, dass wir alte Freundinnen sind, finde ich das etwas kindisch, aber das sage ich ihr nicht, denn ich bin schon zufrieden, dass sie sich überhaupt wieder für mich interessiert. Die erste Nachricht erreicht mich während einer Mathestunde:

Ich will, dass wir Freundinnen bleiben.

Ich antworte:

Ich auch. Ich habe den Kontakt nicht abgebrochen.

Sie erwidert:

Ich weiß. Es ist nicht deine Schuld. Ich habe ja darauf bestanden, dass du ihn kennenlernst. Du kannst nichts dafür, aber Eugène fühlt sich sehr zu dir hingezogen, und ich habe Angst, ihn zu verlieren.

Ich:

Ich weiß nicht, was er an mir findet.

Als Grisella mir den nächsten Zettel zuschiebt, lächelt sie mich zum ersten Mal an:

Ich auch nicht.

Ich muss lachen. Doch der Lehrer wirft uns einen skeptischen Blick zu, und wir unterbrechen unseren Austausch. Das Wichtigste ist, dass wir aufeinander zugegangen sind. Nach dem Mittagessen unterhalten wir uns richtig miteinander. Grisella erzählt, wie der Abend mit Eugène weiterging, nachdem wir damals so eilig aufgebrochen waren:

»Eugène glaubt, man müsse den Leuten immer ganz direkt gegenübertreten, auch wenn er dadurch manchmal aggressiv oder seine Aussagen unpassend erscheinen. Es gefiel ihm nicht, dass ihr uns einfach stehen gelassen habt. Eugène ist es nicht gewohnt, dass man ihm widerstehen kann. Als er dann sah, wie ihr auf der Straße gelacht habt, wurde er schrecklich wütend. Er war überzeugt, dass ihr euch über ihn lustig machtet. Er wollte François umbringen, und ich bin sicher, er wäre euch hinterhergelaufen und hätte ihn verprügelt, wenn ich ihn nicht zurückgehalten hätte.«

»Und was hat er dann gemacht?«

»Er hat sich im Büro meines Vaters eingeschlossen und Freunde angerufen. Ich hörte ihn schreien und zetern, es war beinahe Furcht einflößend.«

Grisellas Schilderung scheint Yolandas Ahnung zu bestätigen. Vielleicht merkt Grisella meine Aufregung? Jedenfalls fehlen mir die Worte.

»Du fragst dich bestimmt«, fährt sie fort, »warum ich mit ihm zusammenbleibe. Aber mit mir ist er ganz anders, immer angenehm und charmant. Außerdem geht von ihm eine beinahe animalische Kraft aus, die mich anzieht und mir zugleich Angst macht. Es ist schwer zu erklären. Läuft es zwischen dir und deinem François immer noch genauso gut? Er ist heute in der Pause gar nicht zu dir gekommen, oder täusche ich mich?«

»Du hast recht. Ich werde jetzt auch ehrlich zu dir sein: Im Moment zeigt sich François weniger mit mir in der Öffentlichkeit, und das fehlt mir. Aber wenn wir unter uns sind, hat sich nichts geändert, und das ist für mich das Wichtigste.«

»So sind die Männer eben. Eugène macht das auch manchmal mit mir – als schäme er sich oder fühle sich in unserer Beziehung eingeengt und trauere seiner einstigen Freiheit nach.«

Ich lächle sie einfach nur an, was sie vielleicht als Zustimmung wertet. Tatsächlich weiß ich gar nicht, was momentan in meinem Freund vorgeht. Entweder die Schwestern Broons haben ihn über das bevorstehende Attentat informiert und er kann mir nicht mehr in die Augen sehen, oder er weiß von nichts und spürt, dass man wegen seiner Beziehung zu mir an seiner Loyalität zweifelt. Und das, obwohl er der ehrlichste junge Mann ist, den ich kenne. Mit dem heimtückischen, manipulativen Eugène hat er nichts gemeinsam.

Wie jeden Nachmittag begleitet François mich nach Hause und hält meine Hand. Er ist nicht sehr gesprächig, nutzt aber jede Gelegenheit, um sich an mich zu schmiegen. Ich stelle ihm keine Fragen. Ich freue mich über die Stille, denn einerseits will ich ihm unbedingt meine schreckliche Entdeckung anvertrauen; andererseits bin ich an das Versprechen gebunden, das ich meinem Vater gegeben habe. Ich schlage ihm vor, noch zu mir ins Haus zu kommen. Yolanda hat Tee gekocht, und wir trinken ihn mit ihr gemeinsam. Es ist François' erste Begegnung mit Yolanda seit dem Abend, an dem wir angegriffen wurden. Das Gespräch dreht sich bald um dieses Ereignis. Yolanda macht François ein Angebot:

»Wenn es Sie interessiert, kann ich Ihnen ein paar sehr wirkungsvolle Kampftechniken zeigen.«

»Sehr gerne«, antwortet er. »Im Vergleich zu Ihnen kam ich mir neulich ganz erbärmlich vor.«

»Ich würde mich auch gern verteidigen können«, werfe ich ein.

»Natürlich, Ludmilla, Sie sind auch herzlich willkommen. Ihr Vater wird begeistert sein, wenn er erfährt, dass Sie sich für Kampfsport interessieren.«

Das Leben ist schon seltsam. Die Schwestern Broons haben François und mich zusammengebracht, und ich bin nicht sicher, ob er ohne ihr Betreiben auf mich zugekommen wäre. Insofern verdanke ich ihnen mein gegenwärtiges Glück. Und nun wollen dieselben Personen das einzige Mitglied meiner Familie töten, das mir noch geblieben ist.

Mein Vater hat einen Sessel neben dem seinen platziert. Bestimmt will er der Unterhaltung einen entspannten Charakter verleihen.

»Ludmilla, ich habe viel über die Situation nachgedacht. Du bist nicht mehr in dem Alter, in dem ich dich bestrafen könnte, und ich glaube nicht, dass es helfen würde, dich für immer von allen schlechten Einflüssen zu trennen, indem ich dich zum Beispiel in eine andere Stadt schicke. Zumal ich auch denke, dass du mir etwas schuldig bist. Was ich dir nun vorschlagen werde, wird für dich sehr lehrreich sein und dein bisheriges Leben nicht grundlegend verändern. Wenigstens nicht dem Anschein nach. Ich habe beschlossen, dass du ab jetzt auch für mich arbeiten wirst. In den Augen deiner militanten Freunde bist du sauber, denn ich habe eine subversive Vergangenheit für Siremain erfunden. Der Arme musste sogar umziehen und eine neue Identität annehmen.«

»Er ist also nicht tot?«

»Nein. Er ist sehr sympathisch. Eines Tages werde ich ihn dir vorstellen. An jenem Abend, als er hier war, hat er, wie ich finde, eine sehr gute schauspielerische Leistung gezeigt. Erinnerst du dich? Ich hatte Yolanda zu dir geschickt. Sie sollte dich ›zufällig‹ wecken. Wir haben gewartet, bis du an deinem Platz warst, um uns heimlich zu beobachten, und dann angefangen. Du hast schnell reagiert – ich wurde nicht enttäuscht, wie man so sagt.«

Mit dem letzten Satz lässt er seine Gefühle durchblicken. Ich selbst fühle mich unwohl. Er lässt mir Zeit, seine Enthüllungen zu verdauen, und fährt in strengem Ton fort:

»In ein paar Wochen wirst du wieder in die Gruppe aufgenommen, und zwar dank bestimmter Informationen, die mein Geheimdienst verbreiten wird, die du aber scheinbar ohne mein Wissen erlangst. So wirst du dich schnell bei den Schwestern Broons und den anderen unentbehrlich machen und in den ersten Kreis vordringen, der über alle Informationen verfügt. Du wirst mir alles berichten, und ich werde dieses Wissen nutzen, ohne dich zu enttarnen.«

Ich begreife langsam, welche Rolle er für mich vorgesehen hat. Ich soll seine Marionette sein. An echte Freundschaften mit den Gruppenmitgliedern wäre gar nicht zu denken. Es wäre ein Leben in der Lüge. Ich bin niedergeschlagen. Verhält sich so etwa ein mitfühlender Vater? Das war von Anfang an sein Plan, und er hat nur auf eine Gelegenheit gewartet, mir den Handel vorzuschlagen.

»Ich verlange das nicht dauerhaft von dir, sondern zeitlich begrenzt, sagen wir auf zwei Jahre. Das ist nichts im Vergleich zu einer Verurteilung wegen Hochverrats und Verbindungen zu Abweichlern mit terroristischen Absichten. Du darfst mit deinem Freund zusammenbleiben; er ist ein guter Junge. Und ich erlaube dir, mich gelegentlich um einen Gefallen für deine Freunde zu bitten. Ich glaube nicht, dass mein Vorschlag unredlich ist. Was meinst du?«

»Ich bin einverstanden.«

Diese Unterhaltung ist jetzt zehn Tage her, und noch immer hat mein Vater mich nicht für seine Dienste eingespannt. Jeden Abend fürchte ich, dass Yolanda ankündigt, er werde heute nach Hause kommen. Ich tröste mich in den Armen meines Geliebten. Wenn ich darüber nachdenke, dass ich nun zwei Jahre lang auf die Probe gestellt werde, muss ich zugeben, dass es mich schlimmer hätte treffen können. Mir wird außerdem klar, dass mein Kindermädchen von der ganzen Sache gewusst haben muss, denn sie macht mehrmals pro Woche mit mir Lauftraining, Dehnübungen und Schattenboxen. Meine Ausbildung zur Doppelagentin hat begonnen.

Firmie

Ein Geräusch ganz in der Nähe schreckt mich auf. Jemand klopft leise an mein Fenster. Ich schalte das Licht ein und sehe, dass draußen direkt hinter der Fensterscheibe ein Mann steht und mich ansieht. Mir stockt der Atem, doch dann erkenne ich Julen. Er versucht ein Lächeln. Ich stehe auf und sehe, dass er auf einem schmalen Sims in fünf oder sechs Metern Höhe balanciert. Vorsichtig öffne ich das Fenster, und er klettert ins Zimmer. Seine Beine zittern.

»Ich dachte, du wachst nie auf. Lucen ist heute Nacht die Flucht gelungen, und ich soll dich in ein paar Stunden an einen Ort bringen, wo er auf dich warten wird. Pack deine Sachen. Und nimm Geld mit, wenn du welches hast. Ich werde etwas zu essen besorgen.«

Ich bin sehr aufgeregt und weiß nicht mehr, wo mir der Kopf steht. Ich bemerke, dass meine drei letzten Goldmünzen verschwunden sind, und habe Dimitr im Verdacht. Bestimmt hat er die Wohnung durchsucht, während ich geschlafen habe. Mein ganzer Besitz ist jetzt das Medaillon, das Lucen mir geschenkt hat und das in meine Jacke eingenäht ist. Ludmilla hatte es ihm gegeben, nachdem er ihr geholfen hatte, auf die Spur ihres ehemaligen Kindermädchens zu gelangen. Vielleicht ist jetzt der Augenblick gekommen, das Medaillon einzusetzen. Julen sichert Igo und mich mit einem Seil und hilft mir, die Fassade hinabzuklettern. Glücklicherweise ist es nicht besonders hoch, und ich habe ohnehin keine Zeit, ängstlich zu sein. Dann führt er mich Richtung Unterstadt. Seit meiner Ankunft bei Dimitr bin ich nicht mehr so viel gelaufen. Meine Beine schmerzen. Plötzlich packt Julen mich am Arm und zieht mich an sich:

»Wir werden von zwei Personen verfolgt. Ich werde versuchen, sie aufzuhalten. Du gehst ohne Umwege nach 600 199 und fragst nach Ernet. Das ist mein Bruder.«

»Was wirst du tun? In deinem Zustand kannst du nicht kämpfen …«

»Firmie, ich flehe dich an, tu, was ich dir sage, und kümmere dich nicht um mich.«

Ich mische mich unter die Leute. Igo ist fast eingeschlafen. Ich erreiche das Haus, in dem Julens Bruder mich bereits erwartet. Er begleitet mich durch ein Labyrinth von Straßen bis zu einer Treppe, die zu einem anderen

Haus und zu einer Metalltür führt. Er schließt sie auf und vertraut mir den Schlüssel an:

»Schließ dich ein. Am besten, du verlässt den Raum nicht, ehe mein Bruder oder dein Lebensgefährte hier sind. Wie heißt das Baby?«

»Igo.«

Das Zimmer ist winzig. Eine Matratze auf dem Boden nimmt beinahe den gesamten Platz ein. Es gibt einen Wasserhahn und eine Toilette. Ich lege mich hin und gebe Igo die Brust. Heute scheint ihn die Muttermilch nicht zu sättigen. Er lässt die Brust immer wieder los und sieht mich verzweifelt an, ehe er quengelnd weitersaugt. Schließlich schläft er erschöpft ein. Meine Milch reicht nicht mehr, weil ich seit Tagen fast nichts esse. Ich fühle mich schwach und schlafe neben Igo ein. Doch bald weckt mich der Hunger. Jetzt, da ich aus Dimitrs Gefängnis befreit wurde, will mein Körper wieder leben. Ich sollte so schnell wie möglich etwas essen – für mich selbst, aber vor allem für den Kleinen. Hier im Zimmer gibt es nichts. Julen, der die Vorräte bei sich hat, ist noch nicht hier. Ich trinke ein wenig Leitungswasser. Dann denke ich an das Medaillon. Ich muss es unbedingt versetzen, um an etwas Geld zu kommen. Sofort mache ich mich auf den Weg. Ich will zurück sein, ehe Igo aufwacht. Ich kenne mich hier im Viertel aus und weiß, wo ich das Medaillon gegen Geld eintauschen kann. Ich werde nicht lange brauchen. Ich lasse den Schlüssel bei Ernet und gehe hinauf nach 70123, dem Paradies der Hehler. Ich betrete das erstbeste Geschäft. Der Ladeninhaber nimmt das Schmuckstück mit, um es von einem Experten im Hinterzimmer schätzen zu lassen. Ich werde ungeduldig und denke an mein Baby, das vielleicht inzwischen aufgewacht ist. Endlich kehrt der Mann mit einem kleinen Bündel Geldscheine zurück. Ich feilsche nicht, sondern gehe schnell zur Tür. Vor dem Geschäft erwarten mich zwei Polizisten.

»Das Schmuckstück, das Sie gerade verkauft haben, wurde vor über einem Jahr bei einem Einbruch in der Oberstadt entwendet. Sie sind wegen Diebstahls und Hehlerei festgenommen. Folgen Sie uns.«

»Na, Firmie«, fragt Grégire, als man mich auf die Polizeistation gebracht hat, »bist du gekommen, um uns Hallo zu sagen? Das ist aber nett. Ohne dich und deinen terroristischen Ehemann haben wir uns ein bisschen gelangweilt. Willst du uns nicht begrüßen? Du willst also unhöflich sein? Das ist nicht gut.«

Auch Gerges ist da. Unsere Blicke kreuzen sich. Er flüstert seinem Vater etwas ins Ohr. Die Szene scheint ihn zu amüsieren. Von ihm habe ich keinerlei Wohlwollen zu erwarten.

»Weißt du«, fährt sein Vater fort, »dass Lucen auf der Flucht ist? Vielleicht hattet ihr ja ein kleines Familientreffen geplant. Schade, wir wären gern dabei gewesen, um mitzufeiern und … diesen Dreckskerl aufzuknüpfen. Weißt du eigentlich, dass du Glück hattest, von der Polizei und nicht von der Miliz festgenommen worden zu sein? Die Jungs von der Miliz sind nämlich nicht so streng an Gesetze und Regeln gebunden. Deshalb sind sie viel einfallsreicher, wenn es darum geht, an Informationen zu gelangen. Außerdem muss die hiesige Polizei dich im Lauf des Tages in gutem Zustand an die Polizei von weiter oben übergeben, weshalb du nicht zu stark beansprucht werden darfst. Doch freu dich nicht zu früh: Wir haben fest vor, dich später wieder zu uns zu holen.«

Er steht von seinem Stuhl auf, als habe er eine plötzliche Eingebung, und macht sich an meinen Handschellen zu schaffen. Er stellt sie enger, sodass sie mir ins Fleisch schneiden. Vor Schmerzen verziehe ich das Gesicht, will ihm aber nicht die Befriedigung geben, mich jammern zu hören. Er setzt sich wieder und fährt fort:

»Bald werden wir Lucen fangen. Wir haben das gesamte Viertel, in dem wir dich aufgegriffen haben, abgeriegelt. Sobald er auch nur den großen Zeh rausstreckt, haben wir ihn. Ich verspreche dir, dich auf dem Laufenden zu halten. Vielleicht bekommst du sogar eine Platzkarte für seine Hinrichtung. Wenn das nicht nett von uns ist!«

Nach seiner Hasstirade lässt er mich in dem kleinen, ansonsten leeren Büro zurück. Sobald ich allein bin, denke ich an meinen Sohn und dessen Vater und kann meine Tränen nicht zurückhalten. Hoffentlich stößt Lucen nichts zu und er kann so schnell wie möglich zu Igo gehen. Mein Sohn ist inzwischen bestimmt aufgewacht. Kümmert sich jemand um ihn?

Eine Stunde lang nimmt niemand Notiz von mir. Meine Angst wird immer größer. Ich versuche, vernünftig zu sein. Ich muss mich an die Hoffnung klammern, dass dieser Albtraum bald vorbei ist und ich lebend hier herauskomme.

Man hat mich in eine Zelle gebracht. Die Tür wird geöffnet. Hinein kommt aber kein Polizist, sondern Dimitr. Er schließt die Tür hinter sich.

»Guten Tag, Firmie. Für ein nettes Sümmchen habe ich mir fünf Minuten mit dir erkauft. Deshalb wollen wir keine Zeit verlieren. Du wirst mir geben, was mir gehört.«

Ich senke den Kopf und sage kein Wort. Er versetzt mir eine schallende Ohrfeige. Weil ich auf einem Stuhl gefesselt bin, kann ich mich nicht schützen. Ich blute stark aus der Nase. Warme Flüssigkeit rinnt über meine Lippen und mein Kinn. Ich richte mich auf:

»Mein Vater hat mir dieses Spielchen schon in frühester Jugend beigebracht. Mich zu verprügeln ist Zeitverschwendung. Ich habe gelernt, niemals aufzugeben.«

Er verpasst mir trotzdem eine zweite Ohrfeige. Er kommt ganz nah heran und wischt seine mit meinem Blut beschmutzte Hand an meiner Bluse ab. Dann hebt er meine Haare an und flüstert mir ins Ohr:

»Du musst begreifen, dass du Malcolm nie wiederbekommst. Dein Lucen wird von der Miliz, der Polizei und den Jagdhunden von Rihard, dem Chef des Gefangenenlagers im verseuchten Wald, verfolgt. Jeder darf sofort auf ihn schießen. Du willst doch nicht etwa, dass der Kleine eine Kugel abbekommt? Du bist nicht dumm, Firmie. Hilf mir, die beiden vor den anderen zu finden. Tu es für das Baby.«

Sein nach Alkohol stinkender Atem steigt mir in die Nase. Als ihm die Argumente ausgehen, bleibt er eine Weile reglos stehen. Schließlich bietet er mir mit dumpfer Stimme einen Handel an:

»Wenn du mir sagst, wo er ist, schwöre ich auf meine Kinder, dich noch vor heute Abend aus dem Gefängnis zu befreien. Ich finde bestimmt jemanden, der bestätigen kann, dass du ihm das Schmuckstück gutgläubig abgekauft hast.«

Da ich wieder nicht antworte, reißt er meinen Kopf an den Haaren nach hinten und droht:

»Wenn du nicht nachgibst, garantiere ich dir, dass du nie wieder auf freiem Fuß sein oder gar die Gelegenheit haben wirst, ein zweites Kind zu bekommen. Du weißt, dass im Gefängnis viele Missgeschicke passieren.«

Vielleicht verhalte ich mich falsch, aber ich werde nicht nachgeben. Vielleicht wird mein Trotz die beiden Menschen das Leben kosten, die mir am meisten bedeuten. Es ist zwar nicht rational, aber ich hoffe, dass sie irgendwie zusammen aus der Sache rauskommen und wir eines Tages glücklich zu dritt leben können. Dimitr hat scheinbar begriffen, dass er von mir nichts erfahren wird. Er versucht, meinen Kopf mit aller Wucht auf die Tischplatte zu schlagen. Instinktiv krümme ich den Hals und leiste Widerstand. Als ich meinen Kopf wieder aufrichte, ist Grégire hereingekommen.

»Dimitr, das reicht! Du hast für dein Geld genug Zeit gehabt. Verschwinde jetzt. Ist dir klar, in welchem Zustand sie jetzt ist? Jeden Moment wird sie in ein Kommissariat der Oberstadt überführt. Was sollen die Polizisten dort denken? Dass wir unsere Gefangenen misshandeln? Gerges, lass Mud holen, sie soll sie uns wieder herrichten.«

Dimitr sieht mich noch einmal an, ehe er den Raum verlässt. Sein Blick ist voller Hass. Ich weiß, dass er ein Leben lang versuchen wird, sich an mir zu rächen.

Lucen

Es ist Zeit zu gehen. Ich verabschiede mich von meinen Freunden: von Dlan, der noch sechs Monate hierbleiben muss, von Hans, der bald herauskommt, von Cril, der jetzt abgehärtet ist und seine Strafe überleben wird – da bin ich sicher. Der Alte hat mir gesagt, dass ich seinen Lebenstraum verwirkliche und er nun ruhig sterben könne. Er habe gestern aufgehört, meine »magischen Tabletten« einzunehmen. Seinen Vorrat wolle er den Neuankömmlingen geben, damit sie die ersten Tage überleben. Er gibt mir auch eine Handvoll Tabletten für unser Baby mit. Firmie kann sie einnehmen, damit sie die Milch anreichern.

Ich schlage die Wege ein, die weit von den Schlafplätzen der Gefangenen entfernt liegen. Oft ducke ich mich und warte eine ganze Weile. Ich bin wachsam. Als ich schon glaube, mich verlaufen zu haben, finde ich wundersamerweise den Eingang zu Rihards Quartier. Ich schleiche mich hinein. Der Ort ist seltsam still und verlassen. In der Ferne höre ich ein Schnarchen. Ich zittre vor Angst. Mit Mühe ziehe ich den engen Ganzkörperanzug an und setze eine Gasmaske auf. In eine Tasche stopfe ich zusätzlich eine Stoffmaske, die ich später noch brauchen werde. Unter unzähligen Vorsichtsmaßnahmen verlasse ich das unterirdische Versteck. Dann laufe ich für alle gut sichtbar herum, wie jemand, der das Lager mit Erlaubnis verlassen und sich amüsieren will. Auf die Rufe anderer Soldaten reagiere ich nur mit dem hier üblichen Handzeichen. In der Umkleide am Grenzübergang ziehe ich mich wieder um. Der Wachmann an der Grenze ist erstaunt über die Höhe der Summe, die ich ihm beim Passieren gebe, aber das sagt er mir natürlich nicht.

»Du musst neu hier sein«, vermutet er. »Ich kenne dich nicht.«

Ich nenne den Namen eines jungen Rekruten, dem Hans heute Morgen am Eingang zum Silo begegnet ist.

»Das ist meine erste Ausgansgserlaubnis. Seit ich hier bin, werde ich auf dem Wachturm der Südgrenze eingesetzt. Das ist todlangweilig; da trifft man keine Menschenseele.«

»Du bist ja nicht gerade kräftig!«

»Das war ich noch nie, und hier wird sich das auch nicht ändern. Das Essen ist ekelhaft!«

»Von deinem ersten Lohn kannst du dir bald besseres Essen leisten.«

Breit grinsend öffnet er das Gittertor.

Ich mache mich auf den Weg. Zu meiner Linken entdecke ich Leuchtsignale. Ich schlage mich durchs Unterholz. Der Boden ist schlammig. Wenig später sehe ich Pul, der an einem Auto lehnt und mich bereits erwartet. Ich verstecke mich auf dem Rücksitz unter einer Decke. Mein Freund fährt langsam. Wir werden trotzdem ganz schön durchgeschüttelt. Sobald der Untergrund befahrbarer wird, drückt Pul aufs Gas. Ich weiß nicht, wie viel Zeit vergeht, aber als wir anhalten, fürchte ich, wir seien in eine Polizeikontrolle geraten.

»Wir sind da. Ich lasse dich hier. Außerdem soll ich dir vom Alten dieses Geld geben. Du befindest dich am südlichen Eingang zum Friedhof. Hier werden wir uns verabschieden. Ich wollte deine richtige Adresse nicht wissen – für den Fall, dass man mich verhört. Julen hat erzählt, deine Frau sei großartig und genauso freundlich wie du. Bitte bleib am Leben.«

»Versprochen. Danke.«

Ich gehe mit schnellen Schritten und atme glücklich den Kohlegeruch ein, der so typisch für die Unterstadt ist. Ich habe noch gar nicht richtig begriffen, dass ich Firmie bald in die Arme schließen und unser Baby kennenlernen werde. Dann bin ich am verabredeten Ort. Ein Mann zieht mich am Ärmel in einen kleinen Hinterhof. Sein Gesicht kann ich nur schemenhaft erkennen. Er sieht aus wie Julen vor der Infektion.

»Ich bin Julens Bruder Ernet. Folge mir.«

Er führt mich durch verschiedene Gänge und erklärt gleichzeitig:

»Deine Frau ist hinausgegangen, um etwas zu erledigen. Der Kleine schläft im Zimmer.«

»Weißt du, wie er heißt?«

»Igo.«

»Igo. Mein Sohn Igo.«

Er öffnet eine Tür und zündet eine Kerze an. Da sehe ich mein Baby. Es bewegt sich im Schlaf. Ich küsse es sanft auf die Wange. Es riecht so gut, es ist so schön!

Igo schläft. Ich lege mich neben ihn und betrachte sein Gesicht ganz genau: den Haaransatz, die kleinen Ohren. Über eine Stunde vergeht. Ich mache mir zunehmend Sorgen, weil Firmie nicht auftaucht. Was macht sie? Was könnte ihr zugestoßen sein? Ich wage weder, das Kind allein zu lassen, noch, es zu wecken, um nach ihr zu suchen. Nach einer weiteren halben Stunde mache ich mich auf die Suche nach Ernet und begegne ihm draußen vor unserem Zimmer. Seinen Gesichtsausdruck kann ich nicht erkennen, aber ich spüre, dass er schlechte Nachrichten hat.

»Julen wurde von ein paar Typen erwischt, die für Dimitr arbeiten. Ich brauche deine Hilfe, um seine Leiche zu holen. Meine Schwester Auélie passt so lange auf deinen Sohn auf. Diese Dreckskerle!«, brüllt er. »Julen war ein so guter Mensch!«

»Ich weiß. Er war mein Freund.«

»Er mochte dich sehr, weißt du. Er hat immer wieder gesagt, du seist einer von fünf Menschen, für die er sich notfalls sogar opfern würde. So war mein Bruder.«

Er fällt mir in die Arme und weint. Ich wage nicht, ihn nach Firmie zu fragen, obwohl ich spüre, dass sie in Gefahr ist. Ein junges Mädchen streift uns sanft, als sie an uns vorbei in mein Zimmer geht. Das muss Ernets Schwester sein.

Ernet und ich gehen gemeinsam in Richtung der grenznahen Viertel. Ich laufe dicht hinter ihm, weil ich keine Lampe habe. Wir finden Julens Leiche in einer Sackgasse hinter ein paar Mülltonnen. Er ist mit einem schmutzigen, durchlöcherten Tuch bedeckt. Ein paar Leute hocken neben der Leiche. Ernet streicht seinem Bruder kurz übers Gesicht; dann packt er dessen Oberkörper. Ich halte Julens Leichnam an den Waden, und wir beginnen den Rückweg. Jemand ist hinter uns. Den Schritten nach zu urteilen, handelt es sich um eine Frau. Meine Vermutung bestätigt sich an einer Kreuzung, an der ihr Gesicht plötzlich durch die Fackel eines Karrenmanns beleuchtet wird.

Sie ist relativ jung und trägt ein Kind auf dem Rücken. Um ihr Gesicht hat sie ein Tuch geschlungen. Ernet ist so in seiner Trauer gefangen, dass er sie nicht bemerkt hat. Ich bin erschöpft und schlage ihm eine kurze Pause vor. Vorsichtig legen wir Julen auf dem Gehweg ab. Ich flüstere meinem Begleiter ins Ohr:

»Eine Frau folgt uns. Ich werde nachschauen, wer sie ist. Sie darf nicht wissen, wohin wir gehen.«

Er nickt zustimmend, aber ich bin nicht sicher, ob er mich richtig verstanden hat. Auch die junge Frau ist stehen geblieben und wartet nun auf mich. Es ist Sionne.

»Was machst du in dieser Gegend? Warum folgst du mir?«

»Ich muss mit dir über Firmie reden …«

»Weißt du etwas? Sag es mir! Ich warte seit einer Ewigkeit auf sie!«

»Wie das? Ist ihr etwa die Flucht aus Dimitrs Wohnung gelungen?«

»Natürlich. Also, Sionne, was willst du mir sagen?«

»Nichts. Ich bin zufrieden.«

Für ein paar Sekunden hatte ich geglaubt, alles würde gut. Aber vor mir steht nicht die Sionne, die ich aus Kindertagen kenne. Sie wirkt verloren, gebrochen. Ich wende mich ab und will zu Ernet zurückgehen.

»Lucen«, flüstert sie, »komm später bei mir vorbei, sagen wir in zwei Stunden. Ich kann dir helfen, Firmie zu finden. Ich kenne Leute, die alles wissen, verstehst du? Alles.«

Ich weiß nicht, ob mir das helfen wird. Sionne verhält sich nicht normal. Sie erinnert mich an die verlorenen Kinder und Jugendlichen, die am Hafen leben und ihre

Gehirne zerstören, indem sie Lösungsmittel inhalieren. Sie riecht zwar nicht wie diese Leute, aber ihre Stimme ist genauso schleppend.

Der Rückweg ist sehr anstrengend, denn auf dem mit Schlaglöchern übersäten Untergrund geraten wir mehrmals aus dem Gleichgewicht. Um durchzuhalten, wiederhole ich ständig diesen einen Satz: »Wenn wir ankommen, wird sie dort sein, wenn wir ankommen, wird sie dort sein …« Das gibt mir die Kraft, bis zu Ernets Haus zu gehen. Nachdem wir die Leiche auf ein Bett gehievt haben, lassen wir uns mit ausgestreckten Armen zu Boden fallen und atmen heftig. Nach wenigen Minuten stehe ich auf. Ich will zu meinem Kind. Jeder Schritt bringt mich meinem Glück näher. Ich betrete das Zimmer. Firmie ist nicht da. Auélie bemerkt meine Enttäuschung:

»Es tut mir leid, hier bin nur ich. Lucen, dein Sohn hat großen Hunger. Es ist mir gelungen, ihn wieder zum Schlafen zu bringen, aber wenn er aufwacht, muss er unbedingt etwas essen.«

»Firmie müsste gleich hier sein. Wenigstens hoffe ich das.«

»Wenn seine Mutter nicht auf der Stelle zurückkommt, musst du Muttermilch für ihn beschaffen. Ich habe eine Freundin, die Babys nach der Schule stillt. Ihre Eltern haben vor drei Monaten ihren Säugling verkauft und zwingen sie jetzt, als Amme zu arbeiten. Es wäre allerdings gut, wenn du sie gleich bezahlen könntest, denn sie will Geld auf die Seite schaffen, um zu fliehen. Ich könnte ihr Bescheid sagen.«

»Ich vertraue dir. Geh sofort zu ihr.«

Die Mädchen kommen genau in dem Moment, in dem mein Sohn weinend aufwacht. Die junge Amme hebt ihr T-Shirt und legt Igo an die rechte Brust. Er zögert höchstens zwei Sekunden, dann beginnt er zu saugen.

»Du hast ja richtig Hunger, mein Großer«, flüstert das Mädchen ihm ins Ohr.

Igos Augen sind geschlossen. Er wirkt sehr konzentriert. Nach fünf Minuten legt sie ihn an die andere Brust. Schließlich ist er satt und friedlich. Die Amme reicht ihn mir. Ich bezahle sie und frage Auélie:

»Ich muss in einer Stunde weg. Könntest du auf Igo aufpassen?«

»Natürlich, aber nicht umsonst.«

Für eine Weile bin ich mit ihm allein. Zum ersten Mal sieht Igo mich an. Mit ernstem Blick berührt er meinen Bart. Ich küsse ihn auf die Stirn. Eine halbe Stunde lang spreche ich ohne Unterlass mit ihm. Ich will, dass er alles von mir weiß: wie sehr ich seine Mutter liebe und welch glückliches Leben wir später führen werden, weil alles sich zum Guten wenden wird. Ich erzähle ihm von meiner Vergangenheit, meiner Schwester, meinen Eltern, die ich vielleicht nie wiedersehen werde, meinem Beruf und meinen Freunden von früher. Er soll erfahren, wie ich als Kind war und wie ich Firmie begegnet bin. Er soll wissen, dass wir von den weiten Landschaften aus den alten Filmen träumen. Ich glaube nicht, dass er mich versteht, aber ich habe das Gefühl, dass er mir zuhört. Ich nehme ihn auf den Arm und bette seinen Kopf sanft auf meine Schulter. Dann krabbelt er unsicher umher; das linke Bein zieht er ein wenig nach. Er lächelt mich an. Kaum je habe ich so empfunden wie in diesem Moment. Zu meinem vollständigen Glück fehlt nur noch Firmie.

Jetzt kommt Auélie zurück. Ich verlasse das Versteck.

Ich weiß nicht, wohin ich gehen oder wie ich Firmie finden soll. Meine Schritte führen mich automatisch in Richtung meines alten Viertels. Zum Glück merke ich es rechtzeitig – das könnte gefährlich werden, da man nach mir sucht. Ich bin sicher, dass die Miliz jemanden in der Nähe meines Elternhauses postiert hat. Nur meine Schwester könnte mir wirklich helfen. Wegen ihrer freundlichen, mitfühlenden Art hat sie viele Freunde und kennt viele Leute, von denen einige mir mit etwas Glück vielleicht Auskunft über Firmies Schicksal geben könnten. Außerdem würde ich Katine so gerne in die Arme schließen. Vor meiner Lagerstrafe und ehe meine Eltern meine Verlobung abgelehnt hatten, standen wir einander so nahe. Ich bin nicht einmal sicher, ob sie weiß, dass ich noch am Leben bin und mein wundervolles Kind inzwischen auf der Welt ist. Wo könnte ich sie treffen, ohne mich unserem Haus zu nähern? In dem einen Jahr hat sie sich bestimmt sehr verändert. Vielleicht hat sie schon Fruchtbarkeitstests hinter sich? Ich würde auch gern zu Snia gehen, aber durch ihre Nähe zu Gerges wäre das zu gefährlich. Ich mache einen Bogen um mein altes Viertel und mache mich auf den Weg zum Hafen, genauer gesagt zu Syvain, dem Herrn der Ratten. Ich klopfe an seine Tür. Ein verdrecktes Kind öffnet mir, gefolgt von seiner Mutter, deren Augen eitrig verquollen sind. Sie sagt mir, wo die neue Wohnung meines Freundes liegt – aber erst nachdem sie mir klargemacht hat, dass diese Auskunft ein paar Münzen wert ist. Syvains Geschäfte gehen offensichtlich gut, denn er wohnt jetzt ungefähr 300 Meter höher. Dort angekommen beobachte ich, dass die Straßen der Reichen recht gut beleuchtet sind, weil die meisten Passanten ihre Stirnlampen eingeschaltet haben. Hier ist es schwieriger, nicht gesehen zu werden.

Zum Glück ist Syvain zu Hause. Er erkennt mich erst nach ein paar Sekunden; dann umarmt er mich:

»Du siehst aus, als kämst du von weit her!«

»Da hast du nicht ganz unrecht.«

»Wir müssen Katine sagen, dass du zurück bist. Das wird ein Schock für sie, aber sie wird sehr glücklich sein!«

»Du kennst meine Schwester?«

»Ja, übrigens dank dir. Als ich in der Zeitung gelesen habe, was dir zugestoßen ist, habe ich deine Eltern besucht, um ihnen das Geld zu geben, das ich dir noch schuldig war.«

»Du hast mir Geld geschuldet?«

»Eine unserer Ratten ist auf einem Boot auf hoher See bei Eins-zu-eins-Kämpfen über Nacht zum Star geworden, und irgendein Säufer bot mir daraufhin ein Vermögen. Ich wollte, dass du deinen Anteil bekommst. Jedenfalls habe ich bei dieser Gelegenheit deine Schwester kennengelernt. Ein paar Monate später bin ich ihr in der Stadt begegnet. Sie wirkte völlig verzweifelt. Die Arme. Nachdem du weg warst, ist für sie eine Welt zusammengebrochen.«

»Sie war bestimmt fürchterlich wütend auf mich.«

»Nicht einmal das. Für sie stehst du immer noch über allen anderen Männern auf dieser Erde. Zunächst lief das

Geschäft deiner Eltern immer schlechter, weil sie plötzlich die ›Eltern eines Terroristen‹ waren. Grégire spielte bei dieser Entwicklung eine große Rolle. Er hat die Kunden von 700 davon abgehalten, deinem Vater Aufträge zu erteilen, und hat verhindert, dass er beliefert wurde. Dein Vater musste schließlich eigenhändig Mülltonnen durchwühlen. Deine Mutter ging gar nicht mehr aus dem Haus und wurde beinahe stumm. Und deine Schwester wurde von der Familie ihres Verehrers verstoßen. Inzwischen ist es besser. Die goldenen Hände deines Vaters machen ihn als Restaurator unersetzlich, und nach ein paar Monaten begannen wichtige Kunden, ganz diskret zu ihm zurückzukehren, genau wie einige Lieferanten. Der Zustand deiner Mutter hat sich allerdings nicht verbessert. Jedenfalls bin ich seit 107 Tagen mit deiner Schwester verlobt. Zum ersten Mal in meinem Leben empfinde ich etwas für einen anderen Menschen, und es beruht auf Gegenseitigkeit. Ich bin nicht mehr allein. Das ist ein großes Glück. Und du? Wurdest du begnadigt?«

Ich versuche, ihm in aller Kürze zu schildern, was ich durchgemacht habe und in welcher Situation ich mich gerade befinde.

»Warte hier und reagiere nicht, falls jemand klopft. Deine Schwester hat einen Schlüssel. Ich will sehen, ob ich etwas über deine Frau herausfinden kann.«

Ich bin allein in der Wohnung. Ich setze mich und nehme mir ein Stück herumliegendes Packpapier. Ich will meinen Eltern schreiben, denn ich bin fast sicher, dass ich sie niemals wiedersehen werde. Ich will ihnen sagen, dass ich sie liebe und weiß, dass sie immer mein Bestes wollten – auch wenn sie sich letztlich getäuscht haben.

Kurze Zeit später kommt meine Schwester herein und ist außer Atem. Sie umarmt mich lange und wortlos. Sie weint, und auch ich ertappe mich dabei, wie mir Tränen über das Gesicht laufen. Wir sehen einander an. Sie streicht über mein Gesicht, als wolle sie sich vergewissern, dass ich es wirklich bin. Ich finde sie noch hübscher als früher. Ihre Verlobung mit Syvain ist eine sehr gute Entscheidung. Er ist ein lebenstüchtiger, ehrlicher Kerl, der gelernt hat, Ärger aus dem Weg zu gehen. In Bezug auf Katines Zukunft beruhigt mich das sehr. Ich erzähle ihr von meinem Plan, ins Exil auf eine Isola zu gehen, wo meine kleine Familie und ich geschützt wären. Wir unterhalten uns ohne Pause, bis ihr Geliebter zurückkehrt. Syvain erzählt:

»Firmie wurde heute früh wegen Hehlerei verhaftet, als sie versuchte, ein Medaillon zu verkaufen. Sie war erst auf der hiesigen Polizeiwache und wurde dann zum Verhör in ein Kommissariat in der Oberstadt gebracht. Das Schmuckstück stammt angeblich aus einem Einbruch, der vor über einem Jahr dort oben stattgefunden hat.«

»Ich glaube, langsam verstehe ich. Ich muss Igo holen und so schnell wie möglich in die Oberstadt. Ich weiß, wer die Sache bereinigen kann.«

Meine Schwester reagiert beunruhigt:

»Um diese Zeit ist es unvorsichtig, draußen herumzulaufen. Die ersten Straßensperren sind schon aufgebaut, und bestimmt suchen alle nach dir.«

»Wir gehen durch die Kanalisation«, schlägt Syvain vor. »Außer unseren kleinen Freunden, den Ratten, wird uns niemand dort begegnen. Du stellst uns unseren Neffen vor, und dann zeige ich dir den Weg zur Grenze.«

Meine Situation erscheint mir immer gefährlicher. Ich habe Angst, dass unser Unterschlupf bereits entdeckt und mein Sohn aufgegriffen wurde. Wir laufen schnell und sprechen kaum. Trotzdem erfahre ich von Syvain, dass Snias Cousin Smon in der Kanalisation erwürgt wurde. Es war ein Vergeltungsakt unter den Flüchtlingen, sagt er. Als ich Katine von der Begegnung mit Sionne erzähle, reagiert sie zögerlich:

»Sionne hat sehr gelitten, nachdem Maurce in eine andere Stadt geflohen ist. Es ging das Gerücht um, er habe Mitglieder seiner Bande verraten und es sei ein Kopfgeld auf ihn ausgesetzt. Ich will nicht vorschnell urteilen, aber uns allen ist aufgefallen, dass Sionnes finanzielle Situation sich stark verbessert hat, seit sie so häufig zur Miliz geht. Alle im Viertel haben daraus geschlossen …«

»… dass sie für die Kerle spioniert? Aber was hatte sie zu bieten, nachdem ihr Mann verschwunden war?«

Doch ich glaubte die Antwort zu kennen: Informationen über Firmie.

»Als ich verhaftet wurde, war sie schwanger«, erwidere ich nur.

»Ja, sie hat jetzt eine Tochter. Anscheinend ist diese immer krank, und Sionne geht nur selten mit ihr nach draußen.«

Es ist fast Mitternacht. Wir sind unterwegs. Igo schläft nicht, doch er scheint zu begreifen, dass er keinen Lärm machen darf. Ich flüstere ihm während des Aufstiegs Richtung Oberstadt Abzählreime ins Ohr und mache viele Pausen, um nach eventuellen Verfolgern Ausschau zu halten. Einmal glaube ich, jemanden entdeckt zu haben, aber jetzt habe ich schon seit Längerem niemanden mehr gesehen. An der Grenze finde ich die Stelle im Zaun wieder, an der man sich hindurchquetschen kann. Sobald ich auf der anderen Seite bin, renne ich los. Die Entfernungen kommen mir in dieser Nacht erstaunlich kurz vor.

Dann stehe ich endlich vor Ludmillas Haus und werfe Kieselsteine an ihre Fensterscheibe. Ich stelle mich unter einen Laternenpfahl, damit sie mich gleich sieht und erkennt. Plötzlich geht die Haustür auf und eine Gestalt, die nicht Ludmilla ist, stürzt sich auf uns. Im Licht der Straßenlaterne blitzt ein Messer auf.

Gerges

Firmie ist auf unserer Wache. Das ist ein kleines Wunder, denn beinahe wäre sie uns entwischt. Wir hatten mit Dimitr vereinbart, sie am Vormittag aus ihrem Versteck abzuholen. Aber mithilfe eines pockennarbigen Landstreichers war ihr die Flucht gelungen. Die Arme verkehrt wirklich mit dem Abschaum der Gesellschaft. Dimitrs Schergen haben sie verfolgt, und das picklige Ungeheuer hat sich für die Schöne geopfert. Wir wissen noch nicht, wo sie ihren Knirps versteckt hält, aber das werden wir bald herausfinden. Uns interessiert aber vor allem Lucen, den wir diesmal direkt abknallen werden, sobald wir ihn zu fassen bekommen. Mein Vater vertraut unserer Justiz nicht mehr.

Sionne ist hier und will Clude sprechen – ich weiß auch, warum. Er hat ihr für den Fall, dass Firmie festgenommen wird, eine zweite Zahlung versprochen. Aber mein Kollege ist unterwegs. Ich vertrete ihn. Ich lasse Sionne in mein Büro. Mich hatte sie um diese Zeit nicht hier erwartet. Sie zögert.

»Ich wollte mit Clude sprechen … Wenn er nicht hier ist, kann ich morgen wiederkommen.«

»Ich weiß über euer Geschäft Bescheid. Du willst deinen Umschlag abholen, nicht wahr?«

Ich öffne die Schublade, hole ihr Geld heraus und werfe es auf den Tisch. Sie steckt es ein, ohne nachzuzählen, bleibt aber sitzen. Leise, ohne mich anzusehen, sagt sie:

»Ich habe noch etwas … wenn du willst.«

»Was denn?«

»Lucen.«

»Weißt du etwa, wo er ist?«

Sie antwortet nicht, sondern wartet darauf, dass ich ihr ein Angebot mache. Ich weiß, dass sie immer dringender Geld braucht und jede Möglichkeit nutzt, sich mehr zu beschaffen. Sie gibt es nicht nur für Medikamente für ihre Tochter aus, sondern nimmt auch Tabletten gegen die Angst. Meistens ist sie außerdem bekifft. Ich gehe hinüber zu meinem Vater, der gerade Firmie verhört. Sie hat sich nicht verändert: Sie ist noch genauso hübsch wie früher und genauso stur. Er wird nichts aus ihr herausbekommen. Flüsternd berichte ich meinem Vater von der Neuigkeit über Lucen. Er bittet mich, fünf Minuten zu warten, weil er persönlich mit Sionne verhandeln will. Auf dem Gang sehe ich Dimitr, der mit einem Wachmann diskutiert. Ich spreche ihn an. Mir ist klar, dass er sich eine Gefälligkeit erschleichen will und sich das etwas kosten lassen wird. Mir ist es lieber, wenn mein Vater und ich von seiner »Großzügigkeit« profitieren; der Kommissar ist nicht darauf angewiesen – er bekommt genug Schmiergeld pro Woche.

»Haben Sie sie? Und hat sie ›das Paket‹ bei sich?«

»Nein. Mein Vater verhört sie gerade, um herauszufinden, wo es ist.«

»Er hat keine guten Argumente. Ich könnte mehr aus ihr herausbekommen, wenn Sie mich eine Viertelstunde mit ihr allein lassen. Und wenn ihr Kerl in die Wohnung kommt, fangen ihn meine Jungs ein und bringen ihn gratis vorbei. Sie suchen doch nach ihm, nicht wahr?«

Mein Vater knallt die Tür zum Büro zu, in dem er Firmie verhört. Er ist ziemlich genervt. Doch bei Dimitrs Anblick lächelt er – er weiß, dass heute wenigstens finanziell ein guter Tag wird.

»Fünf Minuten«, sagt mein Vater zu Dimitr, ohne ihn zu begrüßen. »Und sei nicht zu brutal. Ich muss sie nachher noch auf eine andere Polizeiwache bringen.«

»Danke, Grégire. Ich werde dich dafür entschädigen.«

Mein Vater stellt sich ihm in den Weg und sagt betont freundlich:

»Das kostet dich einen Gold-Écu im Voraus.«

Dimitr atmet hörbar ein, wühlt aber nervös in den Hosentaschen und wirft meinem Vater eine schöne goldene Münze zu. Offensichtlich hat er keine Angst vor den Taschendieben in der Unterstadt – wahrscheinlich, weil er ihr Chef ist.

Sionne erzählt uns, wie sie Lucen begegnet ist, als er einen Leichnam Richtung 680 transportierte. Mein Vater ärgert sich, dass er niemanden abgestellt hat, um die Leiche des Flüchtlings zu bewachen und ihn zu identifizieren. Er legt ein paar Münzen vor Sionne auf den Tisch. Sie wirkt weiterhin unbeteiligt. Aus einem Schrank holt er weitere Münzen und legt sie dazu. Sionne streckt die Hände nach dem Geld aus. Mein Vater packt ihr Handgelenk. Sie fährt fort:

»Ich habe Lucen versprochen, ihm Informationen über Firmie zu verschaffen. Dazu sollte er in einer Stunde zu mir nach Hause kommen.«

»Warum sollte er das machen? Wie kann er sicher sein, dass du ihm helfen wirst? Hast du dich mal angeschaut, Sionne? Du siehst aus wie eine Drogenabhängige.«

»Er wird kommen.« Ihre Stimme klingt plötzlich fester. »Das hat er mir versprochen.«

Sie windet sich aus dem Griff meines Vaters und steckt das Geld ein. Dann steht sie auf und geht wortlos hinaus.

Mein Vater wirkt nachdenklich. Schließlich sagt er:

»Postiert so schnell wie möglich Milizionäre rund um das Haus von Sionne, damit er in die Falle geht. Lucen wird nicht riskieren, sein Elternhaus aufzusuchen, und viele Leute kennt er in der Unterstadt nicht mehr. Du stattest seiner Familie trotzdem einen Besuch ab und findest heraus, ob sie wissen, dass er in der Gegend ist.«

Mein Vater geht wieder zu Firmie, während ich meine Kollegen anrufen will. Ich höre, wie mein Vater sich aufregt, also lege ich den Hörer beiseite und gehe auf den Flur, um herauszufinden, was los ist. Ich erfahre, dass Dimitr sich nicht zurückhalten konnte, und jetzt muss ich Mud holen, damit sie die blutende Firmie behandelt. Sie wird die Gelegenheit nutzen, um die Verständnisvolle zu spielen und Firmie vielleicht ein paar Geheimnisse zu entlocken. Das kann sie gut, denn dafür ist sie da.

Ich gehe von der Polizeistation zum Gebäude der Miliz. Dort beauftrage ich FrançDos und Marcl, Sionnes Haus zu überwachen, falls Lucen erscheint.

»Dürfen wir schießen, sobald wir ihn sehen?«, fragt Marcl begeistert.

»Nur wenn du sicher bist, dass er uns andernfalls entkommen würde«, beschwichtigt Françdos. »Es ist besser, ihn festzunehmen, damit Grégire persönlich Rache nehmen kann.«

»Ja, das wäre ideal«, stimmt der andere zu.

Wenig später klopfe ich leise an Sionnes Tür; ich möchte ihre kleine Tochter nicht wecken. Misstrauisch öffnet sie einen Fensterladen.

»Lass uns hinein. Wir müssen uns deine Wohnung ansehen, um alles vorzubereiten.«

Drinnen ist es sehr stickig. Keiner von uns denkt auch nur im Traum daran, die Tür hinter sich zu schließen. Im Vergleich dazu erscheint der bittere Gestank der verrauchten Unterstadt geradezu lieblich.

»Ist hier irgendwo eine Ratte verreckt? Das ist ja unerträglich«, flüstert Marcl.

»Sei still. Behalte lieber die Umgebung des Hauses im Blick, falls unser Freund zu früh auftaucht.«

Ich zünde meine Fackel an, um mir den Raum genau anzusehen. In einem Bettchen schläft mit offenem Mund das Kind. Es ist sehr mager; seine Haut wirkt wächsern.

Die Decke ist mit bräunlichen Flecken übersät, die aussehen wie getrocknetes Blut. Anders als seine Eltern hat das Mädchen helle, fast weiße Haare.

»Reicht Ihnen das endlich?«, regt Sionne sich auf. »Ich will, dass die Kleine in Ruhe schlafen kann.«

»Wir sind fertig. Wir können gehen.«

Marcl und ich verlassen das Haus.

»Das Kind ist in einem fürchterlichen Zustand. Es wird bald sterben. Man müsste sofort einen Arzt schicken.«

»Erst wenn wir Lucen haben«, wendet Marcl ein. »Das hat Vorrang.«

»Du hast recht. Also noch mal: Es gibt nur einen Eingang, und das Fenster ist auf derselben Seite. Wenn er ins Haus geht, ist er geliefert. Zwei Männer in den Ecken sollten genügen.«

»Du hast die Kleine lange angeschaut«, sagt Clude nachdenklich zu mir. »Gibt es irgendein Problem?«

»Ja, also, ich weiß nicht genau. Das Kind sieht seinen Eltern überhaupt nicht ähnlich und erinnert mich an jemanden … aber ich weiß nicht mehr, an wen. Ich werde später darüber nachdenken. Jetzt überlasse ich euch die Vorbereitungen. In der Zwischenzeit werde ich auf Befehl meines Vaters Lucens Eltern auf den Zahn fühlen. Danach komme ich wieder zu euch.«

Seit über einem Jahr war ich nicht in diesem Haus. Katine lässt mich hinein. Lucens Schwester beobachtet mich schweigend. Seine Mutter erkennt mich, kehrt mir aber den Rücken zu. Dennoch spricht sie als Erste:

»Willst du uns die Hinrichtung unseres Sohnes ankündigen? Darf ich vorher noch einmal mit ihm sprechen?«

»Deshalb bin ich nicht hier.« Ich gehe Richtung Werkstatt. Ich will mit Arand reden.

Lucens Vater hat die Stirnlampe eingeschaltet und baut einen Apparat zusammen, den ich nicht identifizieren kann. Er leuchtet mich an.

»Hast du in letzter Zeit etwas von deinem Sohn gehört?«

»Nein, nicht wirklich.«

»Was soll das heißen, nicht wirklich?«

»Gerüchten zufolge soll er in der Unterstadt gesehen worden sein. Aber das glaube ich nicht.«

»Kannst du mir das genauer erzählen?«

»Ja. Es heißt, man habe ihn zusammen mit Wachmännern des Gefangenenlagers in der Kanalisation gesehen. Das würde bedeuten, dass er noch am Leben ist.«

Er versinkt für ein paar Minuten in seiner Arbeit. Dann fährt er fort:

»Gerges, ich glaube, du weißt etwas, das ich nicht weiß. Aber du wirst dich natürlich hüten, es mir zu erzählen. Lass mich raten: Du bist auf der Suche nach ihm, nicht wahr? Das hieße, dass ihm die Flucht aus dem verseuchten Wald gelungen ist?«

»Freu dich nicht zu früh, Arand. Lucen ist verloren, und das weißt du ganz genau.« Ich verlasse das Haus der Familie.

Bevor ich zu meinem Vater zurückkehre, gehe ich nach Hause. Snia freut sich, mich mitten am Tag zu sehen. Ich frage sie über Katine aus:

»Hast du noch Kontakt zu Lucens Schwester?«

»Schon seit ein paar Monaten nicht mehr. Warum?«

»Du hast gesagt, nach Lucens Weggang sei sie verzweifelt gewesen. Aber auf mich wirkte sie gar nicht verzweifelt.«

»Ich habe erfahren, dass sie mit einem gewissen Syvain zusammen ist. Er soll Rattenjäger sein und Kämpfe organisieren. Kennst du ihn?«

Am Abend gehen mein Vater und ich zu den vor Sionnes Haus stationierten Wachposten. Lucen hätte längst auftauchen müssen, aber bisher haben sie nichts gesehen. Dann machen wir uns auf den Weg zum Haus des Rattenkönigs, der in einem besseren Viertel wohnt als wir. Mein Vater nimmt sich vor herauszufinden, woher Syvains plötzlicher Reichtum kommt. Ein Straßenverkäufer, der für die Miliz die Straße ausspäht, erzählt, vor etwas mehr als zwei Stunden habe ein Fremder das Haus betreten, dann sei Syvain gegangen und ein Mädchen, das er hier schon öfter gesehen habe, sei hineingegangen. Wenig später sei Syvain zurückgekehrt. Seitdem habe niemand mehr das Haus verlassen. Er beschreibt den Fremden als dünn und gebeugt und schätzt ihn auf 30 Jahre. Das Gesicht konnte er nicht sehen. Wir brechen die Tür zu Syvains Haus auf. Nichts. Wir durchsuchen alles ganz genau. Im Hinterhof entdeckt mein Vater einen Abflussdeckel und hebt ihn mühsam an:

»Jede Wette, dass sie hier hinabgestiegen und zu Lucens Versteck gegangen sind.«

Ludmilla

Eines Abends, als ich gerade mit den Hausaufgaben fertig bin, schreckt mich ein dumpfes Geräusch auf. Ich gehe ans Fenster. Yolanda hat bereits reagiert und ist hinausgegangen. Im Schein der Straßenlaterne sehe ich einen mageren Mann mit einem Stoffpaket im Arm. Ich schalte das Deckenlicht ein und öffne das Fenster. Der Mann blickt zu mir nach oben: Es ist Lucen. Er gibt mir ein Zeichen. Währenddessen stürmt Yolanda mit großen Schritten auf ihn zu – wahrscheinlich, um ihn auszuschalten. Ich versuche, nicht zu laut zu rufen, aber meine Stimme ist dennoch weithin zu hören:

»Lass ihn hinein, Yolanda, das ist ein Freund!«

Lucen scheint um zehn Jahre gealtert. Sein ehemals athletischer Körper ist jetzt schwächlich. Inmitten der nicht sehr sauberen Tücher auf seinem Arm entdecke ich das Gesicht eines schlafenden Babys. Yolanda zerrt mich in die Küche. Ich weiß genau, was sie sagen will, und komme ihr zuvor:

»Rufen Sie sofort meinen Vater an«, sage ich in bestimmtem Tonfall. »Dann haben Sie Ihre Pflicht erfüllt. Ich verheimliche ihm nichts mehr. Sie sollten wissen, dass ich mit ihm vereinbart habe, gewisse Dinge selbstständig entscheiden zu können. Dies wäre das erste Mal, und ich werde ihm alles erklären, sobald er hier ist. Gehen Sie und rufen Sie ihn an, verlieren Sie keine Zeit, und kommen Sie dann gleich wieder, um uns zu helfen. Ihre Erfahrungen als Mutter werden uns sehr nützen.«

Entgegen meiner Erwartung scheint sie nicht wütend

zu sein, als sie hinausgeht. Lucen wartet in der Diele auf mich, die bestialisch stinkt. Reflexartig rümpfe ich die Nase und sehe, dass Lucen sich schämt. Anders als bei unserer ersten Begegnung wage ich es nicht, ihm vorzuschlagen, er solle duschen. Ich will ihn nicht beschämen. Dennoch höre ich mich sagen:

»Vielleicht fühlen Sie sich wohler, wenn Sie sich gewaschen haben?«

»Gehen wir nach draußen oder auf euren Balkon – irgendwohin, wo dich der Geruch nicht stört, aber ich muss zuerst mit dir reden. Jede Minute zählt.«

»Nein, bleiben wir hier. Ich höre.«

»Firmie wurde von der Polizei festgenommen und in ein Kommissariat in der Oberstadt gebracht. Man wirft ihr Hehlerei vor, weil sie das Medaillon bei sich hatte, das du mir geschenkt hast.«

»Warten Sie einen Moment. Ich will sehen, ob mein Kindermädchen meinen Vater erreicht hat.«

Yolanda ist in der Küche und scheint mich schon zu erwarten. Sie sagt, mein Vater werde in weniger als einer Stunde hier sein. Sie will wissen, woher ich den Jungen aus der Unterstadt kenne. Ich erzähle ihr in aller Kürze von der Suche nach Martha, von den Risiken, die Lucen für mich auf sich genommen hat, und von Firmies Situation.

»Dieser Lucen ist also derjenige, der die Nacht hier verbracht hat, als Sie mich im Keller eingesperrt hatten?«

Das Weinen des Babys erinnert mich daran, dass Lucen schon seit einigen Minuten in der Diele wartet. Ich verlasse Yolanda und gehe zu ihm. Er flüstert seinem Kind sanft ins Ohr, und es beruhigt sich recht schnell. Ich sage ihm, mein Vater werde bald kommen und seine Frau so schnell wie möglich aus ihrer misslichen Lage befreien. Er wirkt erleichtert:

»Das Baby und ich könnten draußen in einer versteckten Ecke warten, bis alles geregelt ist.«

»Selbst wenn mein Vater sich noch heute an die Arbeit macht, wird Firmie nicht vor morgen früh freikommen. Sie werden die Nacht deshalb hier im Haus verbringen.«

»Wenn du sicher bist, dass dein Vater das erlaubt … Dann müsste ich mich wirklich waschen und umziehen, damit ihr mich ertragt.«

»Ja, und Sie werden sich auch selbst besser fühlen!«

»Ludmilla, könntest du mich bitte duzen?«

»Ich kann es ja versuchen. Möchtest du, dass ich dein Baby meinem Kindermädchen gebe, während du duschst? Sie kennt sich mit Kindern aus, keine Sorge.«

Er zögert kurz und flüstert seinem Baby etwas ins Ohr, ehe er es Yolanda übergibt. Yolanda ist ganz entzückt.

»Er heißt Igo und ist fast sechs Monate alt.«

»Was geben Sie ihm zu essen?«, fragt mein Kindermädchen.

»Ich habe ein Mädchen bezahlt, dem man das eigene Kind nach der Geburt weggenommen hat. Sie hat Igo gestillt. In der Unterstadt ist das nicht unüblich. Hoffentlich gibt es das hier auch.«

»Nein. Aber machen Sie sich keine Sorgen. Ich werde eine Lösung finden.«

Lucen bedankt sich und geht ins Bad.

Wie letztes Mal hole ich Kleidung für ihn aus der Garage. So wie er momentan aussieht, wird er darin förmlich verschwinden. Yolanda sammelt Lucens alte Kleidung auf, zieht das Baby aus und wäscht es im Waschbecken. Igo ist zunächst misstrauisch, aber Yolanda beruhigt ihn und gibt ihm ein Küsschen in den Nacken, das sofort ein Lächeln auf sein Gesicht zaubert. Nach dem Bad wickelt sie ihn in ein Handtuch und nimmt ihn auf den Arm.

»Ich werde die Kleidung der beiden waschen und in den Trockner geben, sodass sie morgen alles wieder mitnehmen können«, kündigt sie an. »Und ich werde versuchen, ein Fläschchen und Säuglingsnahrung aufzutreiben. Sonst kann der Kleine heute Nacht nicht schlafen – und wir auch nicht.«

Ich nehme das Baby und schmiege es an mich. Es zupft mich am Ohr, berührt meine Nasenspitze, greift nach meinen Haaren, bewegt sich und grummelt ein bisschen vor sich hin. Mir wird klar, dass ich zum ersten Mal in meinem Leben ein Baby im Arm halte. Ich singe leise einen Abzählreim, der es eine Weile zu beruhigen scheint. Es windet sich. Plötzlich höre ich ein Geräusch, das von seinem ... Po zu kommen scheint. Ich atme tief ein und hoffe, dass ich mich getäuscht habe. Vorerst scheint nichts weiter zu passieren. Hoffentlich kann Igo sich noch eine Weile zurückhalten! Zum Glück kommt jetzt Lucen aus dem Badezimmer. Der Gürtel hält die Hose nur mit Mühe an seinem mageren Körper. Er nimmt seinen Sohn auf den Arm und spricht leise mit ihm:

»Na, warst du bei Ludmilla brav?«

Nach ein paar Minuten gehen wir ins Wohnzimmer und setzen uns. Lucen hat Igo auf dem Arm. Das Kind hat Mühe, die Augen offen zu halten. Ich biete Lucen etwas zu essen an, aber er möchte nur ein Glas Wasser.

Dann schläft Igo ein. Lucen legt ihn neben sich auf die Couch.

»Lucen, ich habe in der Zeitung gelesen, dass Sie … also, dass du zum Tode verurteilt wurdest. Bist du begnadigt worden?«

»Nein, ich bin auf der Flucht. Es tut mir leid, dass ich dich aufsuche. Sobald ich Firmie gefunden habe, gehen wir fort.«

»Tu, was du möchtest. Bis du Firmie wiederhast, steht dieses Haus dir offen.«

Wenig später kommt mein Vater. Er begrüßt Lucen kurz und bittet mich ins Nebenzimmer.

»Weißt du, was dieser ach so nette Familienvater getan hat? Er hat ein Haus in die Luft gejagt, in dem die Mutter seines …«

»Papa, bitte. Wir können ihn später auffordern, dazu Stellung zu nehmen. Aber das Problem mit seiner Frau Firmie betrifft uns wirklich. Sie wurde wegen Hehlerei festgenommen. Es geht um ein Medaillon, das ich Lucen zum Dank für seine Hilfe bei der Suche nach Martha geschenkt habe.«

»Du hast eine Dummheit gemacht, und Firmie hatte einfach Pech. So ist das Leben, mein Kind. Warum sollte ich mich darum kümmern?«

»Papa, du hast gesagt, im Austausch für meine Dienste dürfte ich dich ab und zu um einen Gefallen bitten. Du hast mich zwar bisher nicht um Hilfe gebeten, aber das wäre eine Art Vorauszahlung. Ich möchte, dass du Lucens Frau dort herausholst. Bitte, rede mit Lucen.«

»Einverstanden, aber du bleibst hier.«

Mein Vater setzt sich Lucen gegenüber und befragt

ihn. Währenddessen gehe ich nervös im Flur auf und ab. Ab und zu lausche ich an der Tür zum Wohnzimmer. Das Gespräch ist lebhaft, aber ich verstehe trotzdem nichts Genaues. Endlich kommt mein Vater wieder heraus.

»Ich werde mich morgen um seine Frau kümmern, sobald das Gefängnis öffnet, und sie noch vor dem Mittagessen hierherbringen. Bis dahin darf Lucen keinen Fuß vor die Tür setzen. Er wird von der Polizei der Unter- und Oberstadt sowie von der Miliz gesucht, und ich will nicht, dass man ihn bei mir findet. Immerhin hat dieser Junge Terroristen beigebracht, wie man tödliche Sprengkörper baut. Er wirkt sympathisch, aber an seinen Händen klebt Blut – auch wenn er, wie er behauptet, nie selbst Bomben gelegt hat.«

Yolanda kommt zurück und erteilt Lucen eine richtige Unterrichtsstunde in Babypflege: Wie bereitet man ein Fläschchen, ab wann wird andere Nahrung zugefüttert, wie pflegt man die Haut des Babys, wie geht man mit eventuellen Verdauungsproblemen um, wie wechselt man Windeln. Wie immer ist mein Kindermädchen sehr präzise. Einiges lässt sie Lucen sogar wiederholen. Ich sitze neben dem schlafenden Igo, passe auf, dass er nicht vom Sofa fällt, und höre mit halbem Ohr zu. Ich finde es faszinierend, wenn er eine Grimasse zieht oder intensiv am Daumen lutscht, und kann mir doch gar nicht vorstellen, Mutter zu sein wie Firmie, obwohl diese genauso alt ist wie ich. Die Gründung einer Familie liegt für mich noch in weiter Ferne.

Jetzt wacht Igo auf, und sein Vater hat Gelegenheit, anzuwenden, was er eben über die Fläschchen gelernt hat. Das Kind braucht ein paar Minuten, um sich an den Gummisauger zu gewöhnen, merkt aber schnell, dass es so einfacher geht. Nach dem Fläschchen reicht Yolanda mir das Baby, das sich sogleich auf mein T-Shirt übergibt.

Wir gehen alle in der Hoffnung schlafen, dass die Zukunft für Lucen und sein Söhnchen morgen schon besser aussehen wird.

Firmie

Ein Mädchen in Uniform schüttelt mich sanft. Ich muss eingeschlafen sein. Sie ist kaum älter als ich. Sie zieht Einweghandschuhe an, steckt mir einen Wattebausch ins linke Nasenloch und reinigt mein Gesicht vom Blut. Sie löst die Handschellen, um mir Jacke und Bluse auszuziehen, und wäscht meine Bluse unter kaltem Wasser. Meine Brüste schmerzen, und mein BH ist vorne feucht.

»Du stillst ja«, bemerkt sie. »Dein Baby verpasst seine Mahlzeit, und du wirst Schmerzen haben, du Arme.«

»Darf ich zur Toilette gehen?«

»Komm, es ist gleich nebenan. Aber erst lege ich dir die Handschellen wieder an.«

Sie führt mich durch einen verlassenen Flur in einen Raum mit der Aufschrift »Privat« und hilft mir, mich hinzusetzen.

»Beeil dich. Man darf uns hier nicht sehen, das ist den Gefangenen verboten. Aber ich wollte dich auch nicht zwingen, das gesamte Kommissariat im BH zu durchqueren.«

»Danke.«

Zurück im Verhörzimmer zieht das Mädchen mich wieder an. Sie heißt Mud. Bevor sie geht, streicht sie mir noch über die Haare.

»Ich hoffe, du kommst hier raus, meine Große. Soll ich jemandem eine Nachricht überbringen? Das würde ich machen. Es wäre unser Geheimnis; es bliebe ganz unter uns. Du kannst mir vertrauen, ich bin nicht wie die. Du willst nicht? Ich will dir nur helfen.«

Ich antworte nicht. Ich bin ja nicht bescheuert.

Gegen elf Uhr kommen die Polizisten aus der Oberstadt. Sie tragen die gleiche Uniform wie jene hier unten, nur ihre Mützen sind zusätzlich mit einer roten Paspel verziert. Grégire gibt ihnen Ratschläge:

»Passt gut auf, sie ist zäh. Und vergesst nicht, sie uns zurückzubringen, wenn ihr mit ihr fertig seid. Wir haben noch einige Fragen an sie und ihren Freund.«

»Schickt uns ein Ersuchen, und wir geben euch das Mädchen zurück, wenn wir unsere Untersuchung über die Einbrüche abgeschlossen haben.«

Meine Handschellen werden ausgetauscht. Die neuen erscheinen mir weniger eng. Ich will darin ein Zeichen sehen, dass sich für mich alles zum Guten wenden wird.

Man setzt mich in einen geschlossenen Karren, der von zwei armen Menschen mit Fußfesseln gezogen wird. Sie bringen mich bis zur Grenze, wo ich in ein motorisiertes Fahrzeug umsteige. Hier herrscht natürliches Licht. Man sieht Hunderte Meter weit, vielleicht sogar noch weiter.

Zum ersten Mal in meinem Leben befinde ich mich oberhalb der Nox. Schade, dass es unter diesen Umständen geschehen muss. Man gibt mir zu essen. Dann werde ich von einem ungefähr 40-jährigen Mann verhört. Endlich kann ich erzählen, was ich weiß. Er hört zu, ohne mich zu unterbrechen oder die Hand gegen mich zu erheben. In der Schule haben sie nicht unrecht mit der Behauptung, die Leute von oben seien anders.

»Sie wirken ehrlich, junges Fräulein«, sagt der Alte wohlwollend, »aber Ihre Geschichte ist mindestens seltsam. Eine reiche Tochter, die ihre Haut riskiert, um ihre kranke Dienerin in der Unterstadt zu finden? Etwas Vergleichbares habe ich noch nie gehört. Bis wir die Situation geklärt haben, bleiben Sie bei uns.«

»Liefern Sie mich danach wieder den brutalen Typen aus der Unterstadt aus?«

»Nicht unbedingt. Wir werden uns deren Ersuchen ansehen, und anhand der Argumente wird ein Richter entscheiden. Aber früher oder später müssen Sie zurück in die Unterstadt, und dort wird es schwierig, ihnen zu entkommen. Sie haben wirklich kein Glück; sie sind einfach nicht auf der richtigen Seite geboren worden. Hier ist das Leben natürlich auch nicht perfekt, aber es ist nicht so … wild. Da Wochenende ist, hat der Richter entschieden, Sie für einige Tage provisorisch hier in einem Gefängnis unterzubringen. Sie können in einem richtigen Bett schlafen und sich waschen. Anfang nächster Woche untersuchen wir die Sache mit der Hehlerei und dem Schmuckstück.«

Knapp eine Stunde später bringt man mich in einem Wagen zu einem großen grauen Gebäude. Ich werde lange durchsucht, ganz ausgezogen und in einen dunkelblauen, sehr weiten Anzug gesteckt. Man fotografiert mich und nimmt meine Fingerabdrücke. Mit meinen Sachen im Arm werde ich durch lange, stille Gänge zu meiner Zelle geführt. Es riecht nach Chlorwasser – der Geruch könnte schlimmer sein. Ich beziehe mein Bett und lege mich hin. Jetzt kann ich nur warten und an Igo und Lucen denken. Ich stelle mir vor, wie sie miteinander schmusen und sich kennenlernen. Ich weine ein bisschen. Sie fehlen mir so.

Am Spätnachmittag darf ich einen Spaziergang im Innenhof machen. Hier sitzen Mädchen in Gruppen beisammen auf Bänken und unterhalten sich. Ich bleibe abseits, fühle mich aber beobachtet. Eine Gefangene steht auf und kommt auf mich zu:

»He, Neue! Du musst dich der Chefin vorstellen!«

Ich ignoriere sie und schaue in die andere Richtung. Sie berührt mich an der Schulter, damit ich mich umdrehe. Ich sehe sie wortlos an. Sie will nicht aufgeben und packt mich am Kragen. Ich löse ihren Griff und schubse sie weg. Jetzt kommen mehrere Mädchen auf uns zu. Manche wollen die Szene beobachten, andere wollen ihrer Freundin zu Hilfe eilen.

Ein großes Mädchen tritt nach vorn und hebt beschwichtigend die Arme:

»Beruhigt euch, Mädels. Unsere neue Freundin ist durch die Inhaftierung ein bisschen gestresst. Vielleicht ist es ihr erstes Mal … Lasst sie in Ruhe, ich kümmere mich um sie.«

Sie wartet, bis die anderen sich ein Stück entfernt haben.

»Hallo. Ich heiße Yette, und man nennt mich die Chefin. Du bist aus der Unterstadt, genau wie ich. Wir sollten uns also gut verstehen, sofern du ... meine Autorität anerkennst.«

»Ich bin Firmie. Ich werde keine Zeit haben, hier Freundschaften zu schließen, weil ich nur ein paar Tage bleiben soll.«

»Über die Dauer deiner Strafe entscheide ich, meine Liebe. Verstehst du? Du hast keine Wahl, als mir zu Diensten zu sein.«

Ich sehe ihr in die Augen.

»Ich war noch keines Menschen Sklavin.«

Eine Sirene zeigt das Ende des Hofgangs an. Wir kehren in unsere Zellen zurück. Für fast 24 Stunden werde ich meine Ruhe haben, und morgen werde ich fragen, ob ich den Ausgang im Hof ausfallen lassen darf. Die Nacht ist nicht so ruhig, wie ich gedacht hatte: Von den anderen Zellen her höre ich, wie Drohungen gegen mich gerufen werden. Vielleicht war es falsch, dieser Yette zu widersprechen? Ich habe doch nur auf ein Verhalten reagiert, das ich als aggressiv empfunden habe. Ich muss alles tun, um am Leben zu bleiben. Das bin ich Igo schuldig – ich habe nicht das Recht, ihn zu lange allein zu lassen. Mir wird bewusst, dass meine Brüste seit meiner Ankunft hier nicht mehr schmerzen. Wahrscheinlich produzieren sie keine Milch mehr, seit ich nicht mehr mit meinem Kind zusammen bin. Ich hoffe, dass der Milchfluss wieder einsetzt, ehe Igo zu alt für das Stillen ist, aber ich weiß nicht, ob so etwas möglich ist. Ich habe sehr gerne gestillt. Ich hatte dabei das Gefühl instinktiven Verhaltens aus alter Vorzeit.

Als die Wächterin meine Tür aufschließt, sieht sie mich wissend an. Mir wird klar, dass ich den Hofgang wohl nicht vermeiden kann. Sie ist eindeutig mit Yette im Bunde. Dennoch wage ich einen Versuch:

»Ich möchte bitte in der Zelle bleiben.«

»Auf keinen Fall. Geh an die frische Luft, das wird dir guttun.«

Als ich nicht sofort aufstehe, wird ihr Ton schärfer:

»Beweg dich, oder ich lasse dich von meinen Kolleginnen in den Hof schleifen.«

Auf den Gängen herrscht Unruhe. Die Stimmung gleicht jener kurz vor einem Kampf im *Milord*, wenn ein armer Hund einer Meute wütender Ratten ausgeliefert wird. Ich war manchmal mit meiner Mutter dort, um meinen sturzbesoffenen Vater nach Hause zu holen. Ein Mädchen tritt ganz dicht an mich heran und flüstert mir ins Ohr:

»Bitte sie um ein Gespräch. Entschuldige dich, unterwirf dich sogar. Anders kannst du deine Haut wahrscheinlich nicht retten.«

Ich drehe mich um, aber sie ist schon verschwunden. Jetzt wird die Tür zum Hof geöffnet. Die Mädchen strömen schadenfroh lächelnd nach draußen. Ich bin die Letzte; die Wärterin schließt hinter mir ab. Yette erwartet mich mit verschränkten Armen in der Mitte des Hofs. Vier Gefangene packen mich und versuchen, mich ihrer Chefin vor die Füße zu werfen. Ich schaffe es, aufrecht stehen zu bleiben, und ergreife die Initiative:

»Yette, ich denke, wir sollten uns erst einmal unterhalten.«

»Du willst wohl Zeit schinden? Hoffst du, dass dich die Sirene rettet – so wie gestern?«

»Das mit gestern tut mir leid. Ich bin bereit, das wiedergutzumachen.«

Sie bedeutet den anderen, sich zurückzuziehen, und raunt mir zu:

»Seit gestern haben sich die Dinge geändert. Heute Nacht habe ich Post von einem guten Freund erhalten. Er hat mich um einen Gefallen gebeten, den ich nicht ablehnen kann. Vor allem deshalb nicht, weil ich ihm diesen Gefallen sehr gerne tue. Also, du hast die Wahl. Erstens: Meine Freundinnen fallen über dich her, und du überlebst mit ein paar Narben nach einigen Tagen Krankenhausaufenthalt. Oder zweitens: Du trittst allein gegen mich an – aber wenn du verlierst, töte ich dich.«

Ich zeige mit Daumen und Zeigefinger die zweite Möglichkeit an. Diese Geste hatte ich nicht geplant; sie kam ganz instinktiv, auch wenn das eine Falle sein kann, und ich fürchte, dass Yette genau diese Entscheidung wollte.

»Zweitens, Leute!«, ruft Yette lächelnd. »Das Fräulein hat sich für den Selbstmord entschieden.«

Ich weiß nicht, was für Yette auf dem Spiel steht, aber für mich ist es weit mehr als mein eigenes Leben. Ich will meinen Sohn und meinen Geliebten wiedersehen und würde es nie zulassen, dass man mich tötet. Ich warte nicht lange, bis sie den Kampf beginnt, sondern stürze mich wie eine Furie auf sie. Sie schützt sich mit zwei Faustschlägen und macht einen Kopfstoß, der nur knapp meine Nase verfehlt. Wir lösen uns voneinander und bereiten den nächsten Angriff vor. Sie kauert sich nieder.

Mit der linken Hand zieht sie etwas aus ihrem Schuh, ein Messer. Ich trete ihr heftig gegen den Hals. Sie lässt das Messer in den Staub fallen und zögert, es aufzuheben. Dann senkt sie doch den Kopf. Ich nutze die Gelegenheit, um ihr das Knie ins Gesicht zu rammen. Sie fliegt nach hinten, wobei ihr Kopf gegen die Wand knallt. Dann bewegt sie sich nicht mehr. Blut rinnt aus ihrem Mund. Eine Gefangene beginnt zu schreien; zwei weitere stimmen ein. Wächterinnen strömen in den Hof. Wir müssen uns alle mit erhobenen Händen hinknien. Ich kann zwar nichts sehen, aber ich weiß, dass Yette tot ist. Ich habe einen Menschen getötet, und deshalb werde ich nun nie wieder aus diesem Gefängnis herauskommen – außer, um erhängt zu werden. Im Grunde hatte sie recht: Sie hat über meine Zukunft entschieden.

Eine nach der anderen werden die Mädchen aufgerufen und in ihre Zellen zurückgebracht. Überraschenderweise geben einige sich mir gegenüber freundlich: Sie klopfen mir auf die Schulter oder ermutigen mich:

»Wir sind auf deiner Seite.«

»Danke, dass du uns von dieser Tyrannin befreit hast!«

»Wir lassen dich nicht im Stich.«

Eine Wächterin wird wütend:

»Haltet die Klappe, Mädels, sonst bringe ich euch zum Schweigen!«

Ich gehe als Letzte hinein und werde direkt in ein unterirdisches Verlies gebracht.

Lucen

Ludmillas Fenster öffnet sich abrupt. Sie gebietet der Person Einhalt, die auf Igo und mich zugerannt ist. Die Unbekannte versteckt eine Waffe hinter ihrem Rücken. Ich höre das Klicken ihres Schnappmessers, als sie es zusammenklappt. Dann erscheint Ludmilla, die uns mit verlegenem Lächeln ins Haus bittet. In der Diele lässt sie uns warten – wahrscheinlich, um der anderen zu erklären, wer ich bin. Ludmilla spricht nüchtern und so laut, dass ich alles verstehe. Ihr Verhalten der Älteren gegenüber ist schockierend; so dürfen eigentlich nur Eltern mit ihren Kindern sprechen. Die Tatsache, dass die andere scheinbar ihre Dienerin ist, scheint ihr das Recht dazu zu geben, denn diese antwortet nicht. Igo betrachtet interessiert die Lichter um ihn herum. Als Ludmilla kommt, hält sie sich fast die Nase zu und gibt uns zu verstehen, dass wir stinken. Sie bietet mir sogar eine Dusche an, ehe sie mir zuhören will. In diesem Moment fühle ich mich aufsässig. Ich will mir nichts mehr sagen lassen und mich nicht mehr wegen meines Geruchs schämen. Das wird sie akzeptieren müssen.

In welcher Welt lebt sie nur? Weiß sie nicht, was echte Gefahr ist – jene Art von Gefahr, bei der man fürchtet, nicht mit dem Leben davonzukommen? Ich bin jedenfalls in einer Notsituation und habe keine Lust, mich umzuziehen, ehe ich ihr erklären darf, in welch schreckliche Lage Firmie durch Ludmillas Schuld geraten ist. Durch die Schuld eines Fräuleins, das angesichts unserer Not die Nase rümpft. Ludmilla scheint aber keine Schuldgefühle zu haben, denn als ich ihr meine Situation erkläre, äußert sie kein Wort der Entschuldigung. Sie ist sicher, dass ihr Vater das Problem lösen und mir meine Frau ganz einfach zurückbringen wird. Wer ist dieser Mann, der so viel Macht hat? Wie kann Ludmilla sicher sein, dass nichts unmöglich ist, wenn man es nur will?

Ihre Siezerei finde ich anstrengend. Beim ersten Mal dachte ich, das sei eine spezielle Angewohnheit der Leute hier oben. Sie erinnerte mich an die Filme, in denen die Indianer eine andere Sprache sprachen als die Cowboys. Heute aber begreife ich, dass es ein Mittel ist, mit dem sie Distanz zwischen uns herstellt. Ich will, dass sie auf Augenhöhe mit mir spricht. Ich habe auch keine große Lust, die Nacht in ihrem Haus zu verbringen, denn ich merke, dass wir Ludmilla stören – obwohl sie mir das Gegenteil versichert. Ich könnte die Nacht im Dickicht des *No man's land* verbringen und bei Tagesanbruch zurückkommen. Und genau das würde ich, ohne zu zögern, tun, wenn ich allein wäre. Aber Igo braucht ein Dach über dem Kopf. Außerdem wird er bald Hunger bekommen, und ich weiß nicht, wo ich hier eine Amme finden soll.

Die Erschöpfung und Aufregung verstärken noch meine Wut. Ich muss versuchen, meinen Zorn zu zügeln. Da ich tatsächlich hier schlafen muss, erkläre ich mich schließlich bereit, zu duschen und meinen Kleinen der Dienerin anzuvertrauen. Zuvor erkläre ich Igo ganz genau, was passieren wird.

Zugegebenermaßen tut mir die Dusche sehr gut. Dann ziehe ich neue Kleidung an wie beim letzten Mal. Dabei fällt mir auf, dass ich stark abgemagert bin. Nicht nur meine Wangen sind eingefallen. Ich höre Igo lachen – er scheint sich nicht zu langweilen. Yolanda, so heißt die Dienerin, hat sich auf die Suche nach Babynahrung für die Nacht begeben. Als ich aus dem Bad komme, legt Ludmilla mir erleichtert meinen Sohn in den Arm.

Wenig später kommt Ludmillas Vater. Er verhört mich regelrecht bezüglich der Delikte, derer ich beschuldigt wurde. Sein Gesichtsausdruck zeigt mir, dass meine Aussagen ihn nicht überzeugen. Wie ein Vater, der seinen Sohn zurechtweist, verlangt er, ich solle alle meine Fehler eingestehen. Er will sicher sein, dass ich nichts vor ihm verberge und Reue empfinde. Sein aggressiver Ton macht mich wütend, und ich bin einige Male kurz davor, aufzustehen und ihn mit seinen Gewissheiten und moralischen Lektionen allein zu lassen. Wer ist er, dass er es wagt, so mit mir zu sprechen? Wurde er von seinen Eltern hinausgeworfen und stand ohne einen Pfennig Geld mit einer schwangeren Frau da, die er ernähren und versorgen musste? Hat er auch nur eine Woche seines Lebens in der Nox verbracht? Hat er schon einmal gespürt, wie der Tod nach einer übermäßigen Anstrengung von seinem Körper Besitz ergriffen hat? Ich werde immer wütender, aber ich weiß, dass ich die Wut bekämpfen muss. Gleichzeitig beeindruckt mich dieser Mann. Er ist äußerst kaltblütig und strahlt unbestreitbar eine natürliche Autorität aus. Für ihn scheint nichts unmöglich zu sein. Bestimmt weiß er, wie man den Fehler seiner Tochter schnellstmöglich beheben und mir meine Geliebte zurückbringen kann. Ich gebe nichts zu, sage ihm aber, dass ich meine Fehler bereue. Eigentlich bin ich nicht sicher, ob ich hätte anders handeln können. Schließlich verabschiedet er sich. Ich bin überzeugt, dass er sein Möglichstes für Firmie tun wird.

Ludmillas Dienerin ist zurück. Sie hat eine Dose mit weißem Pulver mitgebracht, das man in warmem Wasser auflöst und als Ersatz für Muttermilch verwendet. Sie erklärt mir, es sei fast genauso nahrhaft und für einen alleinstehenden Vater weitaus praktischer. Dann bittet sie mich, den Kleinen vor ihren Augen zu wickeln, wobei sie mir zahlreiche Ratschläge erteilt. Sie ist wie ein Kindermädchen. Diese Frau, die mir anfangs tatsächlich Angst eingejagt hat, erweist sich als äußerst freundlich. Auch Igo spürt das und lächelt sie häufig an. Nach dem Waschen der Stoffwindeln kann ich endlich schlafen gehen. Ich bin erschöpft. Mit meinem Sohn auf dem Arm gehe ich in ein Zimmer, das auf Ludmillas Geheiß für mich vorbereitet wurde. Es ist das gleiche Zimmer wie letztes Mal. Ich lege mich dicht neben Igo. Von seinem Duft umgeben, schlafe ich ein.

Das Tageslicht weckt mich. Ein paar Minuten später öffnet auch Igo die Augen. Ich nehme ihn auf den Arm und gehe hinunter, um sein Fläschchen zu bereiten. In der Küche messe ich Wasser und Pulver ab, während Igo unruhig wird. Aus einem der angrenzenden Zimmer dringen Geräusche. Es ist Ludmillas Vater, der bald das Haus verlassen will und noch mit Yolanda spricht. Ich versuche gar nicht erst, die beiden zu belauschen. Yolanda kommt in die Küche, begrüßt mich und gibt meinem Baby einen Kuss auf die Stirn. Sie sieht mir zu, ohne ein Wort zu sagen. Als Igo trinkt, korrigiert sie die Position des Fläschchens ein wenig und urteilt:

»Gut gemacht. Sie werden ein guter Vater sein.«

»Ich habe eine gute Lehrerin. Sie kennen sich mit Babys aus. Wie haben Sie das gelernt?«

»Ich habe einen vierjährigen Sohn. Aus Gründen, über die ich nicht sprechen möchte, wurde er mir weggenommen und ist vorläufig in einem Waisenhaus untergebracht. Ich werde ihn bald zu mir holen … Vielleicht, denn das hängt nicht von mir ab.«

»Wie heißt er?«

»Romo.«

»Das ist ja ein Vorname von unten.«

»Es ist der Name seines Vaters.«

Ich gehe auf die Terrasse, damit Igo die Luft riechen und die Farben sehen kann. Er sieht sich lächelnd um. Ich glaube, er ist glücklich. Ich denke an Firmie, die irgendwo in der Oberstadt eingesperrt ist. Hat sie ein Fenster in ihrer Zelle, durch das sie das Blau des Himmels sehen kann? Ich klammere mich an den Gedanken, dass Ludmillas Vater Erfolg haben wird. Dann werden wir alle drei auf eine abgelegene Isola gehen, wo niemand nach uns suchen wird. Wir werden in der sonnenbeschienenen Natur leben – genau wie in den Filmen, die sonntagnachmittags in der Unterstadt gezeigt werden, aber ohne Waffen und Konflikte.

»Du wirst aus vollen Zügen atmen, genau wie jetzt, aber die Luft wird nach Freiheit und Frieden riechen.«

Ludmilla ist hinzugekommen. Gemeinsam gehen wir ins Wohnzimmer, wo ich Igo zwischen zwei Kissen auf das Sofa lege. Sie will, dass ich ihr von meinen traurigen Erlebnissen erzähle. Anfangs erfülle ich ihr den Wunsch aus Höflichkeit, aber je weiter ich in meiner Geschichte komme, umso mehr Freude bereitet es mir, meine Freunde aus dem verseuchten Wald wieder zum Leben zu erwecken, ohne die ich heute nicht hier wäre.

Kurz nach dem nächsten Fläschchen kehrt Ludmillas Vater zurück. Er blickt finster drein, als er berichtet, meine Frau habe sich im Gefängnis geprügelt und werde nun für den Tod einer anderen Inhaftierten verantwortlich gemacht. Den Rest höre ich kaum. Ich weiß, dass ich Firmie ganz bestimmt nie wiedersehen werde. Igo sieht mich an. Er wirkt unruhig. Ich drücke ihn an mich. Ich werde dich nie verlassen, und ich werde nur für dich leben.

Mit Ludmillas Hilfe habe ich eine Nachricht an Firmie verfasst, »um ihr Hoffnung zu machen«. Ich würde alles für sie tun, aber Hoffnung ist das, wovon ich am wenigsten habe. Meine Freundin aus der Oberstadt musste mir beinahe diktieren, was ich schreiben sollte.

Lange liege ich auf dem Bett, während Igo friedlich schläft. Ich weiß nicht mehr, ob das Leben einen Sinn hat. Warum lebt man, wenn man doch jeden Tag neues Unglück erfahren muss? Muss ich meinem Sohn das antun? Ich habe nicht einmal mehr die Kraft zu weinen. Zum Glück schlafe ich bald ein.

Igo weckt mich, indem er mit meiner Nase spielt. Er windet sich – vielleicht muss er gewickelt werden. Er lächelt mich an. Ich spreche leise mit ihm; erzähle ihm, dass er schön ist und die Augen seiner Mutter hat. Ich bedecke seinen kleinen Körper mit Küssen.

»Zum Glück gibt es dich, mein Sohn, denn ich glaube, sonst … Aber ich habe kein Recht, dir das zu sagen. Ich weiß, dass du schon alles verstehst.«

Gerges

»Wir waren jämmerlich, wirklich jämmerlich«, regt mein Vater sich vor seinen Männern auf. »Immer einen Moment zu spät. Lucen hatte sich bei dem Bruder des Flüchtlings namens Julen versteckt, der ein Jahr mit ihm im verseuchten Wald geschmort hat. Wir haben zu lange gebraucht, um ihn zu identifizieren.«

Die Männer schweigen. Sie haben nur getan, was man ihnen aufgetragen hat, und haben sich nichts vorzuwerfen. Sie warten darauf, dass der Sturm vorüberzieht.

Grégire wird ruhiger:

»Spaziergänger haben gesehen, wie Lucen die Grenze überquert hat. Wir wissen, dass er in der Oberstadt ist. Dort kennt er nur eine einzige Person, eine gewisse Ludmilla, die ihn vor einem Jahr für eine Nacht beherbergt hat. Das gestohlene Medaillon wurde von einer Adresse in der Oberstadt gemeldet, wo ein Mädchen mit demselben Vornamen wohnt.«

»Könnte das nicht Zufall sein?«

»Nein, Ludmilla ist kein gängiger Name.«

»Aber warum sollte er sie aufsuchen, wenn sie doch seine Frau angezeigt hat? Das ist doch seltsam, oder?«

»Ich werde um Erlaubnis bitten, in die Oberstadt gehen und die Sache klären zu dürfen.«

»Kann ich mitkommen, Chef?«, fragt Marcl. »Ich war noch nie dort.«

»Mal sehen. Über meine Begleitung habe ich noch nicht entschieden.«

Marcl wirft mir einen misstrauischen Blick zu – als

wisse er schon genau, dass ich den Platz einnehmen werde, von dem er träumt.

Clude teilt uns die Beobachtungen des Arztes mit, der Sionnes Tocher untersucht hat:

»Sie ist schmutzig und unterernährt, hat aber keine der Krankheiten, die ihre Mutter bei ihr vermutet. Besondere Sorgen macht sie sich um das Gebiss ihrer Tochter, das nicht dem eines Kindes von acht oder neun Monaten entspricht. Wenn man dies in Bezug zu deiner Bemerkung setzt, Gerges, kann man sich in der Tat fragen, ob es wirklich ihre Tochter ist.«

»Welche Bemerkung?«, will mein Vater wissen. »Da habe ich wohl etwas nicht mitbekommen.«

»Die Kleine ist strohblond und sieht ihren Eltern überhaupt nicht ähnlich.«

»Hast du nicht vor ein paar Monaten eine Anzeige wegen Kindesentführung aufgenommen?«, fragt mein Vater.

»Ja, jetzt erinnere ich mich. Die Mutter des entführten Kindes hatte sehr helle, fast weiße Haare. Ich habe damals in der Nachbarschaft herumgefragt, aber niemand hat etwas gesehen. Wir glaubten an eine Entführung durch eine Bande von Kinderhändlern. Die Akte finde ich leicht wieder, denn am gleichen Tag erhielt ich das vergiftete Päckchen.«

»Gut«, befindet mein Vater. »Wir müssen die echte Mutter so schnell wie möglich benachrichtigen. Wenn wir schon einmal ein entführtes Kind wiederfinden, wäre es schade, wenn die verrückte Sionne uns noch länger an der Nase herumführen würde.«

»Vater, was willst du mit ihr tun? Sionne ist offensichtlich nicht mehr für ihr Handeln verantwortlich, sondern völlig verrückt.«

»Darüber muss die Justiz entscheiden. Aber falls dich meine Meinung interessiert. Im Fall von Kidnapping ist ihr der Strick sicher, ganz unabhängig von ihrem geistigen Zustand.«

Snia erwartet mich schon und öffnet mir, noch ehe ich die Hand auf den Türknauf gelegt habe. Ihre Augen sind rotgeweint. Am liebsten würde ich sie umarmen und fragen, was los ist, aber sie drückt mir sofort einen zerknitterten Brief in die Hand.

Gerges, wenn du dies liest, bedeutet das, dass ich tot bin …

»Wo hast du das gefunden?«

»In einem Pfosten des Kinderbetts, das Smon und Pulette uns vor zwei Monaten überlassen haben. Ich habe es aufgebaut, um es zu säubern. Das Papier steckte in einem der Füße. Aber lies weiter, es ist wichtig.«

Gerges, wenn du dies liest, bedeutet das, dass ich tot bin, du aber zum Glück noch lebst. Ich hoffe, das gilt auch für Snia.

Eine Woche nach eurer Hochzeit fand eine Versammlung des Rats der Flüchtlingsanführer statt. Ich habe dort gefragt, ob das Abkommen, das man geschlossen hat und das deine Familie in Not bringt, tatsächlich aufgehoben wurde. Ich sagte, dass meine Lieblingscousine Snia sonst Gefahr liefe, dich zu verlieren, was umso schlimmer sei, weil sie schwanger und für die dem Chef der Miliz vorgeworfenen Taten nicht verantwortlich sei. Damit du verschont würdest, bot ich an, mich selbst um die Hinrichtung deines Vaters zu kümmern und dessen Qualen, falls gewünscht, so-

gar in die Länge zu ziehen. Die große Mehrheit der Anwesenden weigerte sich, meinem Vorschlag zu folgen.

Seitdem habe ich das Gefühl, Tag und Nacht von anderen Clanmitgliedern überwacht zu werden, weil man mich verdächtigt, ich könne dir etwas verraten. Ich dachte, die Lösung bestünde darin, mich nahe des großen Sammelkanals mit dir zu verabreden, aber wenn du diese Nachricht in Händen hältst, hat es nicht geklappt, und ich habe mich getäuscht.

Ich habe Pulette aus der Sache rausgehalten, damit sie nicht an etwas beteiligt ist, das die anderen Flüchtlinge für Verrat halten.

Seit dem 6. Februar wurde ein neues Abkommen bezüglich deiner Familie getroffen. An jenem Tag hat dein Vater als Antwort auf den von Didir und Alai ermordeten Milizionär Alponce unser Viertel anzünden lassen. Auf diese Weise wollte er »das Hafenviertel vom terroristischen Gesindel säubern«. Die Miliz stieß den Bewohnern des Hafenviertels Gewehrkolben in den Rücken und trieb sie aus ihren Häusern, die dann angezündet wurden. Leider wurde ein Mann vergessen. Er starb in den Flammen. Dieser Mann war der Chef der Flüchtlinge. Er sah zwar eher aus wie ein Bettler, aber er regelte alle Konflikte innerhalb des Clans. Er hatte auch die heilige Aufgabe, die Augen der Toten zu schließen und ihnen in die Nasenlöcher zu pusten, um ihre Seelen zu befreien. Seit jenem düsteren Morgen ist daher das einzige Ziel der Flüchtlinge, den Mann leiden zu sehen, der für dieses Unglück verantwortlich ist: deinen Vater. Sie wollen ihn nicht sofort töten, weil sein Leid dann zu kurz wäre. Stattdessen nahmen sie zunächst andere Mitglieder seiner Familie ins Visier. Deine Mutter war die Erste, die für seine

Tat bezahlen musste. Ich muss zugeben, dass ich daran eine Mitschuld trage, denn einer meiner Männer hatte von dem »Bombenbasteltreffen« deines Freundes Lucen Wind bekommen und einem der Teilnehmer eine Bombe abgekauft. Ich habe ihm dann den Befehl erteilt, sie vor eurem Haus zu platzieren. Danach warst du an der Reihe, indem du durch eine mit der Pest infizierte Ratte angesteckt wurdest. Ich selbst habe einem Putzer den frischen Rattenkopf abgekauft. Er stammte von einem Frachter, dessen gesamte Besatzung dem Bazillus zum Opfer gefallen war.

Jetzt fragst du dich wahrscheinlich, warum ich plötzlich beschlossen habe, dich zu beschützen … Zunächst habe ich es für Snia getan. Sie war so verliebt in dich und so verzweifelt, als du pestinfiziert im Krankenhaus auf dem Sterbebett lagst. Ich fürchtete sogar, sie würde sich umbringen, falls du nicht überleben solltest. Und an eurem Hochzeitsabend haben wir einander kennengelernt. Danach war es für mich viel komplizierter, dich, wie aufgetragen, zu eliminieren.

Letztlich weiß ich nicht, was du von mir denkst. Ich bin derjenige, der deine Mutter töten ließ. Ich habe dich mit der Pest infiziert und wollte deinen Vater töten, aber ich bin zugleich derjenige, der dein Leben retten und deine Liebsten vor Leid bewahren wollte.

Ich wünsche euch und euren Nachkommen ein langes und glückliches Leben. Ich weiß nicht, ob jemand meinen Leichnam finden, mir in die Nase pusten und so ermöglichen wird, ein neues Lebewesen zu bewohnen. Bestimmt nicht. Hätte meine Seele es verdient?

Smon

Während ich lese, lässt Snia mich keine Sekunde aus

den Augen. Was erwartet sie von mir? Dass ich mit ihr um ihren Cousin weine, der bei dem Versuch starb, mir zu helfen? Wie könnte ich? Schließlich ist er zugleich für den Tod meiner Mutter verantwortlich. Ich schweige und umarme meine Frau lange. Den restlichen Abend sprechen wir nur das Nötigste. Ich weiß, dass sie etwas anderes von mir erwartet, aber heute Abend bin ich zu verwirrt, mit ihr zu reden oder meine Gefühle auszudrücken.

Am nächsten Morgen gehe ich sofort zu meinem Vater und berichte ihm von dem Brief. Beim Lesen lächelt er, als stünde dort etwas ganz anderes. Der Brief scheint ihn kein bisschen aus der Fassung zu bringen.

»Welche Möglichkeit haben wir, einen Brief wie diesen auf seine Echtheit zu überprüfen? Jeder hätte ihn schreiben können. Glaub mir, wenn es darum geht, Verbrecher reinzuwaschen, sind die Schweine kreativ. Wenigstens riskieren die Kerle da, wo sie jetzt sind, nicht mehr aus Versehen die Wahrheit zu sagen! Kommt es dir nicht seltsam vor, dass niemand diesen Smon je schreiben gesehen hat? Er erklärt es ja schön, weil er es immer heimlich getan und vor seinem Clan und sogar seiner Frau verborgen haben will! Nicht einmal seine Frau, die inzwischen nicht einmal mehr ein Rauchwölkchen in der Natur ist, könnte also seine Handschrift identifizieren. Wenn du wirklich wissen willst, was ich denke, mein Sohn: Dieser Brief wurde eigens platziert, um uns zu verwirren. Ich soll mich schuldig fühlen, weil ich angeblich einen wehrlosen Alten verbrennen ließ, und du sollst dich schuldig fühlen, weil du diesem Hund Lucen nicht mehr geglaubt hast. Ich vermute, dass Lucens Freunde hinter diesem Brief stecken. Sie hoffen, dass er seiner Strafe entgeht, weil sie dank ihm gute Bomben bauen konnten und ihm dafür nun einen Gefallen tun wollen. Dieser Brief ist ein Ablenkungsmanöver, aber wir sind keine Ratten und kennen die Wahrheit. Und falls du noch einen weiteren Beweis brauchst: Zähl mal, mit wie vielen Flüchtlingen wir Geschäfte machen und wie viele sich sehr korrekt verhalten. Haben sie jemals mir gegenüber Argwohn oder Hass gezeigt? Schau dir doch Dimitr an oder andere … Alles Unsinn!«

Ich habe keine Antwort auf seine Argumente und merke, dass ich noch viel von ihm lernen kann. Den Sinn bestimmter Nachrichten kann ich einfach nicht entschlüsseln und lese sie nur so, wie ich sie lesen soll. In solchen Momenten glaube ich, dass ich immer noch ein Kind bin und Glück habe, einen Vater mit dieser Erfahrung zu haben. Er gibt mir den Brief zurück.

»Mach damit, was du willst.«

Ich hole mein Feuerzeug hervor und zünde den Brief vor seinen Augen an. Er nickt zustimmend:

»Genau, mein Sohn, du hast es begriffen: Dieser Brief ist nichts. Wir dürfen uns nicht von unserer Mission abbringen lassen. Wir werden diesen Feigling Lucen finden, und er wird für das bezahlen, was er getan hat.«

Ludmilla

Mein Vater ist schon fort, und Lucen ist nicht mehr in seinem Zimmer. Ich finde ihn auf der Terrasse, wo er seinem Sohn etwas ins Ohr flüstert. Vielleicht beschreibt er ihm die Schönheit der erwachenden Natur. Ich halte mich im Hintergrund, um diesen zarten, intimen Moment nicht zu stören. Nach dem Frühstück wird das Baby von Arm zu Arm gereicht und spielt mit meinem alten Plüschteddy herum, den ich in einer Kammer gefunden habe. Bald schläft es neben seinem Vater ein und drückt das Kuscheltier an sich. Lucen erzählt mir von seiner furchtbaren Zeit im verseuchten Wald und vom Zusammenhalt zwischen den Unberührbaren. Er spricht auch von Gerges, seinem einstigen Freund, der uns damals geholfen hat, auf Marthas Spur zu gelangen, und der mich in dem dunklen Keller nicht verraten hat. Inzwischen ist er Lucens ärgster Feind und träumt davon, ihn hängen zu sehen. Lucen erzählt von seiner geplanten Flucht ins Ungewisse, von seiner Traurigkeit darüber, dass er seine Familie und vor allem seine kleine Schwester Katine, an die ich mich sehr gut erinnern kann, für immer verlassen muss.

Gegen halb zwölf kommt mein Vater ohne Firmie zurück. Er sieht ernst aus.

»Ich habe meine Anzeige gegen Ihre Frau auf dem Hauptkommissariat zurückgezogen und bin zum Gefängnis gegangen, um sie dort herauszuholen. Doch ihre Freilassung wurde ausgesetzt, da sie sich während des Ausgangs mit einer Mitgefangenen geprügelt und diese tödlich verletzt hat. Morgen früh wird sie den Richtern vorgestellt. Möglicherweise droht ihr die Todesstrafe.«

Das trifft Lucen wie ein Schlag. Sein ganzer Körper wird starr. Mit leeren Augen sieht er meinen Vater an. Dieser fährt fort:

»Ich werde einen Anwalt für Ihre Frau engagieren. Sobald er Zugang zu ihrer Akte hat, wird er uns anrufen, um uns mehr über den Fall zu sagen.«

Mein Freund aus der Unterstadt vergräbt sein Gesicht lange in den Händen. Dann steht er auf, nimmt sanft seinen schlafenden Sohn auf den Arm und verschwindet bis zum Abendessen in seinem Zimmer. Ich kann mich den ganzen Nachmittag nicht richtig konzentrieren. Ich allein bin für Lucens und Firmies Unglück verantwortlich. Ich hätte meinem Vater wenigstens sagen können, dass ich das Medaillon verloren habe, statt ihn im Glauben zu lassen, es sei bei einem Einbruch gestohlen worden. Ich hätte … hätte … aber jetzt ist es zu spät, und ich habe mich mies, egoistisch und inkonsequent verhalten.

Gegen 18 Uhr klopfe ich an Lucens Tür, weil mein Vater zurückgekehrt ist. Yolanda nimmt das Kind, und wir gehen ins Büro. Mein Vater wirkt entspannter – hoffentlich täusche ich mich da nicht.

»Ich habe gerade die Akte gelesen. Firmies Opfer war keineswegs harmlos; das Mädchen wurde schon öfters wegen Körperverletzung verurteilt. Ihre Frau dagegen hat keinerlei Vorstrafen. Der Anwalt wird auf Selbstverteidigung als Reaktion auf einen Angriff plädieren. Er war zuversichtlich, dass die Todesstrafe vermeidbar ist. Aber Firmie könnte wegen Totschlags verurteilt werden, was ihr einige Jahre Gefängnis einbringen würde. Es könnte auch sein, dass sie ganz einfach freigelassen wird. Dem Anwalt zufolge ist das allerdings wenig wahrscheinlich.«

»Einige Jahre Gefängnis«, wiederholt Lucen mechanisch.

»Der Prozess hat noch nicht stattgefunden, und ich kann Ihnen deshalb nichts versprechen. Ich ziehe es vor, Ihnen die Situation realistisch zu schildern und keine falschen Hoffnungen zu machen.«

»Ich danke Ihnen für alles«, sagt mein Freund sehr leise. »Sobald ich kann, werde ich Ihnen die Anwaltskosten zurückzahlen.«

»Kümmern Sie sich nicht um das Geld. Gehen Sie wieder zu Ihrem Kind. Ludmilla, du bleibst hier.«

Mein Vater wartet, bis unser Gast die Tür hinter sich geschlossen hat, ehe er fortfährt:

»Für dich verkompliziert sich die Lage, meine Liebe. Gestern Abend wurde Lucen in der Nähe des *No man's land* gesehen, was die These stützt, dass er sich in der Oberstadt versteckt hält. Grégire, der Chef der Miliz in der Unterstadt, hat um Erlaubnis gebeten, dich verhören zu dürfen, denn er ist überzeugt, dass du noch Kontakt zu deinem Schützling hast.«

»Aber woher weiß er, dass ich ihn kenne?«

»Wenn ich recht verstanden habe, hatte dein Freund bis vor Kurzem keinerlei Geheimnisse vor Grégires Sohn, einem gewissen Gerges. Ich werde versuchen, die Bearbeitung von Grégires Anfrage hinauszuzögern, aber ich bin sicher, dass man letztlich seinem Ersuchen nachkommt. Dein Freund muss also so bald wie möglich von hier verschwinden. Weder du noch er dürfen das geringste Risiko eingehen. Regle die Sache noch heute Abend. Morgen ist es vielleicht schon zu spät.«

»Weiß Grégire, dass ich deine Tochter bin?«

»Zum Glück nicht, sonst hätten wir ein Riesenproblem. Für meine Arbeit benutze ich verschiedene Identitäten. Du kannst dir denken, dass ich mich auch nicht offen für Leute wie Firmie einsetze.«

»Papa, an wen soll ich mich wenden, um Unterschlupf für Lucen zu finden?«

»Natürlich an die Schwestern Broons.«

Ich rufe François an und schildere ihm mein Problem. Allerdings muss ich ihn anlügen: Ich sage, mein Vater sei auf Reisen, komme morgen zurück und habe natürlich keine Ahnung, was hier los sei. Wenn er herausfände, dass ich einen flüchtigen Terroristen unter seinem Dach verstecke, erzähle ich François, würde er mich sofort den Behörden melden und meinen Freund der Miliz zur Hinrichtung ausliefern. Das Kind käme in ein Heim oder würde gar verkauft. Ich bestehe darauf, dass er so schnell wie möglich den Schwestern Broons Bescheid sagt, damit sie eine Lösung für Lucen und Igo finden. Ich gebe ihm gar nicht erst die Gelegenheit, mir Fragen zu stellen, sage ihm, dass ich ihn liebe und bald wiedersehen will, und lege auf. Dann bitte ich Yolanda, mich eventuelle Anrufe selbst entgegennehmen zu lassen, damit niemand ahnte, dass sie zu Hause ist.

Kaum eine Stunde später ist Léna Broons am Telefon:

»Ludmilla, gehst du mit deinem Hund wie jeden Abend um acht auf dem kleinen Platz Gassi?«

»Äh … äh … also … ich …«

»Gut, dann bis gleich.«

Zur verabredeten Stunde sitze ich zwischen den Schwestern auf einer Bank vor einem Spielplatz, der zu dieser Zeit menschenleer ist. Ein paar Meter weiter steht Valérien aus dem Schachklub Schmiere.

»Du hast also keinen Hund? Du musst doch wissen,

dass unser Telefon überwacht wird. Für deinen Freund und seinen Sohn ist alles organisiert. Gegen Mitternacht wird ein weißes Auto sie bei euch abholen. Nur eine Frage nebenbei: Wie hast du es geschafft, dass die Killerin Yolanda, die als Kindermädchen für dich arbeitet, nicht Alarm schlägt?«

»Ich musste gar nichts tun. Sie ist bei ihrem Sohn, der operiert wird – oder vielleicht schon wurde, ich weiß es nicht so genau.«

»Und dein Vater lässt dich schutzlos allein?«

»Er weiß nichts davon. Ich habe Yolanda erlaubt, zu ihrem Sohn zu fahren.«

»Wann kommt sie zurück?«

»Wenn alles gut geht, morgen. Sonst ruft sie an.«

»Welch glücklicher Zufall, dass sie ausgerechnet an dem Tag weg ist, an dem ein zum Tode verurteilter Flüchtiger bei dir landet! Was denkst du darüber?«

»Da gibt es nicht viel zu denken. Es ist eben so.«

»Du bist ja ganz schön selbstbewusst«, findet Léna lächelnd. »Wie lange müssen wir die beiden verstecken?«

»Das hat Lucen nicht so genau gesagt. Ein paar Leute müssen seine Reise in eine andere Stadt organisieren. Sie soll in ein paar Tagen stattfinden. Du kannst mich kontaktieren. Der hohle Baum vor unserem Haus dient als Briefkasten.«

»Das ist ja wie in einem Roman«, meint Fiona. »Geh nach Hause. Aber vergiss nicht, Ludmilla: Wir haben dich im Auge.«

In der Schule erzählt mir Grisella von ihrem Wochenende mit Eugène. Sie sind mit dem Zeppelin bis nach Großstadt geflogen, wo ihr Freund ein Meeting hatte. Grisella fühlte sich erneut im Stich gelassen, denn Eugène beschäftigte sich nur mit den Aktivisten, vor allem aber den Aktivistinnen. Der einzig wirklich persönliche Moment während dieser zwei Tage bestand darin, dass sie die Wunden desinfizierte, die er bei einem Zusammenstoß mit Ordnungskräften davongetragen hatte. Ich erzähle ihr, mein Wochenende sei ereignislos verlaufen.

Auf dem Heimweg berichtet mir François, dass Lucen und dessen Sohn auf dem Dachboden des Einfamilienhauses der Gonzague untergebracht werden sollen. Als wir fast zu Hause sind, sehe ich durch das große Fenster unseres Wohnzimmers mehrere Männer in Polizeiuniform.

»Kennst du die?«, fragt François.

»Nein, aber wenn Yolanda sie hereingelassen hat, können es keine Bösewichte sein«, beruhige ich ihn.

»Das stimmt. Willst du, dass ich mit hineinkomme?«

»Ich komme schon allein zurecht. Ich rufe dich an.«

François lässt meine Hand los und geht fort, ohne mir einen Abschiedskuss zu geben. Schade – das hätte mir Mut gemacht. Zum Glück bin ich auf diese Herausforderung vorbereitet. Es ist, als spielte man eine Rolle im Theater. Hoffentlich bin ich glaubwürdig. Yolanda tritt auf die Vortreppe vors Haus und ruft:

»Diese Herren sind von der Polizei. Ich habe sie drinnen warten lassen, das ist unauffälliger. Ihr Vater ist informiert.«

Ich gehe ins Haus, stelle meine Tasche ab und betrete das Wohnzimmer. Sie sehen aus, als seien sie in Hab-acht-Stellung. Es handelt sich um zwei Männer von ungefähr

50 Jahren und einen Jungen in meinem Alter. Ich begrüße sie höflich:

»Guten Tag, meine Herren, bitte setzen Sie sich. Was kann ich für Sie tun?«

Einer der beiden Männer übernimmt die Vorstellung:

»Guten Tag, mein Fräulein, ich bin der Kommissar dieses Viertels, und ich begleite zwei Kollegen aus der Unterstadt, die Herren Grégire und Gerges. Ich werde ihnen gleich das Wort überlassen, aber vorher möchte ich Ihnen sagen, dass wir die Abwesenheit ihres Vaters bedauern.«

»Ich persönlich möchte ihn aus der Sache lieber heraushalten. Außerdem bin ich volljährig.«

»Das wissen wir«, antwortet Grégire leicht aufgebracht. »Wir suchen einen gefährlichen Verbrecher aus der Unterstadt, der am Samstagabend von Nachbarn in dieser Straße gesehen wurde.«

»Sprechen Sie von Lucen?«

»Genau. Sie bestätigen also, ihn gesehen zu haben?«

»In der Tat. Er hat hier geklopft, und ich habe ihn sogar hereingelassen. Ehrlich gesagt habe ich ihn anfangs gar nicht erkannt. Er ist abgemagert und gealtert; ich hielt ihn für einen Bettler. Normalerweise öffne ich nicht jedem, aber ich hatte Mitleid mit dem kleinen Baby, das in seinen Armen schlief. Er sagte, er wolle bei mir übernachten. Ich war schockiert darüber, dass er einfach bei mir klopfte. Ich gab ihm nur ein Glas Wasser und etwas Brot und schickte ihn fort.«

»Warum?«

»Das ist ja eine seltsame Frage! Ich muss Ihnen ja wohl nicht erzählen, unter welchen Umständen ich diesen Jungen kennengelernt habe. Aber für mich gehört diese Sache der Vergangenheit an. Ich habe meinem Vater alles gestanden. Als ich in der Zeitung gelesen habe, was Lucen getan hat, begriff ich, dass ich es mit einem gefährlichen Blender zu tun hatte. Bei unserer ersten Begegnung war ich einfach zu naiv. Aber wenn ich ihm jetzt geholfen hätte, wäre das unverzeihlich gewesen.«

»Ihre Version stimmt mit der Ihrer Nachbarn überein«, antwortet Grégire. »Bis auf eine Kleinigkeit: Niemand hat gesehen, wie der Flüchtige hinausgegangen ist.«

»Sie glauben also, ich lüge und verstecke ihn hier? Gut, wenn Sie zu viel Zeit haben, können Sie das Haus gern von oben bis unten durchsuchen. Mein Kindermädchen Yolanda wird Ihnen sogar den Speicher, den Keller, die Schränke und was weiß ich alles aufmachen …«

»Regen Sie sich nicht auf, mein Fräulein, dafür gibt es keinen Grund«, beschwichtigt der Kommissar aus der Oberstadt.

»Ich sehe durchaus einen Grund. Ich war ehrlich zu Ihnen. Ich hätte abstreiten können, dass Lucen dieses Haus betreten hat, denn wegen der hohen Hecken kann kein Nachbar unsere Eingangstür sehen, und auf der Straße war niemand, als ich aufgemacht habe. Meine Dienerin kann Ihnen das bestätigen. Aber nein, Sie bedrängen mich lieber, weil mein Vater nicht hier ist oder aus welchem Grund auch immer. Und jetzt reicht es mir. Machen Sie Ihre Arbeit, und wenn Sie mich weiter ›aufregen‹ wollen, finden Sie mich in meinem Zimmer.«

Beim Hinausgehen knalle ich die Tür hinter mir zu. Schnell laufe ich die Stufen zu meinem Zimmer hoch. Yolanda zwinkert mir zu. Ich schließe die Tür hinter mir und setze mich vor den Spiegel. Meine Wangen sind rot.

Hoffentlich haben die Herren das nicht als Angst, sondern als Wut interpretiert.

Über eine Stunde lang höre ich Lärm und kann mich nicht auf meine Hausaufgaben konzentrieren. Irgendwann klopft es.

»Herein«, sage ich, ohne aufzusehen.

»Fräulein«, sagt der Jüngere namens Gerges mit seltsam sanfter Stimme, »wir gehen jetzt. Ich wollte Ihnen für Ihre Mithilfe danken.«

Sein Lächeln lässt keinen Zweifel an der Ironie seiner Worte. Gerges hat ein jugendliches Gesicht, das nicht zu seiner autoritären Funktion und der düsteren Uniform passen will. Im Gegensatz zu seinem grobschlächtigen Vater jagt er mir keine Angst ein. Doch vielleicht verbirgt er sein wahres Wesen und kann bei Bedarf genauso gnadenlos sein wie die anderen.

»Gut. Haben Sie etwas Interessantes gefunden?«

»Nein, kein einziger Fingerabdruck auf den Möbeln oder anderen Gegenständen – übrigens nicht einmal Ihre eigenen. Es ist wie an einem Tatort, an dem der Mörder alle Spuren beseitigt hat.«

Ich drehe mich zu ihm um.

»Es ist eine Berufskrankheit, überall Verdächtiges zu sehen. Außerdem kommen Sie aus der Unterstadt, wo die Hygienestandards völlig andere sind. Hier mögen wir es einfach, wenn es sauber ist.«

Ein paar Sekunden lang erwidert er meinen Blick. Dann dreht er sich auf dem Absatz um.

»Ach, ich habe etwas vergessen«, fällt ihm ein. »Mein Vater will Ihren Vater unbedingt sprechen, bevor er wieder in die Unterstadt zurückkehrt. Er hat eine Vorladung auf den Tisch gelegt. Kontaktieren Sie ihn so schnell wie möglich; es ist sehr dringend.«

»Und wenn ich ihn nicht erreiche?«

»Dann sperren wir Sie in eine unserer Zellen, damit er sich dazu herablässt, Sie zu holen.«

»Was, ohne Grund? Dazu haben Sie kein Recht.«

»Wenn es um Terrorismus geht, mein Fräulein, dann haben wir jedes Recht.«

Firmie

Um mich herum ist es fast stockdunkel. Ein Gitter mit winzigen Zwischenräumen lässt schwaches Licht hindurch. Hier gibt es nur eine schmale Bank, die auch als Bett dient, und ein stinkendes Loch für die natürlichen Bedürfnisse. Ich habe das Gefühl, in einem Kerker der Unterstadt zu sein. Fehlen nur noch die Ratten. Aber momentan bin ich am Leben, und nichts anderes zählt. Was Yette betrifft, so habe ich kein schlechtes Gewissen. Entweder sie oder ich – ich wollte sie nicht töten. Sie hatte einfach keine Chance gegen mich.

Jetzt muss ich schlafen. Mein Schicksal kann ich auch noch heute Nacht beweinen.

Wegen der Kälte wache ich mehrmals auf. Ich habe keine Decke, und meine Gefängniskleidung ist an einigen Stellen zerrissen. Ich setze mich auf und verharre lange in dieser Haltung. Dann verschränke ich die Arme und reibe mir den Rücken. Dabei stelle ich mir vor, meinen

Liebsten zu umarmen. Der Gedanke wärmt mich ein wenig.

Als ich erneut aus dem Schlaf aufwache, brennt mein Magen, und mir ist speiübel. Mein Leben wird hier in diesem Loch enden, und ich werde meine Liebsten nie wiedersehen. Ich will weinen, aber meine Augen bleiben trocken. Ich fühle mich so schwach wie nie zuvor.

Ein paar Stunden später bringt man mich zu den Duschen. Danach darf ich saubere Gefängniskleidung anziehen und werde wieder nach oben begleitet. Ich betrete einen Raum, der nur mit einem Tisch und zwei Stühlen möbliert ist. Ein Mann im grauen Anzug erwartet mich stehend. Der Wächter schließt hinter uns ab.

»Guten Tag, ich bin Ihr Anwalt. Wissen Sie, was das ist? Ich weiß nicht, ob es so etwas in der Unterstadt gibt.«

»Ich glaube nicht«, antworte ich. »Aber ich habe von diesem Beruf gehört.«

»Ich bin beauftragt, Sie zu verteidigen, denn Sie müssen vor Gericht. Ich hatte gerade Einblick in Ihre Akte und werde versuchen, Ihnen zu helfen.«

»Warum wollen Sie mir helfen?«

»Jemand bezahlt mich dafür.«

»Wer denn?«

»Ein bedeutender Mann aus der Oberstadt, der unerkannt bleiben will. Er ist reich und mächtig. Sie haben Glück, dass seine Tochter Sie oder jemanden aus Ihrem Umfeld kennt. Verstehen Sie jetzt?«

»Ich glaube schon.«

»Sie sollten wissen, dass die Anzeige wegen Hehlerei zurückgezogen wurde. Erzählen Sie mir bitte in allen

Einzelheiten, was seit Ihrer Ankunft in diesem Gefängnis geschehen ist.«

Während meiner Schilderung macht er sich Notizen. Als ich fertig bin, liest er die Fragen vor, die er sich notiert hat. Er will wissen, warum die Wachen den Kampf wissentlich stattfinden ließen. Ich sage ihm, dass hier meiner Meinung nach dasselbe vorgeht wie in der Unterstadt, dass nämlich die Mafia der Flüchtlinge so mächtig ist, dass sie die Funktionäre und sogar die Ordnungskräfte kontrolliert, sei es durch Bestechung oder indem sie deren Familien bedroht. Ich berichte von meinen Erfahrungen mit Dimitr und meiner letzten Unterredung mit ihm auf der Polizeistation. Ich betone, dass Yette durchscheinen hat lassen, dass sie ihn kennt und den Auftrag habe, mich zu bestrafen. Der Anwalt fürchtet, die anderen Gefangenen könnten sich weigern, zu meinen Gunsten auszusagen. Er will, dass ich Namen nenne, aber das kann ich nicht. Die anderen sind für mich nicht mehr als schemenhafte Umrisse oder Stimmen. Er verspricht, morgen wiederzukommen. Bevor er geht, reicht er mir noch einen Zettel.

»Lesen Sie das jetzt gleich, noch ehe Sie den Raum verlassen. Bei der Rückkehr in Ihre Zelle werden Sie durchsucht, und man wird Ihnen den Zettel abnehmen. So sind die Regeln im Arrest.«

Meine Liebste, wir sind am Leben und in Sicherheit. Igo ist ein wundervolles Kind. Wir denken sehr an dich. Halte durch. Wir warten auf dich. Bald werden wir alle drei wieder vereint sein. Ich liebe dich.

Mein Anwalt drückt mir die Hand und klopft an die Tür, damit man ihm öffnet.

Zurück in meiner Zelle, bemerke ich zu meiner Freude, dass man mir zwei Decken gebracht hat. Ich wickle mich hinein und schließe die Augen, um mich ein wenig von der schwierigen Nacht zu erholen. Ich denke an das Gespräch mit dem Anwalt. Ich hätte ihn fragen sollen, ob er weiß, was nun mit mir geschehen wird. Habe ich auch nur den Hauch einer Chance auf Entlassung nach ein paar Monaten ... oder ein paar Jahren? Ich will meinen Sohn aufwachsen sehen und mich jeden Tag an seinen Fortschritten erfreuen. Ich will, dass Lucen mich in die Arme schließt. Ich will nicht mehr weinen, sobald ich allein bin. Ich schlafe mit dem Gedanken an die beiden ein, und in diesem Moment geht es mir gut. Doch als ich wieder aufwache, bin ich völlig verzweifelt.

Seltsamerweise wirken die Wachen an den folgenden Tagen mir gegenüber weniger feindselig. Ich merke es daran, dass sie ein paar Worte mit mir wechseln, wenn sie mir das Frühstück bringen oder mich zur Dusche begleiten. Und ich begreife schnell, warum das so ist: Zwei Polizisten befragen mich in meiner Zelle zu den Ereignissen, die zu Yettes Tod geführt haben. Bei dieser Gelegenheit erfahre ich, dass andere Gefangene es gewagt haben, Missstände im Gefängnis anzuprangern, die schon mehrere Jahre andauerten. Alle Angestellten fühlen sich unter Beobachtung und halten sich im Hintergrund. Jetzt wird hier aufgeräumt, und jeder will die eigene Haut retten.

Am Nachmittag werde ich den Richtern vorgeführt. Zu diesem Anlass darf ich zivile Kleidung tragen. Mein Anwalt hat neue Sachen mitgebracht, die ich in der Gefängnisumkleide auspacke. Der Mann hat meine Größe richtig eingeschätzt, denn ich fühle mich in den Sachen wohl. Außerdem gefällt mir der Schnitt des Kleides: Mit seinem nicht zu tiefen Halsausschnitt kaschiert es obenrum meine Brüste, die ich momentan etwas zu auffällig finde, und unten ist das Kleid lang genug, um meine nicht besonders grazilen Waden zu verdecken. Ich stecke meine Haare hoch. Wenn Lucen mich doch so sehen könnte! So gut war ich noch nie angezogen. Gemeinsam mit einem Mädchen, das ich vom Sehen aus dem Gefängnis kenne, werde ich in einem Kastenwagen zum Gericht gebracht. Das Mädchen lächelt mich an. Ich würde mich gern mit ihr unterhalten, aber ein Schild verbietet jedes Gespräch zwischen den Gefangenen. Bei Gericht erwartet mich bereits mein Anwalt. Er wirkt zuversichtlich. Wir gehen durch zahlreiche Flure. Ich wage es nicht, die Menschen, denen wir begegnen, richtig anzusehen, denn ich bin mit Handschellen gefesselt und werde von einem Polizisten begleitet – bestimmt halten mich alle für schuldig. Einige wirken beinahe feindselig. Ein Mädchen rempelt mich an – war das Absicht? Mein Anwalt wird wütend:

»Was hat die bloß? Kann sie nicht schauen, wohin sie läuft? Alles in Ordnung, Firmie?«

»Ja, alles klar. Das hat sie bestimmt nicht mit Absicht getan.«

»Da bin ich nicht so sicher.«

Der Anwalt starrt auf meinen Brustkorb. Jetzt streckt er sogar die Hand aus und berührt mich am Hals. Ich weiche zurück. Sein Verhalten verwirrt mich. Was ist nur mit ihm los?

»Verstehen Sie mich nicht falsch, Firmie«, stellt er lächelnd klar. »Aber aus Ihrem Ausschnitt ragt ein Zettel. Für ein Etikett sieht er etwas zu groß aus.«

Tatsächlich entdecke ich einen gelblichen Zettel, der mir in den Ausschnitt gesteckt wurde. Der Anwalt nimmt das Papier, entfaltet es und reicht es mir.

Du bist seit dem Augenblick tot, seit dem du mich verraten hast, und ich schwöre bei allem, was mir lieb ist, dass ich dich finden werde, selbst am Ende der Welt, und dich und all deine Liebsten töten werde.

Ich erstarre. Der Anwalt sieht mich fragend an. Ich bin unfähig zu reagieren. Nach kurzem Zögern liest auch er die Nachricht.

»Das war das Mädchen, das Sie angerempelt hat«, regt er sich auf. »Dahinter steckt dieser Dimitr. Aber woher wusste er, dass wir heute hier sein werden? Ich werde dem Richter und dem Gefängnisdirektor davon berichten. Das ist wirklich skandalös!«

Er ist laut geworden, und die Leute um uns herum unterbrechen ihre Gespräche und sehen uns an. Mein Wächter, der die gesamte Szene nicht mitbekommen hat, wundert sich. Ich atme langsam durch den Mund und warte darauf, dass die anderen sich wieder in ihre Unterhaltungen vertiefen. Ich stehe unter Schock. Kaum hörbar erkläre ich meinem Anwalt:

»Dieser Mann ist der Teufel. Und mit dem Teufel darf man niemals einen Vertrag schließen.«

Zum Glück habe ich Zeit, mich zu beruhigen, ehe eine Dame mich mit Namen aufruft. Wir folgen ihr in einen großen Saal, in dem gut hundert Personen Platz fänden. Auf einem Podium sitzen vier Richter. Ich muss mich ihnen gegenüber hinstellen. Mein Anwalt steht neben mir.

Nachdem ich meine Identität bestätigt habe, fragt mich einer der Richter nach Einzelheiten meiner Aussage.

Als er fertig ist, will er von seinen Kollegen wissen, ob sie noch Fragen an mich haben. Da das nicht der Fall ist, wird einer Dame das Wort erteilt, die etwas abseits sitzt und die ich beim Hineinkommen gar nicht bemerkt hatte.

»Das ist die Staatsanwältin«, flüstert mein Anwalt mir ins Ohr.

»Herr Präsident, meine Damen und Herren Richter, ich möchte Ihre Aufmerksamkeit auf die Tatsache lenken, dass man diese Angelegenheit nicht auf einen banalen Unfall reduzieren sollte. Eine Frau ist tot. Sie war Mutter von drei Kindern und sollte bald entlassen werden, um nicht nur deren finanziellen, sondern – und das ist das Wichtigste – auch um deren emotionalen Bedürfnissen nachzukommen. Was soll ohne Mutterliebe aus den Kleinen werden? Was soll aus ihnen werden, wenn ihre Tante stirbt, die sie momentan aufzieht und für jemanden aus der Unterstadt schon sehr alt ist? Ich plädiere deshalb dafür, dass diese Tat nicht kleingeredet, sondern mit einer Gefängnisstrafe sanktioniert wird. Ich verlange darüber hinaus, dass diese junge Frau die Familie des Opfers entschädigt, indem sie ihr für fünf Jahre ihren Lohn – oder zumindest einen Großteil davon – abtritt. Natürlich muss sie in dieser Zeit den Status einer Freigängerin haben. Zusammenfassend, Herr Präsident, verlange ich zwei Jahre Haft und fünf Jahre als Freigängerin in Verbindung mit der Verpflichtung, einen Teil des entstandenen Schadens zu ersetzen.«

Jetzt erteilt ein Richter meinem Anwalt das Wort. Dieser drückt zunächst sanft meinen Arm, als wolle er mir Sicherheit geben. In seinem Plädoyer zeichnet er ein Bild von mir, das ich seltsam finde – das eines absolut mutigen Mädchens, das sich von Geburt an zahllosen Gefahren gestellt hat. Wie wahrscheinlich viele andere in der Oberstadt hat er eine sehr düstere Vorstellung von unserem Leben unten, als handle es sich um eine ewige Hölle voll alkoholsüchtiger, gewalttätiger Väter, unwilliger Mütter und Kindern, die im Qualm ersticken. Ich behaupte nicht, dass all dies nicht existiert, aber dort leben auch Menschen, die zu Solidarität und Freundschaft fähig sind. Es gibt dort auch Liebe und meinen Lucen …

Dann beschreibt der Anwalt das Gefängnis und die Zusammenarbeit der Wächter mit der Flüchtlingsmafia. Er erklärt, dass ich in eine Falle getappt bin und dass ich eigentlich gar nicht hätte im Gefängnis sitzen dürfen, da die fälschlich erstattete Anzeige wegen Hehlerei mittlerweile zurückgezogen worden war. Er beklagt, dass das Gerücht über meine Tat sogar Unbeteiligte im Gerichtsgebäude erreicht hat, und beendet sein Plädoyer mit den Worten:

»Könnte man nicht ein einziges Mal im Leben dieses jungen Mädchens Mitgefühl zeigen? Können wir nicht beschließen, dass sie in ihrem Leben schon genug gelitten hat und sicherlich noch genug erleiden wird, und ihr kein weiteres Leid zufügen?«

Die Richter danken ihm mit einem Nicken. Der Polizist, der mich bewachen soll, führt mich durch eine Tür am Ende des Saals. Mein Anwalt und die Staatsanwältin folgen uns. Wir setzen uns hin. Jetzt können wir nur noch warten. Mein Bewacher döst fast sofort ein, während die beiden anderen sich unterhalten. Sie kennen sich offensichtlich gut; vielleicht sind sie sogar befreundet. Ich kann nicht hören, worüber sie sprechen, aber es geht nicht mehr um mich. Wie immer, wenn ich passiv und einsam bin, ergreift langsam ein Unwohlsein von meinem ganzen Körper Besitz: Ich bekomme Magenschmerzen, Hitzewallungen und einen schlechten Geschmack im Mund. Bald kann ich auch die Tränen nicht mehr zurückhalten. Zum Glück werden wir nach knapp einer halben Stunde wieder in den Gerichtssaal gerufen.

»Fräulein Firmie, wir haben entschieden, Sie zu zwei Jahren Zwangsarbeit zu verurteilen. Sie bekommen Kost und Logis, aber Ihren gesamten Verdienst erhält die Familie des Opfers. Sie werden die Strafe in einer unserer geschlossenen Anstalten in oder bei Großstadt verbüßen. Damit ist das Urteil verkündet.«

Lucen

Als ich durchs Haus gehe, um mich um Igo zu kümmern, wirkt es leer. Ludmilla ist vielleicht mit ihrem Kindermädchen ausgegangen. Ich ziehe das Alleinsein den zwanghaften Gesprächen und mitleidigen Blicken vor. Ich muss warten, bis heute am späten Nachmittag Ludmillas Vater zurückkommt. Er hat einen Anwalt engagiert und wird wissen, welche Anklage gegen Firmie erhoben wurde. Vielleicht gibt es noch Hoffnung, dass sie das Gefängnis verlassen kann … Aber das wird bestimmt noch lange dauern. Haben wir überhaupt eine Chance, uns eines Tages wiederzusehen?

Unsere Gastgeberin kann nicht weit sein, denn während ich mit Igo im Bad war, hat sie eine Kiste mit Spielsachen auf mein Bett gestellt. Igo freut sich und betrachtet interessiert die ihm unbekannten Gegenstände. Ich habe kein Recht, auf Ludmilla böse zu sein. Sie ist nur für einen sehr kleinen Teil unserer Schwierigkeiten verantwortlich – und sie versucht wenigstens, etwas wiedergutzumachen. Ich mache mir Vorwürfe, weil ich gestern so wütend war und beinahe Hass gegenüber ihr und den Leuten aus der Oberstadt empfunden habe, für die das Leben so leicht ist. Doch seitdem habe ich ein wenig geschlafen, und das Lächeln meines Sohnes hat meine Sicht auf die Dinge zurechtgerückt. Ich muss jetzt an die Zukunft denken und versuchen, ihm ein besseres Leben zu ermöglichen, als ich es habe.

Igo betrachtet alle Spielzeuge, steckt sie in den Mund, reicht mir eines nach dem anderen. Ich gebe sie ihm zurück. Er freut sich.

Abends gegen halb sieben kommt Ludmilla und erzählt mir, was ihr Vater herausgefunden hat. Firmie habe sich im Kampf nur gewehrt und wird nicht mit dem Tode bestraft. Aber – natürlich gibt es ein »Aber« – sie wird wahrscheinlich für mehrere Jahre im Gefängnis bleiben. Morgen Nachmittag werde über das Los meiner Frau entschieden.

Ludmilla teilt mir außerdem mit, dass sie mich nicht länger verstecken kann, weil Offiziere der Miliz aus der Unterstadt sie befragen und sicherlich auch das Haus durchsuchen wollen. Sie schlägt vor, ich könne bei Freunden unterkommen, bis man weiß, was aus Firmie wird. Bei dieser Gelegenheit erfahre ich auch, dass Ludmilla einer geheimen Gruppe von Jewowisten angehört, die an ihrer Schule tätig ist. Nun bedaure ich umso mehr, gestern so schlecht von ihr gedacht zu haben. Das hat sie wirklich nicht verdient.

Gegen Mitternacht hält ein Auto vor dem Haus. Ich verabschiede mich von Yolanda und Ludmilla. Der Fahrer sagt, ich solle mich auf die Rückbank legen. Nach kaum zehn Minuten ist die Fahrt vorbei. Ein Jugendlicher namens Gonzague bringt mich auf eine Art Dachboden über seiner Garage. Dort ist ein Zimmer mit Dusche und Toilette. Früher wohnte hier sein großer Bruder, der nun zum Studium nach Großstadt gegangen ist. Gonzague bittet mich, ganz leise zu sein, da seine Eltern nichts von seinen heimlichen Aktivitäten wissen und mich ohne Zögern den Behörden ausliefern würden. In einer Kiste auf dem Tisch sind Essensvorräte und Milchpulver für das Baby. Ludmillas Gruppe muss gut organisiert sein. In Bezug auf Igo beruhigt mich das sehr – ich will ihn nicht in Gefahr bringen.

Ich habe nichts zu tun und passe mich dem Rhythmus meines Kindes an. Deshalb schlafe ich mehr als sonst. Wenn ich wach bin, versuche ich manchmal, meine weitere Flucht zu planen, indem ich mir verschiedene Szenarien ausmale. Alles hängt davon ab, wie lange und wo Firmie festgehalten wird. Ich rezitiere alle Namen und Adressen, die ich mir merken muss. Der Alte wollte nicht, dass man irgendwelche Unterlagen bei mir findet.

Durch die Vorhänge betrachte ich die Fußgänger. Die Jüngeren gehen morgens zur Schule oder an einen Ort, den Ludmilla Gymnasium nennt. Sie gehen nie besonders schnell und bleiben manchmal sogar stehen, um sich zu unterhalten. Anders als die Menschen unten müssen sie keine Kettenschuhe tragen, keine Energie erzeugen und auch nicht jeden Tag überlegen, wie sie zu Geld kommen. So ein Leben bräuchte auch Igo. Vielleicht wäre es besser, wenn eine reiche Familie ihn adoptierte? Kann man sein Kind so lieben wie ich und sich zugleich von ihm trennen, um ihm ein besseres Leben zu ermöglichen? Bin ich wirklich am besten geeignet, um ihn großzuziehen?

Am Spätnachmittag kommt Yolanda. Sie ringt sich ein Lächeln ab und küsst den tief schlafenden Igo. Dann bittet sie mich, neben ihr Platz zu nehmen.

»Lucen, Firmie wurde zu zwei Jahren Zwangsarbeit in einer Einrichtung in der Oberstadt von Großstadt verurteilt.«

»Zwei Jahre … Noch zwei Jahre ohne sie!«

»Das ist nicht allzu lang. Außerdem habt ihr das Datum ihrer Entlassung immer vor Augen.«

Ich weiß, dass sie jetzt an ihren Sohn denkt, von dem sie seit Langem getrennt ist.

»Wo wird sie eingesperrt?«

»Das wissen wir nicht. Diese Einrichtungen werden geheim gehalten.«

»Könnte Ludmillas Vater es wissen?«

»Vielleicht, aber er wird nichts verraten. Er will nicht, dass Sie einen Befreiungsversuch starten und dabei festgenommen werden. Die Behörden würden Ihnen das Kind wegnehmen. Oder haben Sie die Frage etwa nicht aus diesem Grund gestellt?«

»Doch.«

»Wissen Sie, wo Sie sich verstecken können, bis Firmie herauskommt?«

»Ja, aber das möchte ich lieber für mich behalten.«

»Sie haben recht, das ist vorsichtiger. Ich werde Ihre Frau später besuchen. Soll ich ihr eine Nachricht von Ihnen bringen?«

»Ja, vielen Dank.«

Sie reicht mir Stift und Blatt. Ich setze mich etwas abseits, um in Ruhe zu schreiben. Als Igo wach wird, nimmt Yolanda ihn auf den Arm und flüstert ihm sanft etwas ins Ohr. Mit der rechten Hand bereitet sie sein Fläschchen zu, während sie ihn auf dem linken Arm hält. Mein Sohn macht suchende Bewegungen mit dem Mund, als wolle er Yolanda küssen. Dann bemerkt er mich und streckt die Arme nach mir aus. Ich nehme ihn zu mir. Mit beinahe singenden Lauten unterhält er sich mit mir. Ich glaube, er will mich trösten. Dann gebe ich ihm sein Fläschchen. Er entspannt sich, wird friedlich und noch zutraulicher.

Yolanda will gleich aufbrechen. Mit einem Kuss auf die Wange verabschiedet sie sich von mir – wie eine Mutter oder eine große Schwester. Igo unterbricht kurz das Trinken und lächelt sie an.

»Ich glaube nicht, dass wir uns noch einmal begegnen. Dennoch wünsche ich es mir. Viel Glück euch beiden.«

»Yolanda, ich hoffe, dass Sie Ihr Kind bald zurückbekommen. Auch Ihnen viel Glück.«

Zum ersten Mal, seit ich hier bin, lässt Gonzague sich blicken. Seine Eltern sind nicht da, und er will nachsehen, ob alles in Ordnung ist. Ich erzähle ihm, dass ich am nächsten Tag aufbrechen will. Er berichtet, seine Mutter habe heute Vormittag seltsamen Besuch bekommen: Ein junger Mann namens Georges habe sich als Gymnasiast ausgegeben und habe ihr Fragen zu »unserem Freund auf der Durchreise« gestellt. Seine Mutter habe nicht gewusst, wovon er redet, und ihn vor die Tür gesetzt. Ohne lange Überlegungen weiß ich, wer dieser seltsame Besucher war. Ich frage meinen Gastgeber, warum er der Jewowistengruppe beigetreten ist. Er erklärt, sein Großvater habe ihm kurz vor seinem Tod anvertraut, er stamme eigentlich aus der Unterstadt und habe sich vor 15 Jahren heimlich oben angesiedelt. Seine Frau sei zuvor am Armenhusten gestorben. Er habe mehrere Jahre versteckt in der Werkstatt eines Handwerkers gearbeitet, ehe er sich falsche Papiere leisten konnte. Seiner neuen Frau und seinen Kindern habe er nie davon erzählt – aus Angst, alles flöge auf und die Familie würde ihr Leben in der Nox beenden müssen. Erst als er den Tod nahen fühlte, habe er Gonzague die ganze Geschichte erzählt.

»Seltsamerweise wollte ich es anfangs nicht glauben und habe mir sogar eingeredet, das sei das wirre Gerede eines alten Mannes, der im Krankenhaus liegt und Aufmerksamkeit sucht. Weder meinen Schwestern noch meinen Eltern, die eher mit den Jaspisten sympathisieren, habe ich je davon erzählt. Eines Tages hat mir ein Schulfreund von den Jewowisten erzählt, und es schien mir ganz natürlich, dafür zu kämpfen, dass die Leute von unten bessere Lebensbedingungen bekommen – zumal die

Wissenschaftler in unserer Gruppe sagen, das sei möglich, wenn wir bereit wären, unseren Besitz zu teilen.«

»Kennst du Ludmilla gut?«

»Nein.«

»Warum nicht?«

»Die Anführer der Gruppe vertrauen ihr nicht so richtig. Sie sind überzeugt, dass sie uns nur Ärger einbringt. Ich selbst habe nichts gegen sie und verstehe die Behauptungen nicht. Vielleicht wissen unsere Chefs mehr als ich.«

»Ich weiß jedenfalls, dass sie ein gutes Mädchen ist.«

Bei Einbruch der Nacht verlassen wir den Raum über der Garage. Ich habe mir eine Strecke eingeprägt, die die großen Straßen umgeht. Gonzague, der selbst ziemlich mager ist, hat mir neue Kleidung geschenkt. Ohne das sechs Monate alte Kind auf meinem Rücken könnte ich glatt als Junge von hier durchgehen. Wie immer, wenn wir draußen sind, ist Igo ganz brav und scheint sich auf die neue Umgebung zu konzentrieren.

Ich habe einen Kontakt, der mir einen Platz in einem Zeppelin besorgen kann, mit dem ich nach Großstadt gelangen werde. Ich bin lange unterwegs und nähere mich schließlich dem Zeppelin-Hangar. Ich muss an der Wartehalle vorbei zum Frachtbereich. Ich verstecke mich in einer Ecke des Lagers und beobachte die Arbeiter. Der Alte hatte gesagt, ich müsse nach einem Mann namens Jean mit rotem Halstuch Ausschau halten. Schon bald entdecke ich ihn. Er erteilt einem ungefähr zehnjährigen Jungen Befehle. Als er allein ist, spreche ich ihn an:

»Guten Tag, Herr Jean, ich komme vom Alten. Ich …«

»Ich weiß, wer du bist. Komm hier rüber.«

Wir betreten ein kleines Büro. Er verriegelt die Tür hinter uns.

»Bist du sicher, dass dir niemand gefolgt ist?«

»Ich habe alle Vorsichtsmaßnahmen getroffen und nichts Verdächtiges bemerkt.«

»Wir werden bald abflugbereit sein. Ich zeige dir, wo du warten kannst. Geh von dort unter keinen Umständen weg. Auf dich ist ein Kopfgeld von 60 Gold-Écus ausgesetzt, und das motiviert ziemlich viele Leute, glaube mir. Ich könnte dich morgen früh hinüberbringen. Aber ich dachte, da gebe es noch eine Frau.«

»Nein, ich bin mit dem Kleinen allein.«

Herr Jean bringt uns in eine Halle, in der große Container lagern. Er öffnet einen der Container, der halb voll mit metallenen Kisten ist.

»Ich werde euch für mindestens sechs Stunden hier einschließen. Wenn ihr vorher noch etwas tun müsst, erledigt es schnell. Im Büro um die Ecke findest du eine Toilette und Waschbecken. In zehn Minuten komme ich zurück. Bis dahin besteht für euch keine Gefahr. Später wird es schwieriger, weil zwei Wachen nacheinander ihre Runden drehen: um 23 Uhr und gegen 2:30 Uhr. Sie können nicht alle Container überprüfen, deshalb gehen sie nur mit den Hunden hier durch. Oft schlagen sie auch mit Eisenstangen gegen die Wände der Container und warten, ob es eine Reaktion gibt. Manchmal öffnen sie auch welche. In diesem Fall versteckst du dich mit deinem Sohn hinter den Kisten. Ich habe ein Mittel verteilt, das Hunde abschreckt, also hast du in dieser Hinsicht nichts zu befürchten. Dein Kleiner darf auf keinen Fall weinen. Das ist eine Frage von Leben und Tod.«

Gerges

Ich darf nicht mehr an Smons Brief denken. Ich werde nie wissen, ob er echt war und welche Absicht tatsächlich dahinterstand. Snia ist jedenfalls geradezu besessen von dem Brief. Sie merkt es nicht, aber ihre ständigen Anspielungen wirken aggressiv auf mich. »Ich habe Angst, dass dir etwas zustößt.« »Dein Leben ist in Gefahr.« »Und das alles wegen deines Vaters.« »Ich will mein Kind nicht allein großziehen.« »Du musst zugeben, dass Lucen nicht allein für die Ereignisse verantwortlich ist.« Sie wiederholt es pausenlos. Im Grunde will sie, dass ich mich für sie und gegen meinen Vater entscheide, welcher der Ursprung dieses Übels ist. Ich fühle mich hilflos. Nie im Leben habe ich jemanden so geliebt wie sie und nie dieses außergewöhnliche Gefühl gehabt, meinerseits geliebt zu werden. Sie hat ihre Wahl vor langer Zeit getroffen, und ihre Wahl ist radikal. Sie hat sich von ihrer gesamten Familie losgesagt und lebt nur noch für unsere Liebe und das Baby, das bald kommt. Momentan bin ich nicht in der Lage, es ihr gleichzutun. Also rede ich fast gar nicht mit ihr. Aber ich umarme sie lange, um ihr zu zeigen, wie stark ich mich zu ihr hingezogen fühle. Ich meide ihren Blick. Wenn sie doch begreifen würde, dass ich Zeit brauche! Ich habe Angst, sie zu verlieren.

Deshalb sage ich auch erleichtert zu, als mein Vater mich fragt, ob ich für ein paar Tage mit ihm in die Oberstadt komme. Nach einer kurzen Trennung von Snia sehe ich vielleicht klarer.

»Das war doch von vornherein klar«, stößt Marcl hervor.

»Was ist los?«, knurrt mein Vater – eher um ihn zum Schweigen zu bringen als auf der Suche nach einer Antwort.

»Nichts, Chef… Für deinen Sohn wird es noch andere Möglichkeiten geben, in die Oberstadt zu gelangen, aber ich …«

Mein Vater steht auf. Im Vorbeigehen klopft er Marcl auf die Schulter, um ihn zu beruhigen. Der andere seufzt. Er weiß, dass seine Argumente hier nichts gelten. Grégire und Clude verlassen den Raum. Ich sammle meine Notizen ein und will ihnen folgen, als Marcl mich anspricht:

»Na, zufrieden?«

»Ich habe um nichts gebeten. Du weißt ganz genau, dass ich hier nicht die Entscheidungen treffe.«

»Vielleicht sterbe ich ja in einem Monat durch eine Bombe und habe mein Leben lang den blauen Himmel und die Farben der Natur nur im Kino gesehen.«

Ich weiß nicht, was ich ihm antworten soll, und lasse ihn mit seinen Gedanken allein. Am Nachmittag will ich mit meinem Vater die Einzelheiten des Aufenthalts besprechen, um Snia Bescheid geben zu können. Doch Grégire kann mir noch nicht viel sagen. Er glaubt, die Polizei der Oberstadt sei nicht darauf erpicht, dass wir unsere Nase in ihre Angelegenheiten stecken. Er erklärt mir, am Abend werde er mehr wissen. Dann kommt er von sich aus auf Marcl zurück:

»Der Arme, was glaubt er denn? Dass ich mich mit einem unmöglich aussehenden Schluckspecht belaste, der sich nicht einmal korrekt ausdrücken kann? Will er, dass wir denen da oben bestätigen, was sie ohnehin von uns denken: dass wir dumme, besoffene Grobiane sind?«

Snia gibt sich nicht mehr mit meinen Zärtlichkeiten zufrieden. Heute Abend stellt sie mir ein Ultimatum. Sie wird mir keinerlei Zuneigung mehr zeigen, bis ich mich mit ihr über Smons Brief und die Konsequenzen daraus unterhalten habe. Ich lege mich aufs Bett, ohne sie zu berühren oder zu umarmen. Nach einer Stunde Schweigen setzt sie sich zu mir, bleibt jedoch auf Abstand.

»Ich weiß, dass du Zeit brauchst, aber wenn ich die Dinge nicht etwas beschleunige, wirst du erst reagieren, wenn es zu spät ist. Ich kenne diese Leute, immerhin waren sie bis vor Kurzem meine Familie. Sie werden nie von dir ablassen, und irgendwann kriegen sie dich. Du musst die Polizei – und vor allem die Miliz – so schnell wie möglich verlassen. Du musst dich von deinem Vater distanzieren; vielleicht müssen wir sogar an einen anderen Ort ziehen. Gestern habe ich zum ersten Mal von den Isolas gehört. Das sind abgelegene Orte, an denen Menschen leben, die …«

»Wer hat dir davon erzählt?«

»Fragst du mich das als Polizist oder als Ehemann?«

»Bitte antworte mir.«

»Ich werde nicht antworten. Ich will nicht, dass diese Person …«

»Ihm oder ihr wird nichts geschehen. Das schwöre ich bei unserem Kind, aber ich muss es wissen.«

»Katine.«

»Das dachte ich mir. Die Verzweifelten dieser Welt, wie

Lucen, betrachten das als Lösung all ihrer Probleme, aber die Dinge sind eben nicht so einfach. Fliehen nützt gar nichts. Ich werde ein paar Tage mit meinem Vater in der Oberstadt ermitteln. Ich verspreche dir, dass wir nach meiner Rückkehr offen reden können. Ich brauche dich, Snia. Du bist der einzige Mensch, der mich noch an das Leben glauben lässt.«

Ich ziehe sie an mich. Sie lässt es geschehen. Ich umarme und küsse sie sanft. Sie erwidert meinen Kuss und legt sich auf mich. Ich habe sie nicht belogen. Ohne sie könnte ich nicht lange überleben.

Meine Posten bei Polizei und Miliz ermöglichen mir Zugang zu vielen Informationen und rauben mir gleichzeitig viele Illusionen. Zum Beispiel ist der Mythos von den Isolas ziemlich hartnäckig. Durch meine Arbeit weiß ich viel darüber. Leute, die sich für die Isolas entscheiden, bekommen einen Haufen Probleme. Letztlich sind sie doch alle Stadtmenschen und wissen nicht, wie man in der Wildnis überlebt. Viele verhungern in den ersten Monaten. Andere haben Unfälle, wenn sie in dem unwegsamen Gelände unterwegs oder auf der Jagd sind. In größeren, besser organisierten Gemeinden muss man sich außerdem erst einen Platz erobern. Neuankömmlinge werden von den Alteingesessenen oft wie Sklaven behandelt. Einigkeit und Gleichberechtigung herrschen nur auf wenigen Isolas. Zudem haben die Behörden diese gesellschaftlichen Experimente von Anfang an infiltriert und kontrollieren sie heimlich. Manchmal überfliegen nachts Zeppeline die Siedlungen und bombardieren die Ernte, um die Gesetzlosen zum Aufgeben zu bewegen. Sie sollen daran erinnert werden, dass sie ihrer verdienten Strafe nirgends auf der Welt entgehen können. Wenn das Lucens Lösung ist, wird sie ihm nur einen kurzfristigen Aufschub verschaffen. Ich werde mein Versprechen halten und Katine meinem Vater gegenüber nicht erwähnen. Letztlich ist das auch nicht mehr von Bedeutung.

Heute Abend mache ich mich mit meinem Vater auf den Weg in die Oberstadt. Deshalb dürfen wir uns vorher ausnahmsweise besonders gründlich waschen und saubere Kleidung anziehen. Ich habe den Wasservorrat einer fünfköpfigen Familie für einen Monat verbraucht, um vorzeigbar auszusehen. Snia hat sogar an mir gerochen, als ich sie zum Abschied geküsst habe.

»Du bist nicht mehr derselbe; du riechst zu stark nach Seife«, fand sie. Wahrscheinlich wollte sie nicht zeigen, dass sie mich eigentlich beneidete.

Wir gehen ruhig den steilen Weg am Seil entlang Richtung Oberstadt. Als wir das Gaunerviertel erreichen, kündigt mein Vater uns lautstark an, und wir dürfen ungehindert passieren. Die Diebe erinnern sich bestimmt noch an die Menschenjagd, die auf den Angriff auf meinen Vater hier vor einiger Zeit folgte. Einige von ihnen mussten daraufhin lange Monate im verseuchten Wald verbringen. Gegen 20 Uhr erreichen wir die Grenze. Es ist bereits Nacht. Zum ersten Mal begreife ich die wahre Bedeutung des Worts »Stern« und »Mond«. Es ist ein Schock. Warum darf Snia das nicht erleben? Ich schwöre mir, es ihr eines Tages zu ermöglichen.

Ein Mann im Alter meines Vaters empfängt uns. Offensichtlich ist er der Chef des hiesigen Kommissariats.

»Hallo, Grégire«, begrüßt er meinen Vater lächelnd. »Dich habe ich bestimmt seit drei Jahren nicht mehr gesehen.«

»Ich glaube auch. Hallo, Quentin. Jedes Mal wenn ich hierherkomme, erinnere ich mich daran, wie ich als kleiner Junge zum ersten Mal bei dir war.«

»Damals sahst du diesem jungen Mann hier ziemlich ähnlich. Ist das etwa Gerges?«

»Das ist Gerges«, bekräftigt mein Vater stolz. »Mein Einziger, mein Letzter.«

Der Mann muss also viel älter sein, als er aussieht – mindestens 50 Jahre. Wir sind in seinem Haus. Die Zimmer hier sind sehr hell beleuchtet, sodass ich die Augen schließen muss, wenn ich direkt ins Licht blicke. Wir übernachten zu zweit im Gästezimmer.

Am nächsten Morgen schlägt mein Vater das Angebot aus, sich zu waschen. Daran sei sein Körper nicht gewöhnt. Ungeachtet seiner missbilligenden Blicke nehme ich das Angebot gerne an. Als ich aus dem Bad zurückkehre, sind mein Vater und Quentin mitten in einer Diskussion:

»Die Genehmigung zur Hausdurchsuchung bekomme ich erst heute Nachmittag«, erklärt der alte Kommissar. »Bis dahin könntest du deinem Sohn vielleicht erlauben, die Landschaft zu genießen.«

»Bleib im Schatten«, rät mir mein Vater. »Heute sind kaum Wolken am Himmel, und in unserer Familie haben alle empfindliche Augen. Wenn du nicht aufpasst, brennen die Augen, und du siehst aus, als müsstest du heulen.«

Als ich die Tür öffne, schlägt mir das Sonnenlicht entgegen. Ich setze mich auf den Gehsteig, um mich an das grelle Tageslicht zu gewöhnen.

Dann gehe ich einfach los. Mit der Hand streiche ich über die Pflanzen, die neben den Häusern wachsen. Ich kann die verschiedensten Gerüche unterscheiden. In der Unterstadt überdeckt der Gestank von Verbranntem alles andere. Ich begegne jungen Leuten in meinem Alter, die mich neugierig ansehen. Ein Mädchen bezeichnet mich als »Minipolizist«. Hier haben sie also weniger Respekt oder Angst vor Uniformierten. Wäre Marcl an meiner Stelle und befänden wir uns in der Unterstadt, hätte er das aufsässige Mädchen an den Haaren gepackt und auf die Knie gezwungen, damit sie sich entschuldigt. Ich muss zugeben, dass die Mädchen hier sehr schön und anziehend sind. Sie sind schlank und schmal, aber ihre Leichtigkeit scheint auf ihren Charakter abzufärben. Ständig höre ich sie lachen und scherzen; sie umschwärmen die Jungs wie Motten das Licht. Sie verschwenden ihre Zeit. Sie haben noch nicht begriffen, dass man sich ernsthaft lieben und die Nachkommenschaft sichern muss. So habe ich mein Glück mit Snia gefunden. Ich schließe die Augen, um mich ihr näher zu fühlen. Hier in der Sonne würde sie sich wohlfühlen. Sie verdient nur das Beste.

Gegen fünf Uhr machen wir uns auf den Weg zu Ludmilla. Ihre Dienerin lässt uns in einem riesigen Zimmer auf Sesseln Platz nehmen. Dieser Raum scheint nur dem Warten zu dienen. Sie betrachtet uns ruhig, als wolle sie sich unsere Gesichter genau einprägen. Eigentlich ist das eine Angewohnheit von Polizisten.

Wenig später kommt Ludmilla. Sie sieht genauso aus, wie ich mir ein Mädchen aus der Oberstadt vorstelle: mit langen, hellen, geföhnten Haaren und einer grazilen Figur. Auch charakterlich entspricht sie meiner Vorstellung, denn sie gibt sich hochnäsig, herablassend, sogar aggressiv und selbstsicher, obwohl die Umstände etwas mehr Bescheidenheit verlangen würden. Immerhin ist sie ein Mädchen unter Terrorismusverdacht, das drei Polizisten gegenübersteht. Mein Vater ist wütend, aber er reißt sich zusammen. Bei uns zu Hause hätte sie sich schon längst eine schallende Ohrfeige eingefangen. Ludmilla gibt sofort zu, dass Lucen kurz hier war. Dann habe sie ihn und das Baby wieder hinausgeworfen. Ihre vergangenen Kontakte zu dem Gesuchten erklärt sie mit ihrer früheren Naivität. Ich verstehe nicht, wie sich mein einstiger Freund für dieses Mädchen in Gefahr begeben konnte – selbst nicht gegen Geld. Hat sie ihm etwas vorgemacht? Oder spielt sie jetzt mit uns ein falsches Spiel?

Die Hausdurchsuchung ist ergebnislos. Mein Vater schickt mich allein hinauf zu Ludmillas Zimmer. Ich nutze die Gelegenheit, um sie zu irritieren. Ich stichle und spüre, dass sie trotz ihres hochnäsigen Tonfalls und den unverschämten Anspielungen auf unsere mangelnde Hygiene unsicher ist. Nach ein paar Minuten im Keller mit Clude würde sie all ihre Geheimnisse preisgeben. Doch leider sind wir nicht in der Unterstadt. Und sie hat Glück gehabt.

Ludmilla

Immer wenn mein Vater nach Hause kommt, frage ich mich, ob er mich diesmal um einen »Gefallen« bitten wird. Wenn wir uns beim Essen gegenübersitzen, habe ich das Gefühl, dass er mein Unwohlsein spürt und es ihn belustigt. Eines Abends lobt er meine »großartige Darbietung« anlässlich des Besuchs der Männer, die er »die Trottel von unten« nennt. Er behauptet, er wäre gern dabei gewesen, denn Yolanda habe erzählt, ich hätte mich in meiner Rolle der »reichen, verzogenen Göre« selbst übertroffen. Die Polizisten seien außerdem auf Siremain hereingefallen, der eigens aus Großstadt gekommen sei, um auf dem Kommissariat meinen übergeschnappten Papa zu spielen. Dafür habe er sich sogar geschminkt und die Haare grau gefärbt. Er habe einen tollen Auftritt hingelegt.

Yolanda trainiert weiterhin zweimal pro Woche mit mir Selbstverteidigung. Wir gehen auch zusammen Laufen und machen Krafttraining. Ich habe nicht das Gefühl, große Fortschritte zu machen. Im Angesicht einer echten Gefahr wäre ich wahrscheinlich noch immer nicht in der Lage, angemessen zu reagieren.

Eines Abends teilt mir mein Vater endlich seine Pläne mit:

»Meiden dich die Schwestern Broons immer noch?«

»Nicht so richtig. Manchmal grüßen sie mich sogar, aber viel mehr passiert nicht. Sie haben mir immer noch nicht verziehen, dass ich meinen Auftrag bei Eugène nicht erfüllt habe.«

»Ich könnte dir helfen, dich bei ihnen wieder beliebt zu machen.«

»Was hättest du davon, Papa?«

»Das erkläre ich dir beizeiten, wenn du willst. Also, bist du bereit, das Spiel zu spielen?«

»Das ist gar keine richtige Frage, oder?«

»Genau. Falls du ablehnst, wäre das völlig unangemessen.«

Schon am folgenden Montag spreche ich Léna auf dem Gang an. Sie reagiert wütend, denn als Chefin schätzt sie es nicht, wenn ihre Leute die Initiative ergreifen. Sie nennt mir einen Treffpunkt nach der Schule; François soll auch kommen.

Ich gebe so überzeugend wie möglich die von meinem Vater vorbereitete Geschichte wieder:

»Gestern beim Abendessen hat mein Vater mit mir über Grisella gesprochen. Er wollte, dass ich ihr rate, sich so schnell wie möglich von Eugène zu distanzieren. Er hält ihn für äußerst gefährlich. Anscheinend hat er am Wochenende an dessen Akte gearbeitet. Vor dem Nachtisch erhielt er dann einen dringenden Anruf und hat das Haus verlassen, ohne zuvor noch einmal in sein Büro zu gehen. Mitten in der Nacht habe ich mich also in sein Arbeitszimmer geschlichen und gesehen, dass er die Akten nicht wie sonst in den Safe gelegt hatte. Ich habe alles abgeschrieben, was dort über Eugènes Gewohnheiten, Verstecke und Reisen zu lesen stand. Es hat über eine Stunde gedauert, weil es so viel war.«

Léna überfliegt die Blätter. Sie zeigt keinerlei Anzeichen von Zufriedenheit. Ich dagegen gebe mich besonders stolz auf meine Entdeckung.

»Warum hast du das getan? Wir haben nichts von dir verlangt.«

»Ich wollte die verfehlte Mission von neulich wiedergutmachen. War das etwa falsch?«

»Das habe ich nicht gesagt. Ich finde einfach, dass die Dinge mit dir immer seltsam laufen. Bis später. François, du bleibst hier, ich muss mit dir reden. Einmal kann das Fräulein auch allein nach Hause gehen.«

Mehr war von ihr nicht zu erwarten. Was sie wohl François fragen wird? Ob er es mir später erzählt? Ich beschließe, bei Grisella vorbeizugehen. Sie hat heute in der Schule gefehlt. Es dauert eine Weile, bis sie mir öffnet, und sie ist in einem traurigen Zustand: Die Nase ist rot, die Augen tränen; sie ist schwach und zittrig. Sie lässt mich herein, wehrt aber meine Umarmung ab, damit ich ihr bloß nicht zu nahe komme. Sie lässt sich aufs Sofa fallen und sagt mit brüchiger Stimme:

»Nett, dass du gekommen bist. Du siehst ja, wie es mir geht. Ich bin fürchterlich erkältet. Hoffentlich kommt mein Schatz heute Nacht nicht vorbei – ich will nicht, dass er mich so sieht.«

»Wenn er dich liebt, dann macht das nichts.«

»Du kennst ihn nicht. Bei ihm muss ich mich immer selbst übertreffen. Ich habe solche Angst, ihn zu verlieren. Momentan macht er sich rar, und man könnte glauben, meine Gefühle für ihn hätten sich verändert, aber das Gegenteil ist der Fall. Ich hing noch nie so an ihm wie jetzt. Wenn etwas geschehen würde, das ihn mir wegnähme, würde ich mir bestimmt die Pulsadern aufschneiden.«

»Glaubst du denn, er würde sich umgekehrt genauso verhalten?«

»Natürlich nicht, und das weiß ich auch. Ich weiß sogar, dass er sich momentan auch mit anderen Mädchen trifft – er gibt sich keine große Mühe, das zu verbergen. Aber das ändert nichts an meinen Gefühlen für ihn. Es ist lächerlich, klischeehaft, wie in einem schlechten Roman, aber so ist es eben.«

Ich hatte ihr gerade sagen wollen, dass ihr Freund momentan mehrmals wöchentlich die Sexpartnerinnen wechselt. Ich hätte ihr natürlich nicht gesagt, dass ich das von meinem Vater weiß, sondern behauptet, ihn von Weitem mit verschiedenen Mädchen an bestimmten (von mir zuvor auswendig gelernten) Orten gesehen zu haben. Aber das ist jetzt nicht mehr nötig, denn sie weiß schon Bescheid, und es ändert nichts an ihren Gefühlen zu Eugène. Ich werde ihr also auch nicht erzählen, dass er im Verdacht steht, in mehrere Morde – zum Teil in Kombination mit Folter – verwickelt zu sein. Außerdem habe ich gelesen, dass er adoptiert wurde und nicht sicher ist, ob seine biologischen Eltern wirklich aus der Oberstadt stammen. Vor allem über die Herkunft seines leiblichen Vaters hegt er demnach große Zweifel. Nachdem Eugène Zugang zu seiner Akte hatte, verließ er seine Adoptiveltern, um allein zu leben. Man vermutet, dass er zurzeit vom Geld seiner Unterstützer lebt, zu denen einige Ganoven gehören. Wohinein hat Grisella sich da nur verrannt? Fast hoffe ich, dass die Gruppe um die Schwestern Broons Eugène eine gehörige Lektion erteilt, die ihn lange von meiner Freundin fernhält. Dann könnte sie sich langsam von ihm entwöhnen.

Ich bitte Grisella um Tee und Brötchen. Wir betrachten Modemagazine und kommentieren die einzelnen Outfits. Sie beschwert sich, dass wir am Wochenende gar nicht mehr gemeinsam durch die Geschäfte ziehen, seit wir beide einen Freund haben. Ich verspreche ihr eine gemeinsame Shoppingtour, sobald es ihr besser geht.

Am nächsten Tag in der Schule erzählt mir François, die Schwestern Broons hätten ihn gebeten, die Hand für mich ins Feuer zu legen. Sie hätten nicht das Gefühl, dass ich es ehrlich mit ihnen meine. Zudem hätten sie den Befehl erhalten, eine Operation gegen Eugène und seine Gruppe zu starten. Weil es bisher der bedeutendste Auftrag ist, für den sie allein verantwortlich sind, wollen sie ihre Chefs nicht enttäuschen. Ich frage, ob sie ihm erlaubt haben, mir all das zu erzählen. Er sagt, er handle sogar auf Befehl. Zudem solle ich bei der Aktion auch eine Rolle spielen. Die beiden Schwestern würden mir selbst heute nach Schulschluss davon erzählen.

Den ganzen Tag lang stelle ich mir tausend Fragen. Werde ich Grisella für immer verlieren, falls ich bei der Operation vor Ort bin und Eugène mich erkennt? Werde ich den Mut haben, mich an einer gewaltsamen Aktion zu beteiligen? Bin ich dazu überhaupt in der Lage? Wie denkt mein Vater darüber, dass ich mich direkt an der Sache beteiligen soll? Wird er zustimmen?

Während François ein paar Meter weiter Schmiere steht, flüstert Léna mir nach der Schule ins Ohr: »Ludmilla, die Organisation verlangt von uns, Eugène nächsten Dienstag abzuknallen. Du sollst zu der Gruppe von acht Personen gehören, die den Auftrag ausführt. Du bist natürlich einverstanden?«

»Ja«, sage ich tonlos.

»Sehr gut. Denn du wirst der Lockvogel sein.«

Firmie

Vor meiner Abreise nach Großstadt kehre ich für ein paar Stunden in meine Zelle zurück. Ich lege mich aufs Bett und schließe die Augen. Zwei Jahre … Zwei Jahre Einsamkeit. Zwei Jahre weit weg von denen, die ich liebe. Zwei Jahre, in denen ich mich um sie sorgen muss. Ist es nicht eine Illusion zu glauben, wir sähen uns nach der Verbüßung meiner Strafe wieder? Kann Lucen so lange auf mich warten, während die gesamte Polizei nach ihm sucht? Wird er nicht versucht sein, mich zu ersetzen? Und wie könnte ich es ihm übel nehmen? Zwei Jahre sind so lang! Vielleicht verliebt sich eine der jungen Ammen, die er für Igos Ernährung anheuern muss, in meine beiden Männer? Warum habe ich nicht den Mut, ihnen zu sagen, dass sie mich vergessen und sich so schnell wie möglich in Sicherheit bringen sollen? Ich glaube, tief in mir gibt es noch den Rest des Gefühls, mein Leben dürfe hier nicht enden und wir würden einander wiederfinden.

Eine junge Frau möchte vor meinem Transfer mit mir sprechen. Die Wächterin kann mir nicht sagen, wer die Frau ist oder warum sie mich besuchen kommt. Ich erkläre mich einverstanden, schwöre mir aber, wachsam zu bleiben.

Es handelt sich um eine Frau von mindestens 20 Jahren, die ihre langen braunen Haare zum Zopf gebunden trägt. Trotz einer Narbe auf der Wange ist sie recht hübsch. Sie strahlt Wohlwollen aus und ist bestimmt keine Gesandte Dimitrs. Ich begrüße sie mit einem Nicken.

»Guten Abend, ich heiße Yolanda. Ich bin Ludmillas Kindermädchen. Ich habe gerade mit Ihrem Freund Lucen gesprochen, der mir eine Nachricht für Sie mitgegeben hat.«

Geliebte,

ich verspreche dir, dass wir bald wieder zusammen sein werden.

Halte durch. Ich erzähle Igo jeden Tag von dir.

Ich liebe dich mehr als alles andere.

Lucen

Der Brief wirft mich völlig aus der Bahn. Ich mache mir Vorwürfe, auch nur eine Sekunde an meinem Liebsten gezweifelt zu haben. Er hat recht, ich muss um seinet- und um Igos willen an unsere gemeinsame Zukunft glauben, schließlich bin ich immer noch am Leben und habe auch vor, es zu bleiben. Yolanda schweigt eine Weile, dann fährt sie fort:

»Ich bin auch gekommen, um Ihnen zu erzählen, was Sie erwartet. Dort, wo Sie hingehen – in die Disziplinaranstalt –, werden neue Herausforderungen auf Sie zukommen, und es ist gut, wenn Sie vorher Bescheid wissen. Bei Ihrer Ankunft in Großstadt werden Ordnerinnen Sie zu einer Aktivität einteilen, die Sie während Ihrer zweijährigen Strafe ausüben werden. Das Hauptkriterium bei der Auswahl ist die Schönheit. Sie haben ein hübsches Gesicht, Firmie, und ansprechende Formen, also besteht die Gefahr, dass Sie direkt in eines der geschlossenen Häuser für die Grenzsoldaten gebracht werden. Das ist der schlimmste Ort auf diesem Planeten. Um das zu vermeiden, müssen Sie sich bis zum Auswahlprozess und für die Dauer Ihrer Strafe möglichst hässlich machen. Dann werden Sie zu Hausarbeit oder Pflegedienst im Krankenhaus verpflichtet. Das ist körperlich anstrengend, und man wird Sie wie eine Sklavin behandeln, aber wenigstens werden Sie überleben.«

»Und wie soll ich mein Aussehen verändern?«

»Ich habe etwas Zubehör mitgebracht: eine Stoffbandage zum Abschnüren der Brüste und vor allem diese weiße Linse, die Sie ins Auge einsetzen können. Damit sehen Sie aus, als hätten Sie keine Iris. Der Effekt ist spektakulär. Halten Sie das Augenlid so lange wie möglich geschlossen, damit die Ordnerinnen besonders überrascht und schockiert sind, wenn sie Ihren Makel bemerken. Und um die Sache zu perfektionieren, versuchen Sie, die Schultern hängen zu lassen und sich ein leichtes Hinken anzugewöhnen. Ihre Verwandlung sollte am besten in dem Wagen stattfinden, der Sie vom Gefängnis zum Zeppelinabflugort bringt. Die Gefängniswachen werden Sie bei der Abfahrt im Wagen einschließen und anketten. Bei der Ankunft werden Sie von Polizisten in Empfang genommen. Üben Sie so schnell wie möglich, die Linse einzusetzen.«

»Danke für alles.«

Yolanda wendet sich zum Gehen. Ich fasse ihre Hand, weil ich sie noch einen Moment zurückhalten will. Lächelnd setzt sie sich wieder. Gegen meinen Willen steigen Tränen in mir auf. Mit Mühe stoße ich hervor:

»Wie geht es meinen Männern?«

»Igo geht es wunderbar. Lucen hat schnell gelernt, sich um ihn zu kümmern. Sie können stolz auf die beiden sein.«

»Wo werden sie jetzt hingehen?«

»Lucen hat mit niemandem darüber gesprochen, aber ich weiß, dass er einen guten Plan hat, denn er wird nichts tun, was seinen Sohn in Gefahr bringt.«

Ich halte immer noch ihre Hand. Wenn sie fort ist, werde ich wirklich allein und von allen verlassen sein. Ich will, dass sie noch ein wenig bleibt, und bitte sie deshalb:

»Erzählen Sie mir bitte von sich. Sie sind bestimmt der letzte freundliche Mensch, den ich für lange Zeit sehen werde.«

»Ich möchte mich nicht dermaßen offenbaren.«

»Bitte! Ich werde nicht über Sie urteilen. Wir haben ein ähnliches Schicksal. Sie waren einst an meiner Stelle, nicht wahr? Sie wissen, wovon Sie sprechen? Wollten Sie mit der Narbe an Ihrer Wange die Bordelle der Soldaten umgehen?«

»Nein. Das ist ein Erinnerungsstück, das ich genau von dort mitgebracht habe.«

»Erzählen Sie mir davon.«

Sie zieht ihre Hand, die ich immer noch festgehalten hatte, weg und faltet beide Hände zusammen wie zum Gebet. Ehe sie spricht, schließt sie kurz die Augen:

»Ich war zu mehreren Jahren in den Bordellen an der Grenze verurteilt und habe dort die Hölle erlebt. Zwei

Tage nach meiner Ankunft wollte ein betrunkener Soldat mich maßregeln, weil ich mich weigerte, ihn anzulächeln. Er hat mir mit seinem Messer die Wange aufgeschlitzt. Zum Glück konnte ich mich aus seinem Griff befreien und ihn bewusstlos schlagen.«

»Und dann?«

»Am nächsten Tag kam er mit einigen Kameraden wieder, um mich für meine Dreistigkeit büßen zu lassen. Doch ich hörte die Männer schon von Weitem und hatte den Überraschungseffekt auf meiner Seite. Weil ich seit Jahren gut mit dem Messer umgehen konnte, hatte ich keine Schwierigkeiten, die vier Kerle unschädlich zu machen. Einer von ihnen starb an seinen Verletzungen, und ich wurde zum Tode verurteilt. Zur selben Zeit hörten verschiedene Leute von »meinen Heldentaten« und waren der Meinung, dass meine körperlichen und geistigen Fähigkeiten sowie die guten Manieren, die ich in der Oberstadt gelernt hatte, nützlich sein konnten, wenn ich gut geführt würde. Deshalb schlug man mir einen Handel vor: Wenn ich inoffiziell für die Ordnungskräfte arbeitete, würde ich dem Tod entgehen. Und wenn ich ein paar Jahre lang gute Arbeit leistete, bekäme ich mein Kind zurück und könnte ein neues Leben beginnen.«

»Sie haben auch ein Kind? Wie heißt es denn?«

»Romo, wie sein Vater.«

»Ist er aus der Unterstadt? Wie haben Sie ihn kennengelernt?«

»Ich habe 18 Jahre lang eine unbeschwerte Kindheit und Jugend in einer wohlhabenden Familie in der Oberstadt verbracht. Ich hatte vor allem mit Jungen zu tun, weil ich wie sie gerne Kampfsport machte oder nachts an den Fassaden herumkletterte. Warum sehen Sie mich so an?«

»Es kommt mir so seltsam vor, sich körperlich zu verausgaben, ohne dazu gezwungen zu sein. Wir in der Unterstadt sind in unserer Freizeit viel zu müde dazu. Wir haben gerade noch die Kraft, ins Kino zu gehen oder Zärtlichkeiten auszutauschen. Bitte entschuldigen Sie, ich wollte Sie nicht unterbrechen.«

Sie fährt fort:

»Meine Freunde liebten das Risiko, und ich machte immer mit. Eines Abends begegneten wir auf einem Dach Romo. Er kam gerade von einem Einbruch zurück. Wir waren völlig ahnungslos und vor allem süchtig nach Gefahr und begannen, ihm bei anderen Einbrüchen zu helfen. Dieses Kapitel endete abrupt, als ein Teil unserer Bande festgenommen wurde. Ich konnte der Polizei entwischen und mich mit Romo in der Unterstadt verstecken. Meine Freunde und Komplizen kamen nur deshalb nicht ins Gefängnis, weil sie von ihren Eltern finanziell unterstützt wurden und mit der Polizei zusammenarbeiteten. Konkret heißt das: Sie haben mich und Romo verraten. Ich entschied, mich nicht zu stellen und mit meinem Gangster zusammenzubleiben, in den ich unsterblich verliebt war.«

»Haben Sie das je bereut?«

»Nein, wir waren sehr glücklich, wenigstens am Anfang. Außerdem hat er mir einen Sohn geschenkt. Das ist das Schönste, was mir je passiert ist.«

»Was ist geschehen, als Sie in der Unterstadt lebten?«

»Ich war eine polizeilich gesuchte Gesetzlose. Monatelang setzten Romo und ich die Einbrüche fort, ohne je geschnappt zu werden. Als ich schwanger wurde, beschlossen wir, nach Großstadt zu gehen. Wir wollten neue Identitäten annehmen und ein normales Leben beginnen. Schließlich mussten wir an die Zukunft unseres Kindes denken. Anfangs schien alles gut zu gehen, aber bald setzten Romos alte Kumpanen ihn unter Druck und wollten ihn zwingen, die kriminellen Aktivitäten wiederaufzunehmen. Weil er sich weigerte, verriet ihn eines Tages ein sogenannter Freund. Am selben Tag wurde auch ich festgenommen. In der Haft brachte ich mein Kind zur Welt, und ein halbes Jahr später brachte man mich über die Grenze. Den Rest kennen Sie.« Sie wirft einen Blick auf die Uhr. »Jetzt muss ich aber wirklich gehen.«

»Ich verstehe.«

Sie streicht mir zum Abschied sanft über die Wange. Ich blicke ihr nach. Mit diesem Menschen wäre man gern befreundet.

Wenig später werde ich abgeholt. Meine Brüste habe ich bereits bandagiert. Alles läuft genauso ab, wie Yolanda es mir erklärt hat. Allerdings kratzt die Linse und lässt mein Auge tränen. Ich muss es schließen. Auf dem Beipackzettel stand, dass mein Auge sich nachts – und sobald ich allein und in Sicherheit bin – erholen muss. Man führt mich zu einem Hangar, wo ungefähr 100 Leute anstehen, um mit dem Zeppelin zu fliegen.

Die Polizisten legen mir mit einer Kette verbundene Handschellen um die Hand- und Fußgelenke. Ich bin froh, eine Art Verkleidung zu tragen, da ich mich so weniger schäme, wenn mich die abschätzigen Blicke der Leute treffen. Beim Laufen macht meine Kette einen ziemlichen Lärm. Die Wachmänner, die mich begleiten, bringen mich zu einem etwas abseits gelegenen Platz. Endlich kann ich mich setzen.

Als das Luftschiff startet, bekomme ich Panik und fange an zu zittern. Einer der Bewacher verpasst mir einen Schlag auf den Kopf, damit ich Ruhe gebe.

»Dummes Biest! Hör sofort auf!«

»Die ist wirklich hässlich mit ihrem kaputten Auge«, sagt der andere. »Wenn die Mädels süß sind, bekommt man manchmal Lust, sich während des Fluges zu amüsieren.«

Ich atme tief durch und denke an meinen Sohn. Die Vorstellung beruhigt mich. Ich schlummre ein wenig, bis mich Babygeschrei weckt. Eine ältere Dame hat sich zu uns gesetzt und schafft es nicht, das Kind auf ihrem Schoß zu beruhigen. Sie hat es dick eingewickelt und auch sein Köpfchen bedeckt. Die Schreie erinnern mich an Igo. Wenn ich die Augen schließe, habe ich das Gefühl, er sei es. Das Baby dreht sich abrupt zu mir und streckt seine Ärmchen aus. Das ist mein Sohn, dort, nur wenige Zentimeter von mir entfernt! Wo ist Lucen? Warum hält diese Unbekannte Igo auf dem Schoß? Hat die alte Frau mein Kind gestohlen?

»Sein Vater hat ihn mir für die Dauer der Reise anvertraut«, erklärt sie leise, »und ich habe Pech, denn er mag mich nicht besonders. Sie hingegen scheint er sehr zu mögen!«

»Das würde mich wundern – die macht sogar Hunden Angst«, antwortet der Wachmann an meiner Seite spöttisch.

»Mein Herr«, sagt die Frau sehr bestimmt, »ich weiß

nicht, welches Verbrechen diese junge Frau begangen hat, aber Sie schulden ihr Respekt!«

Der Mann grinst immer noch dämlich, sagt aber nichts mehr. Ich habe mir zu schnell Sorgen gemacht. Natürlich kann Lucen, der von der gesamten Polizei gesucht wird, nicht mit den anderen Passagieren in einen Zeppelin steigen. Bestimmt versteckt er sich irgendwo. Ich summe ein Liedchen für meinen Sohn, das ich mir für ihn ausgedacht habe und in dem es um ein besseres Leben in der Zukunft geht. Igo beruhigt sich sofort und schenkt mir sogar ein schönes Lächeln. Am liebsten würde ich ihn berühren, seine Stirn küssen, an seinem Nacken riechen. Aber das geht nicht.

Wir haben das Ziel erreicht. Die Passagiere stehen auf und gehen zu den Ausgängen. Die Dame beugt sich zu mir hinüber und legt mir zum Abschied die Hand auf die Schulter. Igos Duft steigt mir in die Nase. Er greift kurz nach einer meiner Haarsträhnen. Die Frau bemerkt es und löst sanft seine Fingerchen. Igo beginnt wieder zu weinen. Noch lange nachdem ich ihn aus den Augen verloren habe, höre ich seine ängstlichen Schreie. Meine Bewacher warten, bis der Zeppelin leer ist, ehe sie mich hinausgehen lassen. Sie zwingen mich, schnell zu laufen, obwohl ich beinahe über die Kette stolpere. Als wir durch die letzte Tür gehen, spüre ich, dass jemand mich beharrlich ansieht. Es ist das Mädchen, das mich auf dem Gerichtsflur absichtlich angerempelt hat. Sie steht mit verschränkten Armen aufrecht mitten auf der Anlegestelle und lächelt böse.

Lucen

Wir befinden uns in völliger Dunkelheit. Ich liege ganz am Ende des Containers. Igo liegt auf mir. Wir haben schon zwei Kontrollrunden der Wachen überstanden. Während der ersten schlief mein Sohn mit geballten Fäusten. Es war fürchterlich, und ich frage mich, wie er es geschafft hat, nicht aufzuwachen. Mindestens drei Hunde liefen frei herum. Sie bellten und warfen sich gegen die Wände der Container. Ihre Krallen kratzten am Metall. Die zwei Typen von der Patrouille sprachen sehr laut, ja, sie schrien beinahe, wie Betrunkene oder Menschen, die aus Angst mit ihrem Lärm die Stille füllen wollen. Sie schlugen mehrmals auf unseren Unterschlupf ein, und die Wand vibrierte ganz dicht neben meinem Ohr. Beim zweiten Rundgang waren es zwar dieselben Männer – ich erkannte sie an ihren Stimmen –, aber es ging ruhiger zu. Dennoch öffneten sie einen Container ganz in der Nähe von unserem. Nun warten wir auf unsere Befreiung, die jeden Moment stattfinden muss. Ich muss Igo wickeln; er meldet sich schon. Jetzt nähern sich Schritte, aber ich rühre mich nicht. Jemand macht sich an der Tür zu schaffen, und plötzlich duftet es nach Blumen.

»Alles in Ordnung, Lucen, Sie können herauskommen.«

Ich krieche hinter den Kisten hervor aus meinem Versteck. Überraschenderweise steht mir eine elegante Dame gegenüber. Sie trägt einen Hut, der mit einer Vogelfeder verziert ist, und muss mindestens 50 sein, denn ihr Gesicht sieht aus wie das einer 30-Jährigen aus der Unterstadt.

»Guten Tag, ich heiße Yvonne«, verkündet sie freudig.

»Guten Tag, gnädige Frau«, antworte ich. »Ich muss meinen Sohn füttern und wickeln. Dann sind wir bereit.«

Sie begleitet mich und fragt, ob sie helfen dürfe. Sie müsse Igo so schnell wie möglich an sich gewöhnen, da sie sich als seine Verwandte ausgeben und mit ihm reisen wird.

»Sie selbst reisen in einem Koffer im Laderaum.«

Leider scheint mein Sohn die Dame nicht besonders zu mögen. Vielleicht liegt es an ihrem starken Parfum. Wenn sie ihn auf den Arm nimmt, weint er sogar. Ich erkläre ihm ausführlich, was in den nächsten Stunden geschehen wird, und lasse ihn dann bei Yvonne. Obwohl er unbekannte Menschen bis jetzt immer gut akzeptiert hat, ist er heute zurückhaltender. Als Yvonne ihn davonträgt, zerreißt sein trauriger, fast flehender Blick mir fast das Herz. Aber wir haben keine Wahl.

Wie vereinbart werde ich in einen hölzernen Schrankkoffer eingeschlossen, in dem sich bereits ein paar Kleidungsstücke befinden. Herr Jean wünscht mir eine gute Reise und bittet mich, mich nicht auf die Kleidung zu übergeben, die seiner Frau Yvonne gehöre. Zum Glück für alle Beteiligten schlafe ich im Koffer bald ein.

Nach der Ankunft wartet Herr Jean, bis der Zeppelin ganz leer ist, ehe er mich befreit. Er deutet auf eine Lagerhalle in einiger Entfernung, wo ich bereits erwartet werde. Hier treffen wir Yvonne. Sie ist erleichtert, mich zu sehen und meinen Sohn loszuwerden.

»Er ist süß, aber offensichtlich entspreche ich so gar nicht seinem Geschmack, denn er hat fast die ganze Zeit geweint. Die Einzige, die ihn beruhigen konnte, war eine Gefangene, neben der wir gegen Ende der Reise saßen. Ich weiß nicht, was die Arme getan hat, aber vor aller Augen so angekettet zu sein, ist wirklich erniedrigend. Sie sah erschreckend aus, denn ihr eines Auge war weiß, ohne Pupille, und sie saß gekrümmt wie eine Bucklige. Dennoch war der kleine Igo ganz empfänglich für die Stimme dieser jungen Frau. Sie hat irgendetwas Beruhigendes gesummt.«

Bei einem verlassenen Lager erwartet mich ein Junge, den Herr Jean geschickt hat. Er soll mich in die Unterstadt von Großstadt bringen. Ich danke dem Paar für seine Hilfe. Jetzt, da Igo wieder in meinen Armen liegt, ist er so zufrieden, dass er sogar Yvonne anlächelt. Der Junge trägt einen Ballen schmutziger Kleidung. Er heißt Frack. Bald werde ich mich dank ihm in gewohnter Umgebung befinden.

Die Oberstadt von Großstadt ist auf einem sehr großen Plateau errichtet. Die Hänge sind so steil, dass man nur mit Aufzügen ins Tal gelangt, wo sich auch die Unterstadt befindet. Auf dem Weg nach unten gibt es so gut wie keine Kontrollen. Anders als in meiner Heimat sind die Grenzen zwischen den beiden Stadtteilen hier durchlässiger. Frack erklärt mir, dass jeden Tag Hunderte Arme von unten in der Oberstadt zur Arbeit gehen. Sie gehören zu sogenannten sicheren Familien, und sofern sich deren Nachkommen an die Regeln halten, erben sie dieses Privileg. Sie alle tragen ein Armband, das sie selbst nicht abnehmen können. Frack zeigt mir seines. Er arbeitet für die familieneigene Bleicherei.

Als wir unten angekommen sind, sind wir sofort von der tiefsten Nox umgeben, weil hier alle Armen auf der gleichen Höhe wohnen. Nur bessergestellte Leute leben im Aufzugviertel. Ich helfe Frack, riesige Körbe schmutziger Wäsche zu leeren; dann verabschiede ich mich von ihm und gehe los. Ich kenne mein Ziel. Ich habe eine sehr lange Wegbeschreibung auswendig gelernt, etwa »zwanzig Schritte nach rechts, 82 Schritte nach links, noch 16 nach links …«. Nach acht oder neun Straßenecken halte ich inne, um sicherzugehen, dass ich nicht verfolgt werde. Es ist eine gute Entscheidung, denn ich entdecke zwei Kerle, die sich an meine Fersen geheftet haben. Ich will sie nicht konfrontieren, denn Igos Sicherheit ist das Wichtigste. Also verstecke ich mich hinter einer Mülltonne und beobachte, wie die Männer im Schein einer Laterne an mir vorbeigehen. Ich kenne ihre Umrisse: Es sind Maurce und Jea. Ich bin so glücklich, in dieser fremden Stadt Freunden zu begegnen, und hole sie schnell ein.

»Spioniert man einem alten Freund nach?«, frage ich mit zitternder Stimme.

»Wir sollten dich begleiten und aufpassen, dass du nicht von Polizisten oder den örtlichen Milizionären verfolgt wirst.«

»Ihr verhaltet euch ja nicht besonders unauffällig, Jungs. Ich hätte nicht damit gerechnet, euch je wiederzusehen! Das freut mich so sehr.«

»Achten wir lieber wieder auf die Sicherheit«, schlägt Maurce vor. »Wenn wir dein Versteck erreicht haben, können wir noch genug reden.«

Der Weg endet in einem kleinen Hof, in dem ein Mann mich erwartet. Wir gehen in seine Werkstatt, in der es genauso riecht wie damals bei meinem Vater.

»Ich heiße Franis. Ich werde dich in meinem Keller verstecken, solange es nötig ist. Im Gegenzug wirst du mir bei der Arbeit zur Hand gehen.«

»Gerne.«

Ich umarme meine Freunde und lasse mich von meinen Gefühlen überwältigen. Als ich mich von Maurce löse, versuche ich zu lächeln, um meine Freudentränen zu verbergen. Ich erfahre, dass die vergangenen Monate nicht nur für mich schwer waren. Maurce hat Augenringe und graue Schläfen. Neugierig betrachtet mein Sohn meine Freunde von früher.

»Mal abgesehen von dem Bart, der deine eingefallenen Wangen bedeckt, hast du dich nicht sehr verändert«, findet Jea. »Taf hat uns von deiner Ankunft hier erzählt, und ...«

»Taf ist in der Gegend?«

»Ja, er kommt später vorbei.«

Ein Stück meiner Vergangenheit holt mich ein. Ich erzähle meinen Freunden von Firmies Situation.

»Wenn wir etwas für dich tun können, sind wir immer dazu bereit«, verkündet Maurce.

»Selbstverständlich«, stimmt Jea zu.

»Danke, Jungs. Ich habe nie an eurer Treue gezweifelt.«

Ich betrachte Maurce. Ich sehe noch vor mir, wie seine Frau einsam durch unser Viertel irrte, und verstehe nicht, wie er sie und das gemeinsame Kind zurücklassen konnte.

Aber ich weiß nicht, wie ich die Sache ansprechen soll. Wir sehen einander schweigend an. Irgendwann fragt Jea:

»Wen hast du getroffen, als du wieder in unserer alten Unterstadt warst?«

»Meine Schwester und ihren Verlobten Syvain, mit dem ich früher Ratten gejagt habe. Und Sionne.«

»Habt ihr miteinander geredet?«, fragt Maurce tonlos.

»Ja, sie hat mich angesprochen, als ich auf der Suche nach Firmie war. Sie wollte, dass ich sie besuche, aber ich bin lieber nicht hingegangen. Irgendwie hatte sie sich verändert.«

»Du hast richtig entschieden. Sie hätte dich bestimmt in Gefahr gebracht. Sie ist oft bei der Miliz, und es kursieren viele Geschichten über sie. Sie ist nicht mehr die Sionne, die du von früher kennst. Die von früher ist gestorben, nachdem sie im Kerker der verdammten Jaspisten war.«

»Was ist geschehen?«

»Nach dem Attentat, bei dem Gerges' Mutter ums Leben gekommen ist und das dir angelastet wird, entschied sich die Miliz für eine neue Strategie: Sie konzentrierten sich hauptsächlich auf die Familien der Aktivisten oder Sympathisanten. Manchmal nahmen sie sogar zufällig Leute fest und quetschten sie aus. Sie terrorisierten und quälten sie und drohten mit dem Schlimmsten. Eines Morgens wurde Sionne aufgegriffen und tagelang gefoltert. Damals war sie im sechsten Monat schwanger. Ich weiß nicht genau, was sie mit ihr gemacht haben, weil sie es mir nie sagen wollte, aber am Ende brach sie zusammen und nannte ihnen das Versteck meiner Gruppe. Zum Glück war ich gerade nicht dort, als alle meine Freunde festgenommen wurden. Seitdem sind die Jewowisten überzeugt, dass ich ein Verräter bin. Kurz danach habe ich mich hier versteckt und eine neue Identität angenommen. Sobald ich konnte, stattete ich meiner Frau heimlich einen Besuch ab. Aber sie war nicht mehr sie selbst. Sie schreckte beim kleinsten Geräusch auf, schrie nachts im Schlaf, und ich durfte sie nicht anfassen. Ich wollte, dass sie mit mir ins Exil geht, aber sie weigerte sich. Jedes Mal wenn ich dort war, versuchte ich sie zu überreden, aber sie gab nicht nach. Ich hoffte, dass die Geburt unseres Kindes die Sache schon regeln würde, und anfangs gab mir Sionnes wiederentdeckte Lebensfreude recht. Doch bald setzten ihre Krisen wieder ein. Sie sagte, sie fürchte sich vor mir, ich brächte ihr und unserer Tochter Adrenne Unglück. Eines Tages sagte sie, sie wolle mich der Miliz ausliefern.«

Er verbirgt sein Gesicht einen Augenblick in den Händen. Dann spricht er kaum hörbar weiter:

»Ihre Eltern erzählten mir eines Abends, dass sie all das Geld, das ich ihr brachte, für Medikamente und Drogen ausgab und deshalb im Müll nach Essen suchen musste. Niemand durfte sich Adrenne nähern, und Sionne behandelte sie gegen Krankheiten, die das Mädchen nie hatte. Der Kleinen ging es immer schlechter. Ich hatte Angst, sie zu verlieren. Also … also kam ich eines Nachts, nahm meine Tochter mit und … ließ Sionne zurück – die einzige Frau, die ich in meinem ganzen Leben geliebt habe.«

Er bricht in Tränen aus. Erschreckt schmiegt Igo sich an mich. Ich lege meinem Freund den Arm um die Schultern. Wir bleiben lange so stehen und denken über das eigene Unglück und das des anderen nach. Genau wie ich hält er nur durch, weil er sein Kind großziehen muss. Jea hält sich im Hintergrund. Ich frage ihn:

»Und du? Was führt dich hierher?«

Er zögert. Maurce versetzt ihm einen freundschaftlichen Schubs.

»Los, Jea, erzähl es ihm. Wenn hier schon einmal jemand glücklich ist, muss er das auch teilen.«

»Es stimmt, ich schäme mich beinahe, es vor euch auszusprechen, wo ihr es doch so schwer habt. Aber ich bin aus Liebe hergekommen und sehr glücklich. Erinnerst du dich an Drine, die kleine Unterhundert meiner Träume, von der ich euch vor deiner Festnahme ständig vorgeschwärmt habe? Ich habe sie geheiratet, und wir haben einen Sohn. Wir sind hierhergezogen, weil meine Eltern unsere Verbindung aus gesellschaftlichen Gründen ablehnten – was sie ja nach dem Gesetz auch dürfen. Also sind wir geflohen und haben uns falsche Papiere besorgt. Wie du siehst, ist das hier so üblich. Wenn du hierbleiben willst, hast du auch bald welche.«

»Ich will hier nicht lange bleiben. Zu viele Leute suchen nach mir. Außer der Miliz und der Polizei sind mir auch noch die Soldaten aus dem verseuchten Wald – man nennt sie auch Rihards Hunde – auf den Fersen.«

»Und wohin willst du gehen?«

»Ich muss diesen Ort verlassen, aber ich weiß noch nicht, mit welchem Ziel. Vor Firmies Verurteilung dachte ich, wir könnten uns für immer auf einer abgelegenen Isola ansiedeln. Aber ohne sie bin ich nicht in der Lage fortzugehen.«

Wenig später kommt Taf. Er streichelt mir väterlich über den Kopf. Ich finde ihn gar nicht mehr so beeindruckend wie früher. Er wirkt müde, verbraucht und atmet geräuschvoll. Doch er hat immer noch diesen wachen, beruhigenden Blick. Ich danke ihm für seine Hilfe und erzähle ihm von meinen Problemen. Er hört mir schweigend zu und sagt dann sehr überzeugt:

»Ändere nichts an deinen Plänen. Brich, sobald du kannst, zu deiner Isola auf. Hier oder in jeder anderen Stadt wirst du keine zwei Jahre überstehen. Eines Tages wirst du geschnappt, oder jemand verrät dich. Mach dir keine Sorgen um Firmie. Ich werde mich um sie kümmern, wenn sie entlassen wird, und sie zu dir und deinem Sohn bringen.«

»Du weißt, dass das eine Reise ohne Rückkehr wäre?«

»Wer sagt, dass ich nicht auch Lust habe, den Rest meines Lebens auf einer abgelegenen Isola zu verbringen?«

Gerges

Als wir Ludmillas Haus verlassen haben, fragt mein Vater mich:

»Und, Gerges, glaubst du, dass sie uns alles gesagt hat?«

»Nein. Sie hat Geheimnisse vor uns. Und sie gibt sich hochnäsig, aber eigentlich hat sie Angst.«

»Das glaube ich auch. Die Konfrontation mit ihrem Vater wird jedenfalls nichts bringen. Du musst sie weiter beobachten und sehen, mit wem sie Umgang hat. Ich bin sicher, dass Lucen sich hier im Viertel bei einem ihrer Bekannten versteckt. Ich werde mich mit Rihard in Verbindung setzen, damit wir zusammenarbeiten. Wir müssen außerdem so schnell wie möglich die Ablegestelle der Zeppeline überwachen lassen. Früher oder später wird Lucen versuchen, die Stadt zu verlassen.«

»Meine Männer sind schon an Ort und Stelle«, sagt Quentin, der inzwischen zu uns gestoßen ist. »Gehen wir wieder ins Kommissariat, vielleicht gibt es Neuigkeiten. Und du könntest zu Hause anrufen, wenn du willst.«

»Nein, das ist nicht nötig. Meine Freundin Horense ist nicht der Typ, der sich Sorgen macht.«

Auf der Polizeistation erfahren wir, dass Firmie zu zwei Jahren Zwangsarbeit in einer Strafanstalt verurteilt wurde. Das bedeutet wohl, dass sie in die Bordelle an der Grenze geschickt wird. Wäre sie in der Unterstadt geblieben, hätte sie weniger oder wenigstens kürzer zu leiden gehabt. Ein Wachmann berichtet meinem Vater, dass ein dringender Anruf der Miliz eingegangen sei. Mein Vater ruft zurück. Kaum hat das Gespräch begonnen, vergräbt er sein Gesicht in den Händen. Sofort gehe ich zu ihm. Er bleibt lange reglos. Endlich steht er auf. Er ist blass und schwankt. Er stützt sich auf mich und sagt kaum hörbar:

»Horense wurde erwürgt in unserem Haus aufgefunden. Sie hatte einen Zettel im Mund. Darauf stand: *Als Nächstes ist dein Sohn dran, und diesmal erwischen wir ihn*. Gerges, du setzt die Ermittlungen hier fort, und ich gehe zurück in die Unterstadt. Ich werde dir sagen, wann du zurückkehren kannst.«

Die Flüchtlinge werden nie von meinem Vater ablassen. Selbst wenn er Dutzende ihrer Häuser niederbrennt und einige Clanmitglieder ausschaltet, wird die Bedrohung nie aufhören. Er müsste sich mit ihnen treffen und Frieden schließen. Aber ich weiß, dass solche Kompromisse seine Kräfte übersteigen. Ich werde jedenfalls wachsam bleiben, denn selbst mitten in der Oberstadt haben diese Mörder Komplizen. Horense bin ich nur drei- oder viermal begegnet. Sie war sehr zurückhaltend, und ich weiß fast nichts über sie.

Quentin erzählt mir, was die Polizei über Ludmilla und einige ihrer Mitschüler weiß. Sie hat mit Mitgliedern der Jewowisten Umgang, aber auch mit der Freundin eines extremistischen Jaspisten. Vielleicht ist das ein Trick von ihr. Dann erzählt Quentin von den Schwestern Broons, deren militanter jewowistischer Bruder bei einer Demonstration ums Leben kam. Sie stehen im Verdacht, Sympathisanten um sich zu sammeln. Ihre Zelle ist aber nicht besonders aktiv und wird momentan nicht ernst genommen. Ich sehe mir die Fotos genau an, die die Polizisten von den Jugendlichen der Gruppe gemacht haben, damit ich sie erkenne, wenn ich sie sehe, und ihnen morgen folgen kann. Quentin bietet mir Zivilkleidung an. Ich soll nicht auffallen.

In der Nacht muss ich an Snia denken. Ich versuche mir einzureden, dass sie nicht in Gefahr schwebt, weil sie der Familie der Flüchtlinge entstammt und allein ich in dem Drohbrief erwähnt werde. Ich habe sie erst vor einigen Tagen verlassen, und doch fehlt sie mir schon schrecklich. Ich hoffe, mein Vater sucht sie auf und erklärt ihr, warum ich sobald nicht zurückkehren werde.

Tagsüber sind die Verdächtigen in der Schule, und ich halte mich in der Nähe von Ludmillas Haus auf. Nach ein paar Stunden fruchtloser Beobachtung beschließe ich, bei allen Nachbarn zu klingeln. Gegenüber zu Hause gebliebenen Müttern, die mir die Tür öffnen, gebe ich mich als Schulfreund des Sohnes oder der Tochter aus. Ich behaupte, ihr Kind habe mich beauftragt, dem »Besucher des Hauses« unauffällig eine Nachricht zu überbringen. Ich weiß, dass das kein besonders guter Trick ist, und ich erwarte nicht, direkt zu Lucen gebracht zu werden, gleichzeitig hoffe ich, bei jemandem Nervosität festzustellen. Das wäre wenigstens eine Spur.

Schnell muss ich allerdings feststellen, dass meine Vorgehensweise keine Erkenntnisse bringt. Bei den Broons ist den ganzen Tag niemand zu Hause. Die Mutter eines gewissen Gonzague bombardiert mich mit Fragen und droht mit einem Anruf bei der Polizei, falls ich sie nicht in Ruhe ließe. Bei einem Jungen namens François bietet mir eine alte Dame Tee an und erzählt mir ihr ganzes Leben, ohne dass ich auch nur einmal zu Wort komme. All diese Leute bewohnen große Häuser. Lucen könnte sich hier leicht verstecken, ohne dass die Eltern etwas merken würden. Um Gonzagues Haus schleiche ich länger herum, weil ich seine Mutter recht aggressiv fand. Später werde ich Erkundungen über ihn einziehen. Über der Garage seiner Familie ist ein Fenster. Die Vorhänge sind zugezogen. Ich verstecke mich hinter einer Hecke und beobachte das Haus fast eine Stunde lang. Einmal habe ich kurz den Eindruck, der Vorhang bewege sich.

Nach der Schule folge ich den Schwestern Broons, die jedoch sofort nach Hause gehen. Ich bedaure, meinen Posten am Haus von Gonzague aufgegeben zu haben, denn ich bin sicher, dass ich am Ende Glück gehabt hätte. Auf dem Kommissariat berichte ich Quentin von meinen Beobachtungen. Er konsultiert die Akten und sagt, die Eltern des verdächtigen Gonzague seien aktive Mitglieder einer konservativen, gegen die Wiedervereiniger gerichteten Partei. Ich erzähle von dem Vorhang, der sich über der Garage bewegt hat. Ohne weitere Beweise könne er keine Hausdurchsuchung verlangen, erwidert er.

»Die Regeln sind hier streng. Wir können die Leute nicht so einfach drangsalieren. Manchmal bedaure ich das.«

»Ich könnte in der Nacht vorbeigehen und mich im Haus umsehen. Dann wäre ich ganz sicher.«

»Das verbiete ich dir. Ich will nicht, dass du von einer Patrouille aufgegriffen und sofort in die Unterstadt zurückgeschickt wirst. Dein Vater wollte dich schützen, indem du hierbleibst. Übrigens, ruf ihn doch an und frag ihn, wie es ihm geht. Das würde ihn freuen.«

Ich gehorche, erreiche meinen Vater aber nicht zu Hause. Ich wähle die Nummer der Miliz. Dort wurde er seit dem späten Nachmittag nicht mehr gesehen. Beim Gehen habe er gesagt, er wolle den Abend allein verbringen. Clude sagt, er sei »völlig verzweifelt« gewesen.

»Ich habe ihn noch nie so gesehen«, fährt er fort. »Wenn er morgen früh nicht pünktlich hier ist, statte ich ihm einen Besuch ab, in Ordnung?«

»Glaubst du, er hat eine Dummheit gemacht?«

»Ehrlich gesagt habe ich daran auch schon gedacht. Aber unser Chef Grégire würde sich eine derartige Schwäche nie leisten.«

Den ganzen Abend lang denke ich an Cludes Worte und an das blasse Gesicht meines Vaters, als er ging. Selbst als ich müde werde, verlässt mich die Angst nicht. Gegen zwei Uhr in der Früh ziehe ich meine Polizeiuniform an und gehe Richtung Unterstadt. Ohne ein Wort passiere ich die Grenze. Je näher ich Horenses Haus komme, umso unwohler fühle ich mich. Kurz mache ich bei mir zu Hause halt, weil es auf dem Weg liegt. Snia wacht auf und öffnet mir. Ich küsse sie. Sie beharrt darauf, mich heute Nacht zu begleiten. Wir rennen zum Haus meines Vaters. Alles ist verschlossen. Minutenlang hämmere ich gegen die Tür. Snia versucht, mich zu beruhigen:

»Lass ihm doch etwas Zeit. Vielleicht ist er im Tiefschlaf und wacht nicht so leicht auf.«

Ich höre ihr kaum zu und klopfe immer stärker. Nachbarn treten auf die Straße, aber als sie meine Uniform sehen, zögern sie. Ich kann mich nicht mehr zurückhalten und breche mit aller Kraft die Tür auf. Sie leistet keinen großen Widerstand. Snia folgt mir ins Haus. Tastend bewegen wir uns vorwärts. Hier bei Horense kenne ich mich überhaupt nicht aus. Ich stoße gegen meinen Vater und schließe ihn in die Arme. Für eine Sekunde will ich glauben, alles sei gut und ich hätte mir umsonst Sorgen gemacht. Ich … ich kann ihn nicht umarmen … es ist, als sei er gewachsen oder … hinge irgendwo. Snia hat Kerzen entdeckt. Plötzlich ist es hell im Zimmer. Mein Vater hängt an einem Seil unter der Decke. Ich versuche, seinen

Körper anzuheben, damit so wenig Druck wie möglich auf seinem Hals lastet.

»Schneide das Seil durch, Snia. Klettere auf den Tisch und schneide das Seil durch. Vielleicht lebt er ja noch.«

Ich sehe nicht, was sie tut, sondern halte meinen Vater einfach nur fest. Meine Tränen benetzen seine Hose. Plötzlich geben meine Beine nach und ich falle mit ihm zu Boden. Sein Gewicht erdrückt mich fast. Mühsam krieche ich unter ihm hervor. Snia drückt Zeige- und Mittelfinger auf seine Halsschlagader. Dann nimmt sie mich lange in die Arme. Ich flüstere ihr ins Ohr:

»Ich bin zu spät gekommen ... Wenn ich Clude gleich hingeschickt hätte ... Wenn ich das gewusst hätte, dann ...«

»Ruhig, Liebling, es ist nicht deine Schuld. Mach dir keine Vorwürfe.«

Meine Frau hilft mir, mich auf einen Stuhl zu setzen, und verlässt allein das Haus, um den anderen Bescheid zu sagen. Warum hat er mir das angetan? Ich habe ihm in allem zur Seite gestanden. Ich war ihm so treu wie sein Schatten. Ich weiß, dass er begonnen hatte, mich zu lieben, und zwar nicht nur, weil ich sein Sohn war. Ich hatte sein Vertrauen gewonnen, und er hatte mir meine Jugendsünden und falschen Freundschaften verziehen. Was habe ich getan, dass er mich so zurücklässt?

Wenig später treffen die Männer von der Miliz ein. Sie legen meinen Vater aufs Bett und bedecken ihn mit einem Tuch. Clude durchsucht seine Taschen und findet eine Nachricht, die an mich gerichtet ist. Er reicht mir den Zettel, aber ich reagiere nicht.

»Willst du, dass ich das laut vorlese, oder ...«

»Lies vor«, seufze ich.

Clude räuspert sich.

Gerges, sie wollen nur mich. Das weißt du ganz genau. Damit du verschont wirst, muss ich mich opfern. Ein Vater muss das für seinen Sohn tun. Man muss die Naturgesetze respektieren. Die Söhne dürfen nicht vor den Vätern gehen.

Ich tue es, weil ich dich liebe, mein Sohn, und weil du auf diese Weise ein langes und glückliches Leben haben wirst.

Dein Vater

Bitte finde Lucen und hänge ihn auf.

Die Männer setzen sich an den Tisch.

»Worum geht es hier? Wie sollen wir das verstehen? Wer wollte Grégire an den Kragen?«

»Hat er euch nicht von Smons Brief erzählt?«

»Nein«, antwortet Marcl ungläubig. »Er hat uns sogar gesagt, er verstehe gar nicht, warum man es auf Horense abgesehen habe, aber er wolle dennoch, dass du dort oben bleibst.«

Ich erzähle ihnen die ganze Geschichte.

»Ich habe ja etwas geahnt«, meint Clude. »Eines ist klar: Niemand darf wissen, dass er sich erhängt hat. Ein Chef der Miliz erhängt sich nicht, sondern stirbt im Kampf. Gerges, es wäre vielleicht besser, wenn du nach Hause gingest und uns das hier überließest. Ich komme später vorbei, einverstanden?«

»Einverstanden.«

Am nächsten Morgen berichtet mir Clude, dass alles geregelt sei. Genaueres sagt er mir nicht. Ich frage nach. Widerwillig erzählt er, sie hätten Dimitr, den wichtigsten bekannten Ganovenboss der Flüchtlinge der Unterstadt, geschnappt und in Horenses Haus gebracht. Dort hätten sie ihn gezwungen, seine Fingerabdrücke auf einer Pistole zu hinterlassen, und hätten ihm geholfen, auf den Leichnam meines Vaters zu schießen. Danach hätten sie ihn hingerichtet. Direkt im Anschluss hätten sie das Ganze einem Journalisten berichtet und ein paar Häuser im Flüchtlingsviertel angezündet. Als Clude fertig ist, lehnt er seine Stirn an meine. Ich weiß nicht, warum, aber ich höre mich sagen:

»Danke.«

Heute früh habe ich meinen Vater begraben. Clude wurde zu seinem Nachfolger bestimmt. Es ist eine gute Wahl. Die Zeremonie zog sich ewig hin. Zahllose Unbekannte schüttelten mir die Hand und sagten alle ungefähr das Gleiche, bestimmt ohne es wirklich so zu meinen. Es wäre mir am liebsten gewesen, wenn nur die Angehörigen der Miliz meinem Vater die letzte Ehre erwiesen hätten.

Seit einigen Tagen habe ich ein komisches Gefühl, über das ich aber nicht mit den anderen spreche, weil ich mich schuldig fühle. Natürlich bin ich traurig über den Tod meines Vaters, aber ich empfinde auch eine Art Erleichterung, als seien die Ketten, die mich binden, plötzlich gelöst worden; als sei eine zu schwere Last von mir genommen. Ich bin jetzt frei – gefährlich frei. In meinem Umfeld gehen die Meinungen auseinander. Snia drängt mich, meiner gewalttätigen Vergangenheit bei Polizei und Miliz den Rücken zu kehren:

»Du musst an unser Baby denken. Es braucht einen Vater. Du kannst jetzt nicht mehr riskieren, jeden Moment in einer Schießerei umzukommen.«

Die anderen ermutigen mich, der Familientradition und dem, was ich bin, treu zu bleiben:

»Du kannst doch nichts anderes, Kleiner«, betont Marcl. »Du hast gar keine Wahl.«

Nach einem langen Gespräch mit Clude und um den letzten Wunsch meines Vaters zu respektieren, beschließe ich, in die Oberstadt zurückzukehren und die »Mission Lucen« abzuschließen.

»Danach sehen wir weiter«, sage ich Clude zum Abschied.

Er lächelt. Er glaubt keine Sekunde lang, dass ich mein Leben ändern könnte. Er jedenfalls wäre dazu nicht in der Lage.

Ein paar Stunden später bin ich in der Oberstadt und erfahre von Quentin, dass Lucen unten in Großstadt gesehen wurde. Unverzüglich gehe ich zur Ablegestelle, um einen Zeppelin zu nehmen. Es ist das erste Mal für mich, dass ich fliege. Ich versuche, meine Aufregung nicht zu zeigen. Als der Motor startet, klammere ich mich an ein Halteseil. Der Zeppelin bewegt sich langsam, und beinahe vergesse ich die Gefahr und konzentriere mich stattdessen auf die schöne Aussicht. Von hier oben sieht das dreckige dunstige Meer so schön aus – obwohl ich seine Gefahren nur allzu gut kenne. Die Sonne dringt ab und zu durch die Wolken und bringt den Himmel zum Leuchten. Wissen die Menschen um mich herum, welches Glück sie jeden Tag genießen dürfen? Warum wird Snia das vorenthalten? Die Haltung meines Vaters, ein »So ist es eben«, erscheint mir plötzlich als sehr schwaches Argument.

Und dennoch werde ich schon in wenigen Tagen wieder von den Ausdünstungen der Unterstadt umgeben sein – ohne Zweifel bis ans Ende meines Lebens.

Ludmilla

»Worüber beschwerst du dich, Ludmilla?«, fragt mein Vater hörbar begeistert am Telefon. »Sie haben doch angebissen. Genau das wollten wir.«

»*Du* wolltest es. Ich muss mich jetzt an einem Mord beteiligen, und du findest das gut.«

»Er ist wirklich ein Dreckskerl, das weißt du so gut wie ich. Du trägst damit zum öffentlichen Wohl bei, meine Tochter, und deine beste Freundin befreist du von einer schädlichen Beziehung, die ihr Leben vergiftet. Du musst dir sagen, dass du keine Wahl hast und einen Befehl ausführst. Du bist nur ein Werkzeug, du bist nicht verantwortlich. Also, geh jetzt schlafen, morgen wirst du die Dinge klarer sehen. Gute Nacht, Ludmilla.«

»Hast du kein bisschen Angst um mich?«

»Die Gruppe ist sehr gut organisiert. Und Yolanda wird in der Nähe sein.«

Ich halte den Hörer noch eine Weile ans Ohr – mein Vater hat längst aufgelegt. Ich sitze in der Falle. Ich muss meine Schuld abarbeiten und Lucens Familie retten. Hoffentlich geht es ihm wenigstens gut. Hoffentlich kann Igo dort, wo er jetzt ist, in Frieden aufwachsen und die große Aufgabe, die vor mir steht, bringt irgendjemandem ein wenig Glück.

Grisella geht wieder zur Schule und sprudelt fast über vor Begeisterung, denn der schreckliche Eugène hat sie am Vorabend besucht und ihr einen Berg Geschenke mitgebracht. Er hat sich sogar für seine jüngsten Ausschweifungen entschuldigt. Sie hat ihm verziehen und schwebt jetzt auf Wolke sieben. Doch ihre Erzählungen belasten mich, und wie immer sieht man mir das an. Bestenfalls interpretiert Grisella es als Sorge um sie, im schlimmsten Fall als Eifersucht. Aber ich weiß nicht, was ich sagen soll, um ihr ein besseres Gefühl zu geben. Auch Grisella schweigt und spricht den Rest des Tages kaum mehr mit mir. Irgendwie hoffe ich, dass sie unsere Freundschaft beenden will. Es wäre einfacher, wenn wir einander hassten. Wie soll ich ihr sonst nach dem Mord noch in die Augen sehen?

Zu Hause laufe ich ziellos umher und bin weder in der Lage, Hausaufgaben zu machen, noch etwas anderes zu tun. Ich ärgere mich, dass ich mich in so ein Abenteuer habe hineinziehen lassen. Wie soll ich den Schwestern Broons und meinem Vater erklären, dass ich für solche Aktionen einfach nicht gemacht bin? Ich rufe Francois an. Er wird vorbeikommen.

Wenig später sitzen wir zusammen in meinem Zimmer. Ich brauche ihm nicht zu erklären, warum ich Angst habe.

»Du denkst an unsere nächste Mission, nicht wahr?«

»Hast du so etwas schon einmal getan … ich meine, jemanden getötet?«

»Nein. Aber eines Tages musste es so kommen. Falls es dir hilft: Ich habe gerade erfahren, dass ich auch an der Aktion teilnehmen soll. Léna und Fiona werden ebenfalls dabei sein. Denk nicht zu viel nach. Komm in meine Arme und versuch, ein bisschen zu entspannen.«

Ich bin jetzt offiziell wieder im Schachklub willkommen. Léna und ich sitzen während des gesamten Treffens abseits, damit sie mir den Plan genau erklären kann. Danach darf ich Fragen stellen.

Weil Eugène sehr vorsichtig ist, glaubt Léna, dass er von mindestens zwei Leibwachen begleitet und eine Begegnung mit mir nicht als Zufall deuten wird. Ich muss ihn deshalb unter dem Vorwand kontaktieren, ich mache mir Sorgen um Grisella, die abwechselnd schwer depressiv und hochgradig euphorisch sei. Außerdem muss ich ihm zu verstehen geben, dass ich mich zu ihm hingezogen fühle, mir das aber wegen meiner Freundin unangenehm sei. Weil Eugène sehr direkt ist, glaubt Léna, dass er mich zu einem Gespräch in eines seiner Verstecke einladen wird. Wenn wir dort sind, wird er seine Beschützer wahrscheinlich fortschicken. Dann soll ich dafür sorgen, dass die Tür nicht verschlossen wird. Ein paar Sekunden später kommen dann meine Komplizen hinzu und beenden die Sache.

Ich frage, woher sie weiß, für welches Versteck er sich entscheiden wird. Sie sagt, alle Verstecke in diesem Gebiet würden gleichzeitig überwacht und es bestehe keine Gefahr, dass er davonkomme. Eine weitere Sache beunruhigt mich:

»Wenn die Polizei nach dem Mord ermittelt, wird sie

sich für die einzige Zeugin der Tat interessieren – nämlich für mich. Seine Leibwächter werden mich ja gesehen haben und dies den ermittelnden Beamten mitteilen.«

»Es ist vorgesehen, dass ein weiteres Exekutionskommando sie noch in der Nacht beseitigt, bevor sie zu ihrem Anführer zurückwollen.«

»Und wenn es euch misslingt? Ich meine, was ist, wenn Eugène überlebt oder noch sprechen kann, bevor er stirbt?«

»Vertrau uns, wir sind gut auf so etwas trainiert. Wir werden erst gehen, wenn wir ganz sicher sind, dass er tot ist.«

»Weißt du, wie lange ich ungefähr allein mit ihm in dem Raum sein muss?«

»Drei oder vier Minuten. Höchstens fünf.«

Noch am selben Abend erzähle ich all das meinem Vater. Ich höre, wie er sich am anderen Ende der Leitung die Hände reibt.

»Drei Extremisten weniger, ohne dass ich auch nur einen Finger krummmachen muss, und Beweise vor Ort, um im richtigen Augenblick die Mitglieder des Mordkommandos zu belasten. Das ist perfekt.«

»Willst du damit etwa sagen, dass du später Leute aus der Gruppe festnehmen und zum Tode verurteilen willst? Das sind Freunde von mir. Und wen wirst du auswählen? Auf keinen Fall François! Schwöre es!«

»Ich weiß es noch nicht. Jedenfalls brauche ich Schuldige. Es darf nicht der Eindruck entstehen, die Polizei sei unfähig, indem ich Mörder frei herumlaufen lasse.«

Ich finde, mein Vater lässt mich für meine Lügen und die Gefallen, die er meinen Freunden aus der Unterstadt erwiesen hat, einen viel zu hohen Preis zahlen. Nach dieser Aktion werde ich mich weigern, weiterhin ein doppeltes Spiel zu spielen. Ich werde ihn anflehen, nicht mehr für ihn arbeiten zu müssen. Wenn ich mich noch tiefer in diese Dinge verstricke, verliere ich meine Seele.

Als ahnte sie etwas, weicht Grisella in den nächsten Tagen in der Schule nicht von meiner Seite und überschüttet mich mit Freundschaftsbeweisen. Sie macht mir kleine Geschenke und Komplimente über meine Kleidung und vertraut mir wirklich intime Geheimnisse aus ihrer Beziehung zu Eugène an. Sie erinnert mich auch an mein Versprechen, mit ihr durch die Modegeschäfte zu ziehen. Ich fühle mich gezwungen, darauf einzugehen, und wir machen uns auf den Weg.

Wir verbringen einen wunderbar sorglosen, fröhlichen Nachmittag. Es gelingt mir über zwei Stunden lang, zu vergessen, dass ich in nur drei Tagen bereits der Grund für Grisellas Verzweiflung sein werde. Zum Abschied sagt sie mir, sie habe nie eine treuere und ehrlichere Freundin gehabt als mich:

»Du fühlst dich wenigstens nicht verpflichtet, immer meiner Meinung zu sein. Manchmal, wenn du dir um mich Sorgen machst oder mit etwas nicht einverstanden bist, zeigst du es mir. Ich habe Glück, dass wir einander begegnet sind.«

Ich bin tief bewegt. »Ich auch.«

Es ist acht Uhr abends; das Wetter ist mild. Ich trage eine enge Hose und eine weiße Bluse. Ich gehe allein die Straße entlang. Ehe Léna, die bei mir war, gegangen ist, hat sie die beiden obersten Knöpfe meiner Bluse geöffnet, um mein Dekolleté besser zur Schau zu stellen. Es ist eine Kleinigkeit, aber sie verstärkt mein ohnehin immenses Unwohlsein noch. Ich versuche zu lächeln. Es ähnelt eher einer Grimasse. Man verlangt hier etwas von mir, das meine Kräfte übersteigt; bestimmt werde ich alles verderben. Einen Augenblick lang stelle ich mir vor, Eugène aus irgendeinem Grund vielleicht doch nicht zu begegnen. Dann hätte ich wenigstens ein paar Tage Aufschub.

Doch er ist hier, keine 50 Meter von mir entfernt. Er steht auf der Straße und sieht mich an. Dann lächelt er seine beiden Leibwächter an, die sich sofort entfernen.

»Ein Engel auf der Straße! Endlich kommst du zu mir, Ludmilla.« Er betrachtet meinen Ausschnitt.

»Guten Tag. Ich bin gekommen, um … mit dir über Grisella zu sprechen.«

»Natürlich, über deine Freundin, die dich verehrt und mich ständig über eure außergewöhnliche Freundschaft vollsülzt. Sie wäre vielleicht ein wenig erstaunt, dich zu dieser Stunde allein mit mir anzutreffen.«

»Eugène, bitte mach die Dinge nicht unnötig kompliziert. Es war schon schwer genug für mich hierherzukommen …«

»Entschuldige. Wir sollten nicht hierbleiben. Wie du weißt, lebe ich leider ein wenig gefährlich und sollte mich abends nicht auf verlassenen Straßen aufhalten. Folge mir.«

Mit festem Griff nimmt er meine Hand und führt mich

durch schwach beleuchtete Gassen. Die beiden Leibwächter folgen uns in einiger Entfernung. Wie wollen die anderen nur herausfinden, wohin wir gehen? Ich habe Angst, meine Hand aus seinem Griff zu lösen. Er bleibt kurz stehen, legt mir lächelnd den Arm fest um den Hals und flüstert mir ins Ohr: »Mach dir keine Sorgen. Einem hübschen Mädchen habe ich noch nie Gewalt angetan. Ich tue nichts ohne dein Einverständnis.«

Plötzlich fühle ich mich kraftlos und kurz davor, die Sache abzubrechen. In meinen Ohren summt es. Mir ist heiß. Ich bin nicht in der Lage, Eugène Widerstand zu leisten. Also gehen wir weiter und machen bald vor einem Gebäude halt, in dem einer der Leibwächter verschwindet. Ein paar Minuten später kommt er zurück und raunt Eugène zu:

»Kein Problem. Alles in Ordnung.«

»Kommt in ungefähr einer Stunde wieder. Dann bringen wir dieses junge Mädchen nach Hause.«

Eugène bittet mich, ihm die Treppe hinaufzufolgen. Er wohne im zweiten Stock. Ich gehe die Stufen ganz langsam hoch, um Zeit zu gewinnen. Tief atmend versuche ich, ruhig zu werden. Er öffnet die Tür und schiebt mich sanft in die Wohnung. Wir stehen in einem kleinen Flur. Er schließt hinter uns zweimal ab.

»Das ist eines meiner Verstecke. Und zwar das schickste. Es hat ein Bad mit Toilette, eine Küche und vor allem ein großes Bett mit sauberen Laken.«

Er führt mich zum Bett und versucht, mich auszuziehen. Erst zieht er mir die Schuhe aus, dann knöpft er meine Bluse auf. Ich hole tief Luft:

»Ich möchte ins Bad gehen.«

»Geh, aber beeile dich. Ich warte nicht gern.«

Auf Zehenspitzen gehe ich zur Wohnungstür und entriegle sie. Dann verstecke ich mich im Bad. Vor dem Spiegel zähle ich langsam 180 Sekunden ab. Jetzt müssten sie hier sein, das haben sie mir versprochen … Die Badezimmertür öffnet sich. Eugène steht mir völlig nackt gegenüber.

»Wovor hast du Angst, Mädchen?«

Ich bin wie gelähmt. Er zieht mich zu sich heran, küsst mich auf den Mund und versucht gleichzeitig, mich weiter auszuziehen. In diesem Moment ertönt ein lauter Knall von der Eingangstür her. Ich spüre, wie Eugènes Umarmung sich lockert. Ich knie mich an die Wand, sammle meine Kleidungsstücke auf und halte sie vor meinen Körper. Im nächsten Augenblick beugt sich François zu mir hinunter und streichelt mein Gesicht.

»Es wird alles gut, mein Liebling. Wir sind jetzt hier. Ich helfe dir, dich wieder …«

»Nein, lass mich. Das kann ich allein.«

Langsam richte ich mich auf und ziehe mich an. Von nebenan dringen Kampfgeräusche, als hätten die anderen Schwierigkeiten, mit Eugène fertigzuwerden. Ich lasse Wasser über mein Gesicht rinnen. Das war wirklich knapp, aber dem Schlimmsten bin ich entkommen. Nebenan ist es jetzt still. Sie sind wohl fertig. Ich kehre ins Zimmer zurück. Eugène wird von drei Jungs zu Boden gedrückt. Fiona reicht mir ein Messer.

»Wir wollen, dass du ihm den Gnadenstoß versetzt. Betrachte es als Initiationsritus oder Feuertaufe. Danach gehörst du wirklich zu uns.«

Firmie

Ich sitze in einem Wagen und werde in die Innenstadt gebracht. Ich lasse mich gehen; Tränen benetzen mein Gesicht. Ich bin nicht sicher, ob ich Igo und Lucen je wiedersehen werde, und daran verzweifle ich. Werde ich bei der Auswahl durch die Ordnerinnen dem Schlimmsten entgehen? Wird Dimitr seine Rachepläne aufgeben? Man zerrt mich aus dem Wagen in ein Gebäude. Dort geht es durch einen grauen, schmutzigen Flur. Ich werde auf eine Holzbank gestoßen. Dabei knallt mein Kopf gegen die Wand. Die Wachen scheinen stolz darauf zu sein, denn sie klatschen sich gegenseitig ab. Anscheinend versuchen sie bei jedem Transfer, die Transportzeit vom letzten Mal zu unterbieten. Einer der beiden hält dem anderen eine Uhr vor die Nase.

Die nun folgende Wartezeit scheint mir endlos. Nach einer Stunde werden weitere Mädchen in den Raum geführt. Eine Gefangene hatte weniger Glück als ich und blutet an der Augenbraue, was ihre beiden Bewacher ärgert:

»So ein Mist, Blut! Hättest du uns nicht warnen können? Oder aufpassen?«, brüllt einer von ihnen sie an. Das Mädchen beginnt zu weinen.

Langsam füllt sich der Raum. Ich werde als Erste aufgerufen. Man bringt mich in ein kleines Zimmer, in dem zwei Frauen hinter einem Schreibtisch sitzen. Kaum stehe ich vor ihnen, schreit eine mich an:

»Na, du Verbrecherin! Komm näher, damit wir dich bewundern können! Warum ist dein Auge zu? Öffne es!

Wie entsetzlich! Eine Einäugige! Bist du die, die ›aus Versehen‹ eine Mutter getötet hat?«

»Ja.«

»Warst du eifersüchtig? Du weißt ja, dass niemand dich je haben will, oder?«

»Doch, vielleicht ein Blinder!«, lacht die andere.

»Du hast recht! Sagt man nicht, unter den Blinden seien die Einäugigen Könige? Aber Spaß beiseite. Sie kommt zum Putzen ins Allgemeine Krankenhaus. Mit Dreck kennt sie sich bestimmt aus!«

Ich habe die Auswahl überstanden. Eigentlich sollte ich mich freuen, aber ich fühle mich ganz leer. Ich betrachte die Geschehnisse aus der Ferne, als handle es sich gar nicht um mein Leben. Man bringt mich in einen anderen Raum, in dem ich wieder warten muss. Ich halte die Augen halb geschlossen und versuche, an nichts zu denken. Ein Mädchen setzt sich neben mich. Es riecht nach Unterstadt. Ich verliere jedes Zeitgefühl, und als man uns anbrüllt, wir sollten aufstehen, ist es, als erwache ich aus einem langen Schlaf.

Am Abend erfahre ich, wo ich die nächsten zwei Jahre verbringen werde: Es ist ein riesiges dunkles Gebäude mit gewalttätigen, unfreundlichen Wächterinnen. Kaum dort angekommen, werden wir in schwarze Uniformen gesteckt, müssen schuften wie Sklavinnen und dürfen mit niemandem in Kontakt treten, da wir zu absolutem Schweigen verpflichtet sind. Ich beginne sofort mit der Arbeit, denn ich bin zum Nachtdienst eingeteilt, damit ich »die Kranken nicht erschrecke«. Man öffnet mir die Tür zu einem Abstellraum, in dem es nach Desinfektionsmittel riecht, und zeigt mir meine Arbeitsgeräte. Eine Wächterin informiert mich, dass ich hier auch schlafen werde. Sie deutet auf einen Haufen schmutziger Tücher, die mir als Matratze dienen sollen. Dann zeigt sie auf einem Gebäudeplan, was ich jede Nacht zu erledigen habe. Sie schätzt, dass ich dafür ungefähr 15 Stunden brauchen werde.

»Da bleibt keine Zeit zum Träumen. Suche dir Anhaltspunkte. Wenn zum Beispiel Raum Nummer 7 nicht vor zwei Uhr morgens fertig ist, bist du zu langsam.«

Sie erzählt, meine Arbeit werde regelmäßig kontrolliert. Sei sie nicht zufriedenstellend, könne ich bestraft werden – durch Nahrungsentzug oder gar Stockschläge in Anwesenheit der anderen Gefangenen.

Ich ziehe die neongelbe Arbeitskleidung an. In den ersten drei Monaten muss ich weiterhin die Fußfesseln tragen. Erst bei Wohlverhalten werden sie mir abgenommen. Meine Wächterin geht. Endlich bin ich allein und kann die weiße Linse herausnehmen. Meine Pupille brennt. Ich stecke die Linse ein und beginne mit der Arbeit. Sie ist sehr anstrengend, aber genau das brauche ich, denn ich will so wenig Zeit wie möglich haben, mich zu erinnern und damit alte Wunden aufzureißen. Wenn ich mich nachts im Krankenhaus genügend verausgabe, werde ich tagsüber nur schlafen. Am Anfang der vorgeschriebenen Strecke bin ich völlig allein. Ich wische die Böden des Materiallagers und leerer Speisesäle. Dann sind die Zimmer der schlafenden Kranken an der Reihe. Sie atmen laut; manche reden im Schlaf. Auch Babys sind dabei. Ich betrachte sie. Gegen neun Uhr morgens bin ich fertig. Ich kann mich kaum aufrichten, weil mein Rücken so sehr schmerzt. Gebeugt schleppe ich mich zu meiner Kammer, lege mich auf die stinkenden Tücher und schlafe sofort ein. Einige Stunden später wache ich auf, weil der Hunger mir schier den Magen zerreißt. Ich habe schweren Muskelkater und kann mich kaum aufrecht halten, mache mich aber dennoch auf die Suche nach etwas Essbarem. Höflich frage ich die Wächterinnen, denen ich nach fünf Minuten des Umherirrens begegne, nach einem Frühstück.

»Wir haben dich vergessen. Wirklich schade«, sagt eine von ihnen lächelnd.

Tatsächlich scheint sie sich darüber zu amüsieren. Ich halte den Blick gesenkt. Sie fährt fort:

»Täglich gibt es zwei feste Mahlzeiten. Weil du nachts arbeitest, kannst du nicht mit den anderen essen. Geh in die Küche und sprich dich mit dem Koch ab. Aber mach dir nicht zu große Hoffnungen: Hier wirst du nicht dick.«

In der Krankenhausküche sind alle schwer beschäftigt. Niemand bemerkt mich. Viele tragen die gleiche Kleidung wie ich. Ein Mann brüllt herum und beleidigt andere Gefangene. Als er mich mitten im Getümmel sieht, bellt er:

»Was hast du hier zu suchen?«

»Ich arbeite nachts und habe seit 24 Stunden nichts gegessen.«

»Émilie, kümmere dich um sie.«

Ein sehr junges Mädchen unterbricht das Karottenschneiden und bedeutet mir, ihr in einen Nebenraum zu folgen.

»In jedem Fach ist eine Ration. Hier ist der Schlüssel für dein Fach. Es wird einmal täglich befüllt. Viel gibt es nicht. Wenn du nachts Reste auf den Tellern der Kranken findest, nur zu. Aber lass dich nicht erwischen! Was ist mit deinem Auge los?«

»Ich wurde in einem Kampf verletzt.«

»Und was ist mit der anderen passiert?«

»Sie ist tot.«

»Man sollte sich also besser nicht mit dir anlegen?«

Ich lächle beschämt und verkrieche mich wieder in mein Loch. Bis zur nächsten Schicht bleibt mir noch eine knappe Stunde. Ich nutze die Zeit, um die Brustbandage zu lösen, die mir in die Haut schneidet. Ich weiß nicht genau, warum, aber auf einmal hocke ich mich hin und weine lange.

In der zweiten Nacht bin ich viel zu langsam. Ich muss mehrmals innehalten, weil mir das Atmen schwerfällt. Während ich im Hauptflur Pause mache, überrascht mich eine Wächterin. Sie betritt den Raum, den ich eben gereinigt habe. Ich weiß nicht, ob ich auf mich aufmerksam machen oder mich verstecken soll. Die Flure sind nur mit Nachtlichtern bestückt, aber ich erkenne, dass es dieselbe Wächterin ist, die sich am ersten Tag um mich gekümmert hat. Regungslos bleibe ich in einer Ecke stehen. Ich will nicht, dass sie mich bemerkt, denn um diese Zeit sollte ich längst woanders sein. Sie wühlt in den Schubladen und verlässt den Raum mit ein paar Pappschachteln im Arm. Ich beeile mich, die verlorene Zeit aufzuholen. Hoffentlich bemerkt niemand, dass ich gegen Ende nicht mehr ganz so gründlich geputzt habe.

Am folgenden Nachmittag klopft jemand heftig an meine Tür. Ich ziehe die Uniform an und setze die weiße

Linse ein, aber offensichtlich dauert das meinem ungebetenen Gast zu lange.

»Du darfst dich nicht so verbarrikadieren!«, brüllt eine Wächterin von hinter der Tür.

Als ich herauskomme, schlägt sie mir in den Nacken. Ich muss ihr und ihrer Kollegin in ein Büro folgen. Es scheint ihrer Chefin zu gehören. Man stellt mich neben drei andere Frauen an die Wand. Mit ruhiger, erstaunlich sanfter Stimme sagt die Chefin, aus einem der Lager seien Medikamente verschwunden. Tag und Nacht hätten nur wir vier Zugang zu diesem Raum und stünden folglich unter Verdacht. Sie erklärt, wenn eine von uns in den kommenden Minuten gestehe, komme sie nicht wegen einer Strafverlängerung wieder vor Gericht, sondern erhalte lediglich zwanzig Stockschläge. Andernfalls würden unsere »Zimmer« und wir selbst genauestens durchsucht. Werde die Schuldige entdeckt, komme sie sofort ins Gefängnis, wo sie auf ein neues Urteil warten müsse. Die anderen Mädchen sehen mich an, als hätten sie mich bei dem Vergehen erwischt.

»Hat niemand etwas zu sagen? Seid ihr sicher? Nun gut, ihr habt es nicht anders gewollt.«

Ich werde zu meiner Abstellkammer gebracht, um beim Ausräumen zu helfen. Die gesamte Kammer wird durchsucht. Dann packen mich zwei Wächterinnen und ziehen mich nackt aus. Dabei sind sie ziemlich grob. Als sie fertig sind, lassen sie mich inmitten des Chaos zurück. Ich habe nur wenig Zeit zum Aufräumen und Essen, ehe ich wieder arbeiten muss.

Kurz danach erfahre ich in der Küche, dass keiner der drei anderen etwas nachgewiesen werden konnte. Wenn ich erzählt hätte, was ich in der vergangenen Nacht gesehen habe, hätte ich mir Ärger eingehandelt.

Heute versuche ich, die vorgeschriebene Putzzeit einzuhalten, um nicht wieder Zeugin einer peinlichen Szene zu werden. Da ich die Fliesen im Lagerraum wischen muss, habe ich Gelegenheit, an den Ort des Vergehens zurückzukehren. Alle Schränke und Schubladen sind abgeschlossen. Kein Schild zeigt an, wo sich die Medikamente befinden. Gegen sechs Uhr erlebe ich die erste Inspektion. Vor Müdigkeit falle ich fast um und habe Mühe, die Augen offen zu halten, während die Wächterin ihre Kritikpunkte vorträgt. Dennoch lautet ihr Fazit: »Wir haben schon Schlimmeres gesehen.« Das soll wohl eine Ermutigung sein.

Nach einer Woche erfahre ich, dass die junge Wächterin, die ich in jener Nacht im Lagerraum beim Diebstahl beobachtet hatte, aus gesundheitlichen Gründen nicht mehr hier ist. Als ich meine Essensration aus dem Fach in der Küche hole, schnappe ich Bruchstücke einer Unterhaltung zweier Mädchen auf, die gemeinsam einen Berg Kartoffeln schälen. Ich bekomme mit, dass die nun abwesende Wächterin schon seit einigen Monaten verdächtigt wurde, Morphium zu stehlen, um es selbst zu nehmen und es möglicherweise zu verkaufen.

In der folgenden Nacht zucke ich beim Putzen zusammen: Eine Kranke, die ich für schlafend hielt, berührt meinen Rücken. Ich atme tief durch und frage sie:

»Soll ich jemanden holen?«

»Nein«, flüstert sie. »Ich wollte mit Ihnen sprechen. Ich habe gehört, Sie sind neu hier. Ich möchte Sie um einen Gefallen bitten. Die Armen in der Unterstadt brauchen dringend Medikamente für ihre kranken Kinder, aber sie kommen nicht an die Medizin heran. Ich möchte wissen, wo sie aufbewahrt wird. Sie sollen nichts stehlen, sondern mir nur verraten, wo sie ist.«

Hinter uns stöhnt eine Patientin. Die andere wartet ein paar Sekunden, dann fährt sie fort.

»Zeichnen Sie mir einen Plan für morgen Nacht. Hier sind Papier und Bleistift. Es ist wirklich wichtig.«

»Ich muss hier putzen und bin neu. Ich weiß nicht, wo ...«

»Bitte, es ist für Babys, deren Leben am seidenen Faden hängt, kleine unschuldige Wesen, die schrecklich leiden.«

Als ich schnell Richtung Tür gehe, richtet sie sich auf und sagt in bestimmterem Ton:

»Eines Tages werden auch Sie ein Baby haben. Und vielleicht reicht Ihnen dann in der Not jemand die Hand. Denken Sie daran.«

Lucen

Ich wohne in Franis' Keller. Hier ist es sauber und ordentlich. Ich bekomme zu essen und habe sogar Zeit zu arbeiten. Igo ist sehr brav und immer fröhlich. Oft ist er bei Franis' Frau oder bei dessen Tochter auf dem Arm. Zweimal täglich kommt eine junge Amme vorbei, um ihn zu stillen. Ansonsten versuche ich, ihn mit gestampftem Getreide und Gemüse zu füttern. Momentan lehnt er beides noch kategorisch ab. Tagsüber halte ich gut durch und verbreite Fröhlichkeit, aber nachts verfolgen mich die Erinnerungen an Firmie. Ich habe immer den gleichen Traum: Meine Geliebte ist in Gefahr und ruft nach mir, während ich wie gelähmt im Bett liege und mich weder bewegen noch ihr antworten kann. Morgens wecken mich die ungelenken Zärtlichkeiten meines Sohnes. Sein vertrauensvoller Blick bringt mich dazu, aufzustehen und bis zur nächsten Nacht durchzuhalten.

Eine Frage lässt mich nicht los: Warum ist der Alte immer noch im verseuchten Wald gefangen, obwohl er so viele Beziehungen und Einfluss auf die Leute zu haben scheint? Franis erklärt mir, der alte Mann habe nie gewollt, dass Angehörige oder Freunde ihr Leben bei einer waghalsigen Befreiungsaktion für ihn aufs Spiel setzten.

»Alle, die ihm im verseuchten Wald begegnet sind, erzählen, er lebe wie ein Eremit, interessiere sich nicht für die Probleme der anderen und habe sich aufs Sterben eingestellt. Nur für dich hat er sich bisher so eingesetzt. Auch deshalb haben dir alle seine Freunde geholfen und würden es wieder tun, wenn du sie brauchst. Du hast alle wachgerüttelt.«

Ich will Franis und seiner Familie die Freude nicht verderben und behalte die letzten Worte des Alten für mich.

Mein Gastgeber hat entschieden, dass ich stets zu Hause bleiben soll. Dafür sollen die Leute zu mir kommen und die verschiedenen Ein- und Ausgänge des Hauses benutzen. Mein erster Besucher ist ein Spezialist in Sachen Isolas. Äußerlich erinnert er mich an Taf. Er nennt seinen

Namen nicht und verhält sich die ganze Zeit über hochnäsig, wie jemand, der mehr weiß als die anderen. Seine Informationen hat er von Polizisten und Oppositionellen. Ich habe bereits entschieden, wohin ich gehen werde, aber ich bin vorsichtig und will es für mich behalten. Auch Jea und Maurce habe ich mein Ziel nicht verraten – nicht, weil ich ihnen nicht vertraue, sondern weil sie vielleicht reden würden, wenn jemand drohte, ihren Familien etwas anzutun. Wenn es um Igos Leben ginge, könnte ich auch nicht lange dichthalten. Ich frage mein Gegenüber nach dem Zustand verschiedener Überland- und Flussrouten, auf denen ich die Isolas erreichen kann. Sind einige Routen gesperrt oder aus anderen Gründen ungeeignet? In welchen Gebieten sind die Ordnungskräfte momentan besonders aktiv?

»Wie ich sehe, bist du ein reflektierter Junge, und der Alte hat dich gut geschult«, urteilt der Mann. Dann entfaltet er eine Karte und erklärt mir die Lage.

Ich mache mir Notizen, die ich auswendig lernen und später verbrennen werde. Der Mann nennt mir den Namen des Führers, der mich aus der Stadt bringen wird, und erzählt mir von ihm. Mir gefällt, dass er sehr viel Erfahrung mit dem Verkehr in der Kanalisation hat. Die Polizei treibt sich dort immer noch nicht gerne herum. Aus dem Gedächtnis erstelle ich eine Liste mit Dingen, die ich für das Leben auf der Isola unbedingt brauche und die mir der Alte genannt hat. Ich übergebe die Liste an Franis, der alles binnen einiger Tage zusammentragen will. Wenn ich fortgehe, werde ich ihm mein ganzes Geld geben, denn dort, wo ich hingehe, werde ich es nicht brauchen.

Igos Amme Élane hat ihn gerade gestillt und trödelt jetzt noch ein bisschen, wie immer. Sie sieht mir beim Arbeiten zu und stellt Fragen. Sie erzählt, sie sei lieber bei uns im Keller, wo es friedlich zugehe, als bei sich zu Hause, wo es schrecklich sei. Ich habe das Gefühl, Firmie zu hören, als Élane von ihrer resignierten Mutter und ihrem gewalttätigen Vater erzählt. Im tiefsten Innern weiß sie, dass ihr Vater ohne den Einfluss des Alkohols der gute, ruhige Mensch geblieben wäre, der er früher einmal war. Je besser Élane uns kennenlernt, umso mehr erzählt sie mir aus ihrem traurigen Leben. Auch wenn ihr Elend mich manchmal belastet, lasse ich sie reden, denn ich glaube, dass sie sich danach besser fühlt. Sie hat schon zwei Kinder verkauft, sagt aber, sie bereue es nicht, weil sie keine guten Väter gehabt hätten und nun ein besseres Leben in der Oberstadt führten. Bei ihrem fünften Besuch macht sie mir ein direktes Angebot: Falls ich eine Gefährtin suche, während ich auf die Rückkehr meiner geliebten Frau – »falls sie eines Tages zurückkommt«, fügt sie hinzu –, warte, solle ich sie wählen. Sie wisse, dass ich fortgehen wolle, und erkläre sich bereit, mir überallhin zu folgen, um ihrem hiesigen Leben zu entkommen. Noch nie sei sie einem Mann begegnet, der mit seinem Kind so sanft und aufmerksam umgehe, nicht trinke und gerne arbeite. Momentan fühle sie sich nicht körperlich zu mir hingezogen, aber das werde mit der Zeit kommen. Sie hoffe, ich fände sie meinerseits angenehm und sauber. Danach sieht sie mich lange an – sie erwartet wohl eine Antwort. Wie so häufig, wenn Élane etwas erzählt, schweifen meine Gedanken ab. Doch jetzt merke ich plötzlich, was sie da eigentlich gesagt hat. Ich mache mir Vorwürfe, weil ich sie sich so habe offenbaren lassen. Ich hätte sie sofort unterbrechen müssen, aber ich habe nicht reagiert. Élanes Gesicht ist schmerzverzerrt. Bestimmt bricht sie gleich in Tränen aus. Ich versuche, nicht zu brutal zu ihr zu sein:

»Élane, ich kann keine andere Frau außer Firmie lieben.«

»Ich verlange nicht, dass du mich liebst.« Sie versucht, die Fassung zu wahren. »Ich bitte dich nur, mit euch beiden diesen Ort verlassen zu dürfen. An die Liebe glaube ich nicht. Versprich mir, darüber nachzudenken. Du brauchst ohnehin eine Amme.«

Als sie am Abend wiederkommt, will Igo, der am Nachmittag viel geweint hat, ihre Milch nicht trinken. Er wird sogar richtig wütend, als sie ihm ihre Brustwarze erfolglos in den Mund drückt. Sie sieht mich streng an.

»Warum will er nicht mehr? Findet er mich auch erbärmlich?«

»Élane, was sagst du da? Igo ist seit heute Mittag nicht gut in Form …«

Sie steht auf und reicht mir das Kind.

»Wenn das so ist«, sagt sie in einem Tonfall, den ich von ihr nicht kenne, »habe ich hier nichts mehr verloren.«

Sie zieht ihre Bluse wieder an und verlässt Türen knallend den Raum. Mein Baby ist sichtlich müde. Hoffentlich wird es nicht krank.

Jea berichtet mir am Abend von einem Gerücht, dem zufolge ein Polizist aus unserer Heimatstadt hier im Viertel ermittelt. Er rede mit den Ammen und durchsuche die Werkstätten aller Restaurateure. Der Beschreibung nach könnte es sich um Gerges handeln. Meine Freunde beschließen, mich in den nächsten Tagen nicht mehr zu besuchen. Denn falls unser einstiger Freund sie entdeckt, wird er sie nicht aus den Augen lassen, bis er mich gefunden hat. Es ist eine kluge Entscheidung. Ich erfahre außerdem, dass die Hundeführer aus dem verseuchten Wald in der Stadt ein Haus nach dem anderen durchsuchen. Sie haben den Hunden eins meiner Kleidungsstücke vorgesetzt und sie Witterung aufnehmen lassen. Zum Glück befinden sie sich derzeit noch in einem weit entfernten Sektor, aber früher oder später muss ich über einen Umzug nachdenken.

Franis weckt mich gegen zwei Uhr morgens und drängt mich, so schnell wie möglich meine Sachen zu packen. Unter seiner Tür wurde eine Nachricht durchgeschoben, der zufolge sein Haus durchsucht werden soll. Ich nehme den schlafenden Igo auf den Arm. Mein Gastgeber sammelt mein Gepäck ein und bringt uns zu einem Nachbarn, mit dem er sich den Hof teilt. Der Nachbar bringt mich in einem Kinderzimmer unter, in dem es ziemlich eng ist. Franis versucht, mich zu beruhigen:

»Morgen, wenn die Polizisten weg sind, kommst du zurück.«

»Woher wissen die Bescheid?«

»Ich weiß nicht. Darum kümmern wir uns später. In allen Vierteln gibt es Späher, die das Kommen und Gehen in der Nachbarschaft beobachten. Wahrscheinlich hat sich der Späher gewundert, dass eine Amme zu mir kommt. Wir müssen in den kommenden Tagen noch vorsichtiger sein.«

»Ich werde jedenfalls versuchen, früher abzureisen, damit Sie nicht in Gefahr geraten.«

Die Bewohner der umliegenden Häuser werden durch den Knall einer Explosion geweckt. Dann ertönen Schreie. Die Frau meines Gastgebers kommt ins Kinderzimmer, um ihre Kleinen zu beruhigen. Ehe sie wieder hinausgeht, versteckt sie mich unter einer Decke. Igo ist aufgewacht und schmiegt sich an mich, als spüre er meine Angst. Ich höre nichts mehr, aber ich stelle mir vor, wie nebenan Franis mit Frau und Kindern aus dem Haus gezerrt und vielleicht vor seinen Nachbarn geschlagen wird. Und all das wegen meines Sohnes und mir. Unter der dicken Decke ist es heiß. Igo wird unruhig. Vielleicht hat er Hunger? Wie immer flüstere ich ihm ins Ohr, aber diesmal scheint ihn das nicht zu überzeugen. Er jammert unablässig. Dann wird die Zimmertür geöffnet. Eine Fackel beleuchtet das große Bett, in dem wir und die beiden Kinder der Familie liegen. Eines der Kinder richtet sich vor Schreck auf und brüllt. Igo reagiert überrascht und wird ganz starr. Ich höre, wie sich jemand zurückzieht. Offensichtlich erträgt der Wachmann das Geschrei nicht und arbeitet auch nicht besonders gründlich.

Eine halbe Stunde später können wir hinaus. So schnell wie möglich bereite ich mit meinem kostbaren Vorrat an Milchpulver ein Fläschchen zu. Wie schon am Vortag will Igo nichts zu sich nehmen. Nach einer halben Stunde habe ich ihn mit viel Mühe dazu gebracht, ein Drittel der empfohlenen Menge zu trinken. Gegen Mittag holt Franis uns ab. Er sagt, ihm sei bei dem Polizeieinsatz nichts geschehen, aber ich merke, dass er sich einige Male mit schmerzverzerrtem Gesicht an die Seite fasst. Igo hat sich übergeben. Inzwischen bin ich wirklich besorgt. Reflexhaft verabreiche ich ihm ein Medikament gegen Husten, aber es hilft nicht. Franis lässt einen Arzt kommen, der meinen Sohn untersucht und eine schwere Infektion feststellt.

»Ich kann nur sein Fieber senken. Dann wird er wieder etwas trinken können, aber das zögert den Tod nur hinaus. Etwas anderes kann ich nicht tun. Hier in der Unterstadt gibt es dagegen kein wirksames Mittel. Manchmal bekommen wir etwas von den Aktivisten von oben, aber seit einiger Zeit haben wir keine Arzneien mehr erhalten. Die Kinder der Unterstadt haben offiziell kein Recht auf Behandlung. So regulieren die Behörden das Bevölkerungswachstum der Armen.«

»Ich weiß. Dort, wo ich herkomme, ist es genauso, aber damit werde ich mich nicht abfinden, wenn es um mein eigenes Kind geht.«

»Es tut mir leid.«

»Schreiben Sie mir den Namen des Medikaments auf. Vielleicht finde ich einen Weg.«

»Wenn Sie wünschen. Aber das würde mich sehr wundern. Außer Sie plündern die Vorräte des Krankenhauses in der Oberstadt.«

Ich schließe meinen Sohn in die Arme, der kaum die Augen öffnen kann. Für seine Heilung würde ich mein Leben geben. Der Tod eines Kindes ist eine Ungerechtigkeit, ein Irrtum der Natur. Das kann ich nicht zulassen.

Als der Arzt weg ist, sagt Franis mir leise ins Ohr:

»Ich will dir keine falschen Hoffnungen machen, aber seit ein paar Wochen versucht eine Gruppe von Jewowisten aus der Oberstadt, dieses Medikamentenlager im Krankenhaus auszurauben, um unsere Ärzte hier unten zu versorgen. Das Krankenhauspersonal besteht nur aus Krankenschwestern, die zugleich Wächterinnen sind, und Gefangenen. Eine Aktivistin täuscht seit zwei Tagen eine Krankheit vor und versucht, eine neu angekommene Gefangene zu überzeugen, uns zu helfen. Doch wahrscheinlich wird diese so ein Risiko nicht eingehen. Außer sie ist ohnehin lebensmüde …«

Gerges

Nach der Landung des Zeppelins erwartet mich ein Polizist aus Großstadt namens Damen. Auf dem Weg in die Unterstadt von Großstadt drückt er sein Beileid zum Tode meines Vaters aus und erläutert mir den Stand der Ermittlungen. Lucen wurde im Armenaufzug mit einem jungen Wäschereiangestellten gesehen, der ihm als Führer diente. Der Junge wurde aufgegriffen, wusste aber nichts Näheres. Er sei nur von einem Unbekannten dafür bezahlt worden, Lucen unauffällig von der Anlegestelle wegzubringen und ihn auf seiner Fahrt in die Nox zu begleiten.

»Du musst wissen, dass nicht nur wir hinter ihm her sind. Rihards Hundeführer sind auch vor Ort. Sie durchsuchen systematisch jedes Gässchen mit Hunden, die Lucens Witterung aufgenommen haben. Sie werden eine Weile brauchen – aber sie werden ihn finden. Rihard hat den Hundeführern das Schlimmste angedroht, sollten sie unverrichteter Dinge zurückkehren. Er hat es zu einer

Frage der Ehre erklärt. In der Vergangenheit ist es noch keinem Gefangenen geglückt, aus dem verseuchten Wald zu fliehen. Lucens Flucht ist für ihn also eine Premiere. Wenn du willst, dass Lucen gemäß der Gesetze erhängt und nicht von den Hunden zerfleischt wird, müssen wir schlauer sein als Rihards Männer.«

Mit ungefähr 20 weiteren Personen warte ich auf das Lichtsignal, das uns erlaubt, die große Metallkiste zu betreten, die uns in die Tiefe bringen wird. Alle anderen Passagiere tragen ein Armband.

Auf der Polizeistation der Unterstadt werden wir bereits von zwei Männern erwartet. Damen überlässt mir das Wort:

»Wir müssen alle Restaurateure der Stadt überwachen. Ich kenne Lucen und glaube, er wird arbeiten, um seine Flucht zu finanzieren. Wir wissen, dass er auf eine Isola will. Wenn ihr Bars kennt, in denen sich Spezialisten für diese Orte treffen, dann lasst eure Männer auch dort nach Informationen fahnden. Außerdem hat Lucen ein Baby bei sich, das noch nicht abgestillt ist. Es muss mindestens zweimal täglich von einer Amme versorgt werden.«

Die Männer machen sich Notizen und nicken. Dann reichen sie mir ein Blatt mit Namen und Adressen. Sie scheinen effizienter zu arbeiten als meine Kollegen zu Hause. Damen teilt seine Männer in mehrere Gruppen ein und erteilt ihnen unterschiedliche Aufträge.

In der Unterstadt von Großstadt gibt es keine Höhenunterschiede. Wir kommen ohne Schwierigkeiten voran. Diese Stadt ist viel größer als meine und ganz anders organisiert. Die einzelnen Handwerkerzünfte verteilen sich auf die verschiedenen Stadtviertel. Bei uns entscheiden vor allem soziale Unterschiede darüber, wo die Familien sich ansiedeln. Wir schnüffeln im Restaurateurviertel herum. Es gibt hier fast 20 solcher Werkstätten. Damen, der sich in der Gegend gut auskennt, schließt ein paar Namen auf meiner Liste von vornherein aus. Hier müssen wir nicht suchen.

»Das sind überzeugte Jaspisten. Wenn sie irgendetwas bemerken, werden sie uns Bescheid sagen. Sie wissen, dass Rebellion und Gewinn nie gut zusammenpassen.«

Wir klopfen an die erste Tür. Man begegnet uns äußerst feindselig, aber nicht mit der typischen Nervosität derer, die etwas zu verbergen haben. Schnell breche ich den Besuch ab. Damen wundert sich.

»Ich verlasse mich auf meinen Instinkt und beobachte mein Gegenüber. In den Blicken der Frau konnte ich nichts Auffälliges lesen.«

»Wie du willst. Das sind deine Ermittlungen«, urteilt er skeptisch.

Wir suchen sieben weitere Werkstätten auf – ohne Ergebnis. Damen schlägt vor, wir sollten uns in ein Bistro setzen, in dem viele Restaurateure verkehren. Dort könnten wir uns ausruhen und ein bisschen umhören. Ein paar Minuten später bekomme ich einen Schock, als ich im Schummerlicht der Bar Jea entdecke. Er stellt ein Paket zu und macht sich gleich wieder auf den Weg. Ich habe gerade noch Zeit, Damen auf ihn hinzuweisen.

»Kennst du ihn?«, fragt er.

»Er hat unsere Stadt vor einem halben Jahr verlassen, um mit einem Mädchen aus einer niedrigeren sozialen

Schicht glücklich zu werden. Ich weiß nicht, warum er hier gelandet ist. Vielleicht kann er uns zu Lucen bringen. Könntest du herausfinden, wo er wohnt?«

»Ja, diese Information ist nicht schwer zu bekommen.«

Wir begeben uns auf Jeas Spur. Das zahlt sich schnell aus, denn er führt uns zu einem anderen Flüchtigen: Maurce. Wir konzentrieren uns jetzt nur noch auf diese beiden. Ich bin sicher, dass sie mich direkt zu meinem Ziel führen werden. Meine früheren Freunde sind hier nicht als Aktivisten bekannt, und Damen bestätigt, sie hätten seit ihrer Ankunft an keiner einzigen jewowistischen Versammlung teilgenommen. Er hat ein verlässliches Netz an Informanten und ist sich seiner Informationen deshalb sehr sicher.

»Maurce ist also nur wegen eines Mädchens weggegangen? Das kann ich kaum glauben.«

»Vaterschaft verändert die Perspektive. Merkst du das nicht auch? Du hast doch erzählt, deine Frau sei schwanger?«

Abends treffen Mitglieder der lokalen Miliz auf der Polizeiwache ein. Sie beschweren sich, dass ich ihnen bislang keinen Besuch abgestattet habe. Ich sage, genau das hätte ich vorgehabt, müsse mich aber ganz auf die Arbeit mit Damen konzentrieren. Sie bestehen darauf, dass ich mit ihnen etwas trinken gehe und ihr Büro besuche. Das kann ich nicht ablehnen. Doch die Männer sind für mich Fremde, für die ich keinerlei Sympathie empfinde. Alles, was ich meinen Freunden von der heimischen Miliz verzeihe, schockiert mich hier zutiefst. Als sie mir ihre Kerker zeigen und von ihren schlimmsten Taten berichten, wird mir schlecht. Wie könnten sie verstehen, dass ich das Foltern stets den anderen überlassen habe, weil es in meinen Augen für den Täter ebenso erniedrigend ist wie für das Opfer? Zudem bin ich überzeugt, dass Folter nichts bringt – eine Meinung, die Clude übrigens teilt. Er erzählte mir eines Tages, unter Folter würde er alles zugeben. Ich erfinde gegenüber den Milizionären eine Ausrede – ein frühmorgendliches Treffen mit Damen – und schaffe es so, gegen ein Uhr nachts zu verschwinden. Ehe ich gehe, bieten sie mir jede Hilfe an, »die mir nützlich sein könne und gemäß der polizeilichen Richtlinien nicht zulässig wäre«. Ich bedanke mich und kehre zur Polizeistation zurück. Dort hat man mir eine Ecke als Schlafstatt eingerichtet. Mein Mangel an Begeisterung hat die Milizionäre sichtlich enttäuscht. Bestimmt machen sie meine Trauer dafür verantwortlich.

Der folgende Tag verläuft enttäuschend. Jea und Maurce gehen ihren täglichen Beschäftigungen nach, ohne dass wir irgendetwas daraus ableiten könnten. Für ihre jeweiligen Chefs führen sie die gleichen Arbeiten durch wie früher bei uns: Jea stellt zweifelhaft riechendes Backwerk her und liefert es aus; Maurce röstet und zerkleinert Insekten, um braunes Pulver daraus zu produzieren. Ich beobachte auch ihre Kinder und Jeas Frau, die berüchtigte Drine. Dabei muss ich an Snia und ihren wachsenden Bauch denken. Was für ein Vater werde ich sein? Ich glaube, ich werde meinem Kind sofort sagen, dass ich es liebe – selbst wenn es das noch nicht versteht. Ich werde damit nicht, wie mein Vater, bis zu meinem Tod warten und es in mein Testament schreiben. Über diesen

Gedanken vergesse ich im Lauf des Tages einige Male, warum ich eigentlich hier bin. Zum Glück erinnert Damen mich daran. Ich bin gekommen, um Lucen büßen zu lassen.

Gegen sechs Uhr abends berichtet eine Informantin aus dem Restaurateurviertel Damen, Lucen und dessen Sohn seien bei einem gewissen Franis im Keller. Ich glaube, wir sind bald am Ziel.

Damen ruft seine Truppen zusammen, um den Zugriff zu organisieren. Anhand einer Karte des Viertels platziert er an jeder Straßenecke Scharfschützen. Er erklärt, man müsse den gesamten Häuserblock durchsuchen, da es manchmal Verbindungen zwischen den einzelnen Wohnungen gebe. Er will den Überraschungseffekt nutzen und schlägt vor, in den frühen Morgenstunden zuzuschlagen, wenn alle schlafen. Auf diese Weise vermeiden wir, dass sich Schaulustige versammeln, unter denen meist auch Provokateure sind. Bis zum Einsatz sollen Damens Männer nach Hause gehen und sich ein wenig ausruhen.

»Hast du keine Angst, dass manche von ihnen in Bars gehen und dort von dem bevorstehenden Einsatz erzählen?«

»Das ist nicht unsere Art. Willst du unsere Informantin kennenlernen und mehr über Lucens Versteck erfahren?«

»Natürlich.«

Ein ungefähr 14-jähriges Mädchen wird ins Büro geführt. Sie weint. Ich sehe meinen Kollegen fragend an. Damen erklärt:

»Sie ärgert sich, weil sie etwas ausgeplaudert hat – dabei hat sie doch nur ihre Pflicht getan. Nicht wahr, Élane?«

Sie hält den Kopf gesenkt und schnieft laut. Schließlich stößt sie hervor:

»Er ist so ein netter Papa. Ich war wütend auf ihn, aber ich hätte nicht herkommen sollen. Und was werden Sie mit seinem Kind machen?«

Ganz ruhig erkläre ich ihr:

»Ich kenne diesen Lucen in- und auswendig. Glaub mir, an seinen Händen klebt Blut. Er hat in meiner Heimatstadt Bomben gebaut, mit denen man Mütter und Kinder töten kann. Für dich und deine Familie ist es besser, wenn er niemandem mehr schaden kann. Verstehst du das?«

»Ich glaube Ihnen nicht«, ruft sie und beginnt wieder zu weinen.

»Willst du etwa sagen, dass ich lüge?«

Ich bin laut geworden bei dieser Frage und kurz davor, sie zu schlagen. Ich atme tief durch, um mich zu beruhigen, und stehe auf.

»Ich werde nichts unternehmen; ich lasse euch machen«, sage ich im Gehen zu Damen.

Ich habe schreckliche Lust, nach Hause zu Snia zurückzukehren. Diese Menschenjagd ermüdet mich. Außerdem ist mein Vater nicht mehr da, um mir im Erfolgsfall zu gratulieren. Vor Damen und seinen Männern kann ich es nicht zugeben, aber es wäre mir sehr recht, wenn sie ihre Arbeit beenden würden. Gegenüber der uneinsichtigen Amme konnte ich nur eine Version der Geschichte wiederholen, an die ich selbst nicht mehr glaube. Nach allem, was ich inzwischen weiß, ist es klar, dass

Lucen am Tod meiner Mutter nur in zweiter Linie beteiligt war. Schuld waren vor allem die Flüchtlinge, die früher oder später auch meinen Vater zu fassen gekriegt hätten. Warum gebe ich die Verfolgung nicht einfach auf? Lucen hat mit mehr als einem Jahr Zwangsarbeit im verseuchten Wald für die Tat bezahlt. Warum erlaube ich ihm nicht, endlich in Ruhe mit seinem Kind zu leben? Snia hat mir die Augen geöffnet und gezeigt, was wirklich zählt. Meine Kollegen von der Miliz würden jetzt voller Abscheu sagen, sie habe mich verweichlicht und ich sei kein Mann mehr, wenigstens nicht so, wie sie sich einen vorstellen. Eigentlich wäre es jetzt an der Zeit, dass ich nur für uns drei lebe und nicht versuche, dem zu entsprechen, was andere in mir sehen wollen.

Damen ist mir gefolgt. Auf dem Flur tippt er mich freundlich an:

»Dank einiger Beharrlichkeit hat sie uns verraten, wie man in den Keller gelangt, in dem Lucen sich versteckt hält. Genau das wollten wir ja. Aber du scheinst dich nicht besonders zu freuen … Hast du genug? Nach all der Zeit wäre das verständlich. Aber ich glaube, wir sind fast am Ziel. Heute Nacht wirst du von einer schweren Last befreit.«

Wie soll ich ihm sagen, dass das Gegenteil der Fall ist?

Nachdem ich fast fünf Stunden geschlafen habe, rücken wir im Morgengrauen aus. Es ist beeindruckend still draußen. Als alle auf ihren Posten sind, bringt ein Sprengmeister eine Ladung vor der Tür des Hauses an, wo Lucen sich aufhalten soll, an. Ein paar Sekunden später birst die Tür in tausend Stücke. Wir treiben die Bewohner des Hauses in den Hof. Der Keller ist leer. Damen ist sehr enttäuscht und schlägt dem Familienoberhaupt den Gewehrkolben in den Magen. Ich bringe ihn zur Vernunft.

»Hör auf. Durchsuchen wir lieber die Nachbarhäuser, wie du es geplant hattest.«

Auf Damens Zeichen stürmen seine Truppen brüllend die umliegenden Häuser. Sie reißen die Bewohner aus dem Schlaf und bringen die Kinder zum Weinen. Jetzt ist das ganze Viertel wach. Um das Haus, wo die Explosion stattfand, bildet sich eine Menschenmenge. Einige Leute wirken aggressiv. Die Polizisten sind nervös und könnten plötzlich in die Menge schießen. Damen ruft seine Truppen zum Rückzug.

»Woher wussten sie von unserem Einsatz? Ich werde meine Männer befragen. Wenn ich herausfinde, dass einer von ihnen sich verplappert hat, werde ich ihn vierteilen. Entschuldige, Gerges, wir konnten dir in deinem Schmerz leider nicht helfen. Ich hätte dir so gerne geholfen, deine Mutter zu rächen.«

»Wir erwischen ihn schon noch«, sage ich.

»Du hast recht. Das Spiel geht von vorne los.«

Ludmilla

»Heute scheint es Ihnen besser zu gehen«, findet mein Kindermädchen. »Gestern Abend waren Sie in einem erbärmlichen Zustand – abgestumpft und nicht einmal in der Lage, allein ins Bett zu gehen. Ich musste Ihre Kleidung verbrennen; sie war voller Blut. Es war eine Vorsichtsmaßnahme.«

»Danke. Das haben Sie gut gemacht. Ich hoffe, dass ich so etwas nie wieder durchmachen muss.«

»Sie sind nicht für die Gewalt gemacht. Das habe ich Ihrem Vater gesagt. Übrigens müssen Ihre Freunde noch viel lernen, Ludmilla. Ich musste sozusagen hinter ihnen aufräumen und die Arbeit beenden. Ohne mich hätte einer der Leibwächter überlebt. Wobei sich die Frage stellt, ob das vielleicht beabsichtigt war.«

»Warum hätten sie ihn am Leben lassen sollen?«

»Ihr Vater glaubt, einige Mitglieder der Organisation hätten es bestimmt gern gesehen, wenn Sie direkt als Verdächtige infrage gekommen wären.«

Ich schwänze die Schule und warte den ganzen Tag auf Grisellas Anruf. Ich wage mir kaum vorzustellen, wie es ihr jetzt geht. Gegen 18 Uhr rufe ich selbst an, erreiche aber nur ihre Mutter. Sie sagt, ihre Tochter sei nach einem Selbstmordversuch im Krankenhaus. Nachdem Grisella von dem Anschlag auf ihren Freund erfahren habe, wollte sie sich etwas hinlegen, habe aber stattdessen eine ganze Packung Schlafmittel eingenommen. Zum Glück hätten die Eltern die Verzweiflungstat ihrer Tochter rechtzeitig entdeckt. Grisellas Mutter fügt hinzu, sie habe schon eine ganze Weile befürchtet, die leidenschaftliche, gar hysterische Beziehung zu Eugène könne kein gutes Ende nehmen.

»Jetzt braucht sie erst einmal Sie, um wieder auf die Beine zu kommen«, sagt sie noch.

»Ich verstehe. Ich fahre sofort hin.«

»Danke, Ludmilla.« Sie fängt an zu schluchzen. »Ich will mein kleines Mädchen nicht verlieren.«

In Begleitung von Yolanda besuche ich am Abend meine Freundin. Sie ist so schwach, dass sie gerade die Augen öffnen und ein Lächeln versuchen kann. Als ich am folgenden Nachmittag wiederkomme, geht es ihr besser, doch ihre roten Augen verraten, dass sie viel geweint hat.

»Danke, dass du gekommen bist. Weißt du, er hatte mich gewarnt, vor einer knappen Woche. Er meinte, seine Tage seien gezählt und ich solle mich nicht zu eng an ihn binden. Ich hoffe, die Polizei findet diese Barbaren, die ihn mir weggenommen haben. Und ich hoffe, sie müssen sterben.«

»Das hoffe ich auch.«

»Mithilfe einer Krankenschwester habe ich eine Zeitung ergattert. Die Polizisten, die am Tatort waren, haben die Tat als ›Gemetzel‹ beschrieben. Sie sagten, die Messerstiche hätten Eugènes Leiden verlängert.«

Ich nehme Grisella in die Arme und lasse sie lange Zeit weinen. Auch ich bin tränenüberströmt, doch ich weine über mich selbst. Wie konnte mein Vater nur wollen, dass ich mich an einer solch unmenschlichen Tat beteilige?

Am Abend bei Tisch rede ich kein Wort mit ihm. Er hingegen spricht pausenlos von Theorien, die das kaltblütige Töten von Menschen rechtfertigen. Er verweist auf Gestalten wie Stalin oder Hitler, die historische Katastrophen ausgelöst haben. Hätte man sie in Eugènes Alter getötet, wären Millionen Leben gerettet worden. Und wer sage, dass Eugène nicht auch ein Monster sei? Ich höre kaum zu. In diesem Moment hasse ich meinen Vater.

»Du wirst nicht in diese Schule zurückkehren. Ich habe ja bereits gesagt, dass wir möglicherweise nach Großstadt umziehen werden. Dieser Umzug wird jetzt beschleunigt. Am Vormittag wurden die Schwestern Broons festgenommen. Schon nach einem kurzen Verhör haben sie Verhandlungen angeboten, um ihre Haut zu retten. Dabei fiel als Erstes dein Name – aber das dachtest du dir bestimmt – sowie der deines Freundes François, eines gewissen Gonzague und ein paar anderer, an die ich mich nicht erinnere. Dir kann nichts passieren, weil ich meine Mitarbeiter informiert habe, dass du als Spionin gearbeitet hast. Und ich habe geschworen, dass du am Abend des Mordes nicht vor Ort warst. Ich habe ihnen sogar erlaubt, deine Garderobe nach dem Blut des Opfers abzusuchen, falls sie es für nötig hielten. Sie waren hier im Haus, während du im Krankenhaus warst. Yolanda hat außerdem deine Fingerabdrücke vom Tatort entfernt. Die Polizisten haben absolut nichts gefunden, das dich belasten könnte. Das gilt leider nicht für deinen Freund, der als Komplize angeklagt werden soll. Mithilfe eines guten Anwalts wird er allerdings nur ein oder zwei Jahre im Gefängnis verbringen müssen. Was die Schwestern Broons betrifft: Frauen werden in der Oberstadt seit ein paar Jahren nicht mehr erhängt, aber eine lebenslange Haft werden sie kaum vermeiden können. Jetzt verstehst du vielleicht besser, warum ich will, dass du diese Gegend so schnell wie möglich verlässt. Aus der Operation bist du als Einzige unbeschadet hervorgegangen, und sie könnte dir trotzdem weiter Ärger einbringen.«

»Kannst du nicht mehr für François tun?«

»Nein, tut mir leid. Es ist schade, ich weiß, denn er ist ein netter Kerl. Während seines Verhörs hat er niemanden verraten. Von ihm hast du nichts zu befürchten.«

Nach vorne schauen – das muss ich mir immer wieder sagen. Nach vorne schauen. Als wäre das so einfach. Als könnte ich so schnell vergessen, welches Leid ich verursacht habe und welche Katastrophen ich nicht zu verhindern wusste.

Ich packe. Ich fülle Kisten mit Sachen aus meiner Kindheit, die ich loswerden will. Ich kann mir nur schwer vorstellen, an einem anderen Ort, in einem normaleren Haus zu leben. Unser Haus enthält immerhin einen Spiegel, durch den man hindurchsehen kann, ein geheimes Zimmer, einen Beobachterposten mit Blick auf den Schreibtisch meines Vaters und bestimmt noch andere Mysterien, von denen ich nichts weiß. Vor dem Umzug wüsste ich zum Beispiel gerne noch, was sich hinter der versteckten Tür am Ende des Flurs befindet. Mein Leben ist so kompliziert geworden, dass ich sie völlig vergessen habe. Ich hoffe, dass der Türöffnertrick, den ich seinerzeit im Schachklub gelernt habe, sich als nützlich erweist. Als ich, mit Werkzeug und Taschenlampe bewaffnet, die Treppe hochsteige, spüre ich keinerlei Aufregung.

Schon seit Längerem habe ich vor Yolanda keine Geheimnisse mehr, und meinem Vater gegenüber fühle ich mich nach allem, was er mir angetan hat, zu nichts mehr verpflichtet. Das Türschloss leistet nicht lange Widerstand.

Es ist eine Art Lagerraum. Darin stehen einige zum

Schutz vor Staub mit Tüchern bedeckte Kisten. Es sind die Sachen meiner Mutter: Hefte, einige Fotos und mit Schnüren zu Päckchen gebundene Briefe. Ich nehme alles mit in mein Zimmer und vergrabe mich über Stunden im privaten Nachlass jener Frau, die ich kaum gekannt habe. Endlich kann ich ihr Leben und die Rolle, die mein Vater darin gespielt hat, nachvollziehen. Was ich entdecke, bewegt mich und bleibt auch körperlich nicht ohne Folgen: Mir ist abwechselnd heiß und kalt; zwischendurch habe ich Magenschmerzen. Ich wühle in den Geheimnissen von Menschen, die mir dazu nicht die Erlaubnis gegeben haben, aber mein Wunsch, mehr zu erfahren, ist einfach zu stark.

Mein Vater ist meiner Mutter zum ersten Mal in der Nox begegnet, als er mit Kommilitonen auf dem Weg zum Hafen war, um sich zu amüsieren. Kurz hinter dem *No man's land*, in jener Gegend, die damals schon eine Art Gaunerviertel war, kamen sie einer Kaufmannsfamilie zu Hilfe, zu der auch meine spätere Mutter gehörte. An jenem Abend unterhielten sich die beiden kaum, aber wenn man ihren Briefen glaubt, haben sie sich sofort unsterblich ineinander verliebt. Mein Vater gab danach nicht auf, bis er einen Weg gefunden hatte, sie zu sich in die Oberstadt zu holen. Er opferte sogar seine Hoffnungen auf eine wissenschaftliche Karriere und ging stattdessen auf die Polizeischule. Als Dank für seine guten Dienste und seine Loyalität durfte er seinen Traum verwirklichen. Meine Mutter bekam eine neue Identität. Man erfand eine Vergangenheit in einer weit entfernten Stadt, und die beiden durften heiraten. Leider hatte sich meine Mutter als Kleinkind in der Unterstadt mit dem Armenhusten angesteckt, der sie trotz aller modernen Behandlungsmethoden schließlich niederstreckte.

Ich verbringe den Nachmittag auf dem Bett liegend und denke darüber nach, was ich soeben herausgefunden habe. Ich erinnere mich an bestimmte Anspielungen, die mir hätten verraten können, woher meine Mutter stammte. Ich wünschte, mein Vater würde mir alles selbst erzählen, aber er kommt an diesem Abend nicht nach Hause – als sei es Absicht.

Zum ersten Mal fliege ich allein mit dem Zeppelin. Ich nehme nur wenig mit. Yolanda organisiert den Rest des Umzugs und kommt Ende der Woche nach. Zweifellos verlasse ich meine Stadt für immer. Mein Vater hat versprochen, dass ich François nach dem Prozess im Gefängnis von Großstadt besuchen darf, wenn dieser einverstanden ist. Ich lasse Grisella zurück, die sich nur schwer erholt. Sie hat mir versprochen, mich in den nächsten Ferien zu besuchen.

Mein Vater erwartet mich an der Anlegestelle in Großstadt, um mich zu unserem neuen Haus zu bringen. Wir wohnen in einem stattlichen Gebäude im Zentrum. Mein Zimmer hat einen Balkon voller Grünpflanzen. Wir essen in einem Restaurant. Endlich kann ich meinem Vater erzählen, was ich im verbotenen Zimmer entdeckt habe. Er sieht müde aus und lächelt beschämt.

»Irgendwann musstest du es ja erfahren. Ich hätte dir schon vor langer Zeit die Geschichte deiner Mutter erzählen sollen. Aber ich finde es nicht gut, dass du Briefe gelesen hast, die nicht an dich gerichtet waren.«

»Es tut mir leid, dass ich in deinen Sachen gewühlt

habe, aber ich fühle mich besser, seitdem ich Bescheid weiß. Trotzdem habe ich eine Frage. Warum hast du die Polizei, die ja im Dienst der Jaspisten steht, nicht wieder verlassen, als Mama in Sicherheit war? Warum hast du nicht versucht, die bestehende Ordnung umzustürzen? Du warst mit einem Mädchen aus der Unterstadt zusammen, das dir jeden Tag gezeigt hat, dass sie nicht anders war als du und dass die Trennung ungerecht ist!«

»Natürlich wäre das möglich gewesen, aber ich hatte Angst, sie durch mein Engagement zu verlieren. Du wirst noch lernen, dass selbst gute Menschen Kompromisse machen müssen. Jeder von uns ist in gewisser Weise ein Feigling.«

»Und Martha?«

»Was ist mit Martha?«

»Warum durfte sie ihr Leben nicht in Ruhe hier beenden?«

»Martha war nur eine Angestellte, und damals war mir nicht klar, wie eng eure Bindung war. Ich ahnte nicht, dass du dich für sie in Gefahr begeben würdest. Ich bedaure nichts. An diesen Erfahrungen bist du gereift.«

Im neuen Haus kann ich nicht gut schlafen. Das geringste Geräusch lässt mich aufschrecken. Einige Geräusche dringen aus den Rohrleitungen des Gebäudes, andere stammen von den Nachbarn, deren Parkett quietscht, wieder andere von Wagen und Passanten auf der Straße. Mein Vater ist nach dem Abendessen wieder fortgegangen. Ich versuche, etwas zu lesen, doch meine Gedanken schweifen immer wieder ab: Vor allem François lässt mich nicht los. Ich stelle mir vor, wie er in seiner Zelle sitzt. Bedauert er die Entscheidungen, die ihn dorthin geführt haben? Versucht er, mich zu vergessen? Ich habe begonnen, jeden Tag etwas für ihn in ein Heft zu schreiben. Wenn ich darf, werde ich es ihm geben. Falls er mich noch liebt, will er es vielleicht lesen und wissen, wie ich empfinde.

Mitten in der Nacht hämmert jemand an meine Tür. Ich stehe auf und sehe durch den Türspäher. Es sind zwei junge Frauen, die in Panik scheinbar nach einem Unterschlupf suchen. Offensichtlich spüren sie, dass ich sie beobachte, denn sie flüstern:

»Bitte, wir werden von der Polizei verfolgt.« Ich schließe die Augen und denke nach. Warum sollte ich sie hereinlassen? Warum ich und nicht jemand anders? Inzwischen sind bestimmt auch alle anderen Hausbewohner wach. Habe ich mir nicht geschworen, mich nie wieder in das Leben anderer einzumischen? Warum soll ich mir weiteren Ärger einhandeln? Eine der beiden weint und wirkt völlig verzweifelt. Ich öffne die Tür und lasse sie herein. Dann führe ich sie ins Wohnzimmer. Aus dem Treppenhaus dringen stampfende Schritte. Ich lege den Finger auf die Lippen und bedeute den Frauen wortlos, sich zu setzen. Die Weinende krümmt sich im Sessel.

»Polizei! Machen Sie auf! Polizei!«

Langsam gehe ich zur Tür und öffne einen Spalt.

»Fräulein? Dürfen wir hineinkommen? Wir suchen zwei besonders gefährliche flüchtige Frauen. Eine der beiden ist eine Mörderin.«

»Ich bin hier ganz allein«, sage ich schüchtern, »und ich versichere Ihnen, dass ich niemandem geöffnet habe. Ich bin erleichtert, Sie zu sehen, denn der Lärm im Treppenhaus hat mir schreckliche Angst eingejagt. Ich bin die Tochter von Herrn …«

»Oh, Verzeihung!«, entschuldigt sich einer der Männer, nachdem er das Namensschild an der Tür gelesen hat. »Wir lassen Sie weiterschlafen.«

Ich kehre zu den Flüchtigen ins Wohnzimmer zurück. Sie sitzen immer noch reglos da. Wir warten lange, bis die Wachmänner das Gebäude verlassen haben. Erst dann reden wir. Die Ältere ergreift das Wort:

»Glauben Sie denen nicht! Wir haben nichts Böses getan!«

»Machen Sie sich keine Sorgen. Ich werde Sie bestimmt nicht verraten.«

»Dürfen wir ein Weilchen bleiben?«

»Wenn Sie möchten. Ich hole Ihnen ein paar Decken. Ich bin selbst erst gerade eingezogen und kann Ihnen leider nicht viel anbieten. Ich heiße übrigens Ludmilla, und Sie?«

Die Jüngere, die sich etwas entspannt hat, will mir antworten, aber die Ältere hält sie zurück.

»Macht nichts, ich verstehe schon«, beschwichtige ich die beiden.

Am nächsten Morgen sind sie verschwunden. Sie haben die Decken sorgsam gefaltet und die Stühle zurechtgerückt. Bedeutet dieses Erlebnis, dass es mir einfach nicht gelingen will, mich von den Turbulenzen dieser Welt fernzuhalten?

Ich werde nicht verraten, wo die Medikamente sind. Ich werde mich schlafen legen, und morgen früh habe ich die Sache vergessen. Bestimmt handelt es sich um einen Test für die Neuankömmlinge. Ich weiß, dass die Wächterinnen einige Patientinnen als Maulwürfe anheuern. Diese Frau will mir nur Ärger machen, damit meine Strafe verlängert wird oder ich öffentlich Prügel beziehe.

Doch selbst wenn sie ehrlich ist: Vielleicht hat eine Kranke aus ihrem Zimmer unser Gespräch gehört und verrät uns an die Wächterinnen? Warum soll ich die Bitte der Frau erfüllen und das Risiko eingehen, mein Baby nie wiederzusehen?

Zurück in meiner Abstellkammer verspüre ich Wut, ohne zu wissen, auf wen. Erst als ich meine Fingernägel so tief in den Unterarm grabe, dass Blut kommt, beruhige ich mich. Mir wird klar, dass meine Wut mir selbst gilt: meiner Feigheit, meiner Gleichgültigkeit gegenüber der Not der anderen.

Was, wenn eines dieser Babys mein Igo wäre und durch meine Schuld stürbe? Wäre es die Sache nicht wert, für ihn oder ein anderes Baby? Was sind schon Stockschläge gegen den Tod eines Kindes?

Der Schlaf wischt meine Zweifel fort. Noch vor dem Essen zeichne ich einen Plan meines Stockwerks. Auf dem Weg zur Küche überprüfe ich im Geiste meine Zeichnung. Zurück in meinem Verschlag korrigiere ich einige Entfernungen, schiebe den Zettel in meinen Strumpf und lege mich noch ein bisschen hin, ehe die Arbeit beginnt. Heute bin ich schneller, weil ich der Frau den Plan so schnell wie möglich übergeben will. Als ich in das Krankenzimmer komme, scheint sie zu schlafen. Sie hat wohl nicht geglaubt, dass ich ihr helfe. Doch als ich den Zettel vorsichtig unter ihr Kissen schiebe, berührt sie meine Hand. Plötzlich richtet sich ihre Bettnachbarin auf – eine Frau im Alter meiner Mutter. Zu spät merke ich: Die andere wusste, dass sie beobachtet wird, und wollte mich warnen.

»He, Einäugige, was hast du denn da?« Die Bettnachbarin ist sichtlich stolz auf den Überraschungseffekt.

Ich ignoriere sie und nehme die Arbeit wieder auf. Sie lässt sich nicht beirren:

»Das erzähle ich morgen den Wärterinnen. Und dich werde ich auch nicht vergessen«, sagt sie zu der anderen Frau. »Du stellst dich schlafend, dabei bist du voll bekleidet.«

Die falsche Kranke springt auf und wirft der Frau die Decke übers Gesicht. Dann packt sie ihren Kopf und schlägt ihn gegen die Wand. Bewusstlos sinkt die Alte aufs Bett.

»Ich war sicher, dass du kommen würdest. Die Jungs erwarten uns bestimmt schon. Du kannst jetzt, da die andere Bescheid weiß, nicht mehr hier im Krankenhaus bleiben. Sie ist nur benommen und wird in ein oder zwei Stunden Alarm schlagen. Los, komm.«

Ich bleibe unentschlossen und reglos stehen. Was will sie von mir? Dass ich jede Chance aufgebe, meine Liebsten eines Tages wiederzusehen? Sie wird ungeduldig und eilt auf den Flur. Mechanisch greife ich nach meinem Besen und setze die Arbeit fort. Als ich fünf Minuten später ein anderes Zimmer säubere, kehrt sie zurück.

»Was machst du denn bloß? Bist du bescheuert? Sie räumen schon das Lager aus. Man wird dich als Komplizin entlarven und dir die Schuld an allem geben. Vertrau mir und komm mit. Ich kenne Leute, die dir helfen können. Zieh dich erst einmal um.«

Sie öffnet den Schrank einer jungen Patientin und versorgt mich mit Kleidungsstücken.

»Das ist ungefähr deine Größe. Beeil dich.«

»Ich trage Fußketten.«

»Warte. Mal sehen, was ich tun kann.«

Sie steckt zwei ihrer Haarnadeln in das Schloss der Kette. Es öffnet sich beinahe sofort.

Ich ziehe mich eilig an. Dann laufen wir durch die Gänge. Nach einem Blick auf die Uhr öffnet sie einen Notausgang, und plötzlich befinden wir uns in einer Art Garten. Durch ein Loch im Gitterzaun schlängeln wir uns nach draußen und landen auf einer menschenleeren Straße, wo wir unser Tempo drosseln. Ich nutze die Gelegenheit, um die Linse herauszunehmen, woraufhin meine Begleiterin mich erstaunt ansieht. Nach 100 Metern hören wir eine Polizeisirene und entdecken in der Ferne Suchscheinwerfer, die sich unaufhaltsam nähern. Wir biegen in eine Gasse ein und rennen weiter. Autoreifen knirschen auf der geteerten Straße. Man hat uns entdeckt! Wir betreten ein zufällig ausgewähltes Gebäude und rennen in den ersten Stock. Meine Begleiterin klopft an die Wohnungstüren. Sie sieht aus, als stünde sie kurz vor einem Nervenzusammenbruch. Ich habe das Gefühl, ihr eine Last zu sein. Das Polizeiauto hält genau vor der

Haustür. Gleich sind sie hier. Da öffnet sich eine Tür. Ein junges Mädchen lässt uns hinein und bittet uns ins Wohnzimmer. Meine Komplizin hält den Atem an und murmelt ein Gebet, während die Gastgeberin den Polizisten öffnet. Dann kehrt das Mädchen zurück und stellt sich vor. Sie heißt Ludmilla, wie die andere, die ich nie kennengelernt habe und die unser Leben so sehr durcheinandergebracht hat. In der Oberstadt scheint dies ein häufiger Vorname zu sein. Sie hat eine schmale, elegante Figur und ist wirklich sehr freundlich, denn wir dürfen bis zum Morgen bleiben.

Ich kann nicht schlafen, sondern schaue aus dem Fenster. Langsam merke ich, in welche Lage ich mich gebracht habe. Ich weiß nicht, was morgen sein wird, und bin zu einem gefährlichen Leben im Verborgenen verdammt. Werde ich dazu genug Kraft haben?

Kurz vor Sonnenaufgang steht Sylvia, die sich mir endlich vorgestellt hat, auf und erklärt mir flüsternd, wie es nun weitergehen soll. Sie wird mich zu einem Aufzug bringen, der in die Unterstadt fährt. Dort werden sich Freunde von ihr um mich kümmern. Aus der Tasche holt sie ein Armband, das ich anlegen soll. Es ist mir zu klein. Sie tränkt es in Seifenwasser und zerrt es über mein Handgelenk.

»Normalerweise wirst du nicht kontrolliert, aber man weiß nie.«

Bevor wir gehen, räumen wir das Zimmer auf. Draußen frage ich Sylvia:

»Was ist ein Aufzug? Bei uns gibt es so etwas nicht.«

»Hier in Großstadt war es nicht möglich, die Ober- und Unterstadt mit Wegen zu verbinden. Also wurden Maschinen gebaut, in denen die Leute hinauf- und hinunterfahren können. Nachts sind sie nicht in Betrieb. Du wirst den ersten Aufzug des Tages nehmen. Er wird voller Reisender sein, die nach Hause fahren. Du wirst überhaupt nicht auffallen. Die Fahrt dauert kaum eine Minute.«

Je weiter wir gehen, umso mehr Passanten begegnen wir. Alle strömen auf zwei große Türen zu. Wir beeilen uns, damit ich den ersten Fahrstuhl erwische. Eine Schlange bildet sich. Die Menschen verhalten sich ruhig und drängeln nicht. Ein Schild besagt, der Aufzug könne 80 Personen auf einmal transportieren. Sylvia zeigt mir einen Mann, der eine graue Kapuze tief ins Gesicht gezogen hat. Bei der Ankunft soll ich mich an ihn wenden. Dann umarmt sie mich und sagt:

»Du hast nichts zu bereuen. Du wirst aus der Sache herauskommen, meine Große.«

Die Türen öffnen sich. Ich stelle mich neben den Mann, der mir unten helfen soll. Als ich ihn streife, steigt mir sein Geruch in die Nase. Mein Blick trübt sich; ich bekomme kaum noch Luft und spüre, dass ich ohnmächtig werde. Arme packen mich und halten mich kraftvoll fest. Es ist mein Lucen, der seine Lippen genau in dem Moment auf meine presst, als die Maschine vibriert und der Boden unter unseren Füßen wegzusacken scheint. Ein unermessliches Glücksgefühl durchströmt meinen ganzen Körper. Lucen flüstert:

»Firmie, am Ausgang ist möglicherweise eine Kontrolle. Es ist besser, wenn wir uns trennen. Geh, wenn der Aufzug hält, die rechte Gasse ungefähr 300 Meter entlang und warte auf dem kleinen Platz auf mich. Wenn ich nach einer halben Stunde nicht dort bin, bitte einen Jungen, dich zu einem Restaurateur namens Franis zu bringen. Und gib ihm diese Dosen. Er wird verstehen.«

Der Aufzug hält abrupt. Die Menge drängt zu den Türen. Ich halte mich an eine Gruppe Frauen, die Stoffballen transportieren, biete einer sogar meine Hilfe an und nehme ihr die Last ab. Zwei Polizisten warten am Ausgang des Fahrstuhls. Zu meinem großen Erstaunen kenne ich den rechten – es ist Gerges. Ich senke den Kopf und gehe an seinem Kollegen vorbei. Nach 20 Metern gebe ich der misstrauisch blickenden Frau neben mir den Sack zurück. Ich drehe mich nach meinem Liebsten um. Alles ist gut beleuchtet, sodass ich Lucen sofort sehe. Als einer der Letzten hat er die Kontrolle noch nicht passiert. Jetzt steht er Gerges gegenüber. Meine Augen schließen sich gegen meinen Willen. Sie weigern sich, die Zerstörung meines Glücks zu betrachten. Ich will nicht, dass es geschieht. Ich will es nicht. Nicht jetzt.

Lucen

»Heute Nacht will ich gehen. Danach ist es zu spät. Stell mir diese Leute mit den Medikamenten vor; ich werde ihnen helfen. Ich weiß, wie man Schlösser aufbricht, wenn man mir das entsprechende Werkzeug gibt. Ich will nicht, dass Igo stirbt und ich nicht alles versucht habe.«

»Letztlich bist du es, der das Risiko eingeht«, meint Franis.

Eine Stunde später gehe ich durch die Kanalisation in Richtung des großen Aufzugs. Mein Gastgeber hat ein Arbeiter-Armband für mich aufgetrieben. Ich bin mit einer Gruppe Techniker unterwegs, die regelmäßig die Kanalisation der Oberstadt reinigen. Weil wir so nach Kanalisation stinken, wirft der Wächter am Eingang nur einen flüchtigen Blick auf unsere ausgestreckten Unterarme mit den Armbändern. Oben angekommen folge ich der Gruppe fast einen Kilometer durch die Straßen, bis ein junger Mann mit Kapuze namens Yann mich unter seine Fittiche nimmt. Er führt mich in seine Wohnung und gibt mir saubere Kleidung, die seiner eigenen gleicht. Bezüglich der Operation der kommenden Nacht äußert er Zweifel:

»Ich weiß, dass du es eilig hast, aber nichts garantiert uns, dass unsere Freundin es geschafft hat, die Gefangene zur Mithilfe zu überreden.«

»Das weiß ich, aber ich muss es versuchen. Ich danke dir für das, was du tust.«

Da wir noch ein paar Stunden Zeit haben, will Yann ein wenig schlafen. Er stellt den Wecker auf drei Uhr morgens. Ich bin zu nervös, um mich hinzulegen. Stattdessen laufe ich ruhelos durch die kleine Wohnung und starre auf das Zifferblatt der Wanduhr, auf dem sich die Zeiger kaum zu bewegen scheinen. Gegen zwei Uhr setze ich mich und stütze den Kopf in die Hände.

Yann rüttelt mich wach. Es ist Zeit. Zum Wachwerden versetze ich mir selbst ein paar Ohrfeigen.

Das Allgemeine Krankenhaus liegt nur 100 Meter von Yanns Wohnung entfernt. Er bewegt sich fast lautlos, ohne sich darum zu kümmern, ob ich ihm folge. Wir schlängeln uns durch einen zerschnittenen Zaun und schleichen uns etappenweise voran. Manchmal verstecken wir uns lange, ehe es weitergeht. Schließlich kauern wir vor einer Tür. Yann flüstert mir zu:

»Wir warten hier höchstens eine halbe Stunde. Wenn alles klappt, wird uns jemand öffnen. Andernfalls kommen wir morgen wieder.«

Ich antworte nicht. Ich weiß, dass ich auch dann hineingehen werde, wenn niemand kommt. Momentan will ich ihm aber nicht widersprechen oder ihn umsonst in Panik versetzen. Ich betrachte die Leuchtzeiger seiner Armbanduhr. Diesmal kommt es mir vor, als bewegten sie sich sehr schnell. Yann sieht mich bedauernd an und senkt den Kopf – das Zeichen, dass wir gehen müssen. Ich lege ihm die Hand auf die Schulter:

»Gib mir dein Werkzeug und geh nach Hause.«

»Kommt nicht infrage. Du hast kein Recht, die Mission zu gefährden. Der Medikamentenvorrat, den wir stehlen wollen, ist nicht nur für deinen Sohn, sondern wird, falls wir Erfolg haben, die Leben Dutzender Kinder retten. Los, wir kommen morgen wieder.«

»Nein«, sage ich bestimmt. »Gib mir deine Tasche.«

Er richtet sich wütend auf.

»Verdammt, es reicht!«

»Pssst! Psst!« Eine Frau öffnet die Tür.

Sie reicht Yann einen Plan und flüstert ihm lange etwas ins Ohr. Ich verstehe nichts. Yann reicht mir Socken, die ich über meine Schuhe ziehen soll. Lautlos schleichen wir durch die leeren Flure, die nach Desinfektionsmittel riechen. Wir gelangen in ein kleines Zimmer. Entlang den Wänden stehen weiße Schränke. Yann holt eine Liste mit den Namen der Medikamente hervor, die wir stehlen sollen. Wir teilen die Arbeit untereinander auf. Mit zwei dünnen Eisenstäben gelingt es mir, fast alle Schrankschlösser zu öffnen. Ich bin viel schneller als Yann – aber ich beherrsche es auch im Schlaf, so gut hat mein Vater es mir beigebracht. Damals taten wir nichts Illegales, sondern halfen Leuten, die ihre Schlüssel verloren hatten. Auf der Liste haken wir ab, was wir finden. Yann entdeckt das Medikament, das Igos Leben retten könnte, falls wir nicht zu spät kommen. Wir haben Glück und schon nach 20 Minuten alle Arzneien gefunden, die wir brauchen, obwohl wir noch gar nicht alle Schränke durchsucht haben. Wir verlassen das Krankenhaus auf dem Weg, auf dem wir hineingekommen waren. Kurz bevor wir den Zaun erreichen, ertönt eine Sirene. Wir werfen uns ins Gras. Keine 50 Meter entfernt halten Polizeiautos. Ein weiteres scheint zwei fliehenden Personen zu folgen. Wir warten mehrere Minuten, bis die Polizisten alle ausgestiegen und fortgegangen sind. Erst dann verlassen wir unser Versteck und rennen zu Yanns Wohnung. Mein Herz schlägt bis zum Hals. Auch mein Komplize ist sehr aufgeregt. Er schaltet das Licht nicht ein, um keinen Verdacht zu erregen – möglicherweise wird das Viertel durchsucht. Wir essen Brot und Essiggurken in der Küche. Er erklärt, im Fahrstuhl nach unten werde mich die flüchtige Gefangene ansprechen, die den Plan gezeichnet hat. Dann solle ich sie zu Franis bringen.

»Woran werde ich sie erkennen?«

»Ich weiß nicht. Meine Freundin wird sie dir zeigen, damit du sie zwischen den Fahrgästen entdeckst. Du darfst die erste Fahrt nicht verpassen.«

Wir sortieren die Medikamente. Ich nehme einige Packungen für meinen Sohn mit. Der Rest wird in kleinen Mengen mit der Bleichwäsche von Mithelfern transportiert werden. Die Jewowisten müssen das Risiko gering halten, damit das wertvolle Gut nicht konfisziert wird.

Yann will mit Alkohol auf unseren Erfolg anstoßen, aber ich lehne ab. Er trinkt allein und schläft bald ein.

Ich verlasse seine Wohnung und verstecke mich in der Nähe des Aufzugs. Als die ersten Passagiere ankommen, reihe ich mich hinter ihnen ein. Die Arbeiter unterhalten sich nicht. Manche schlafen im Stehen. Jetzt öffnen sich die Türen. Ich gehe zur hinteren Wand der Kabine. Eine Hand krallt sich in meiner Kleidung fest. Ich drehe mich um und entdecke Firmie, die kurz davor ist, in Ohnmacht zu fallen. Ich fange sie auf und ziehe sie an mich. Jetzt halte ich sie in den Armen. Es erscheint mir ganz selbstverständlich, obwohl ich während unserer Trennung so sehr um sie geweint habe.

Mit einem Zittern hält der Fahrstuhl inmitten der Nox an und holt mich unsanft in die Realität zurück. Ich stecke Firmie das Medikament für unseren Sohn zu und rate ihr, sich von mir fernzuhalten, weil es am Ausgang manchmal Polizeikontrollen gibt. Die Leute schieben mich Richtung Tür. Sofort entdecke ich Gerges. Auch er hat mich gesehen. Ich senke den Kopf wie ein geprügeltes Tier, das auf den Todesstoß des Metzgers wartet. Ich gehe langsam und bin unter den Letzten. Firmie ist an den Kontrollen vorbei. Igo ist wenigstens vorläufig gerettet. Ich sehe den Jungen an, dem ich einst so nahe stand. Ich will glauben, dass er tief im Inneren seinen

Durst nach Menschlichkeit und Gerechtigkeit bewahrt hat, der ihm lange Zeit half, dem Druck seiner Familie zu widerstehen. Ich weiß, was er seither getan hat. Er hat mir seinen Hass mitten ins Gesicht gespuckt.

Als ich vor ihn trete, wendet er den Blick ab und lässt mich passieren. Ich zwinge mich, nicht zu rennen, und erreiche bald Firmie, die wie versteinert auf der Straße steht.

»Komm, Liebste, lass uns aufbrechen.«

Igo ist bei Franis und schläft. Das Atmen macht ihm Mühe. Die Frau des Restaurateurs sagt, zum Weinen habe er keine Kraft. Nicht mehr. Während ich weg war, hat sie ihm mit einer Pipette etwas Wasser verabreicht. Firmie holt die Medizin. Es handelt sich um eine Ampulle mit Flüssigkeit. Diese müssen wir ihm direkt in einen Lymphknoten am Hals injizieren. Meine Hände zittern, als ich eine Einwegspritze auspacke. Ich habe Angst, Igo wehzutun, aber ich weiß auch, dass er sterben könnte, wenn wir auf den Arzt warten. Und schon ist es getan. Mein Sohn hat nicht die geringste Reaktion gezeigt. Bestimmt ist es zu spät. Mit dem Baby im Arm legt Firmie sich hin. Eine Stunde lang bedeckt sie unseren Sohn mit Küssen und Tränen, ehe der Schlaf sie übermannt. Ich selbst kann nicht schlafen und zwinge Franis, mir Arbeit zu geben.

Ein paar Stunden später höre ich Igo schreien. Er lebt. Er ist aufgewacht. Ich eile zu ihm und sehe, wie er am T-Shirt seiner Mutter zerrt. Blinzelnd legt Firmie eine Brust frei, auf die er sich hungrig stürzt. Er zieht eine Grimasse. Firmie verliert die Fassung:

»Ich habe keine Milch mehr. Schon seit Tagen nicht, seit Woch…«

Igo gibt nicht auf. Plötzlich beruhigt er sich. Auch seine Mutter entspannt sich und sucht eine gemütliche Position. Es ist das Schönste, was ich jemals gesehen habe: die Frau meines Lebens und mein Sohn endlich glücklich vereint. Ich lege mich dazu, um den Moment mit ihnen zu teilen. Zum ersten Mal seit so langer Zeit lächelt Firmie mich an.

Franis sucht uns ein neues Versteck in einem Gebiet, das Rihards Männer mit ihren Hunden bereits durchsucht haben.

Zwei Tage später hat unser Baby seine Kraft wiedergewonnen. Ich treffe die letzten Vorbereitungen. Maurce und seine Tochter, Jea, seine Frau und deren Sohn Lonard kommen vorbei, um uns zu verabschieden. Bei dieser Gelegenheit erfahre ich, dass Gerges nach Hause zurückgekehrt ist, aber auch, dass Grégire und Dimitr sich bei einer Auseinandersetzung gegenseitig umgebracht haben.

Lonard schläft im Arm seiner Mutter; die beiden anderen Kinder liegen nebeneinander auf dem Bett. Adrenne war anfangs schüchtern, aber jetzt kitzelt sie Igo, der Freudenschreie ausstößt. Wir trinken Tee aus überbrühten Apfelschalen und genießen diesen glücklichen Augenblick.

Firmie schlägt vor: »Lucen, wenn unsere Feinde einer nach dem anderen verschwinden, können wir dann nicht hierbleiben und eine andere Identität annehmen, wie es unsere Freunde getan haben? Müssen wir wirklich noch ohne Aussicht auf Rückkehr auf eine Isola gehen?«

Meine Freunde scheinen alle ihrer Meinung zu sein und sind gespannt auf meine Antwort. Ich weiß, dass ich sie enttäuschen werde, aber ich bin mir meiner Entscheidung sicher:

»Seit ich weiß, dass anderswo ein besseres Leben möglich ist, habe ich keinen Zweifel mehr. Wäre ich nicht überzeugt, dass dieses Abenteuer den beiden Menschen dient, die ich am meisten auf der Welt liebe, würde ich sie niemals dorthin bringen.«

»Du kannst nicht einfach nur sagen, dass ich dir vertrauen soll.« Firmies Ton ist bestimmt. »Ich will die Hintergründe kennen, wenn ich über mein Leben entscheide.«

»Sie hat recht«, findet Maurce. »Und wir brauchen auch etwas mehr Sicherheit.«

»Einverstanden. Wenn ihr ein paar Stunden Zeit habt, erkläre ich es euch.«

Gerges

Am nächsten Morgen treffe ich Damen, der sichtlich wenig geschlafen hat: Er will unbedingt mit mir sprechen, bevor er sich ausruht.

»Ich habe herausgefunden, wer die Leute im Haus vorgewarnt hat. Es waren nicht meine Leute, sondern die kleine Amme. Sie hatte Gewissensbisse. Bei der Durchsuchung von Franis' Haus haben wir eine Nachricht gefunden, die diese Idiotin sogar unterschrieben hatte! Ich werde sie im Lauf des Tages festnehmen lassen. Sie wird noch merken, mit wem sie es zu tun hat.«

»Lass die Kleine in Ruhe. Sie hat schon genug durchgemacht. Lass uns lieber nachdenken. Hat sie dir gestern gesagt, warum sie wütend auf Lucen war?«

»Weil das Baby geweint hat und ihre Milch nicht wollte.«

»Und deshalb war sie auf den Vater böse? Wo ist der Zusammenhang?«

»Wie ich es verstanden habe, dachte sie wohl, Lucen habe den Kleinen beeinflusst, sodass er ihr gegenüber argwöhnisch war.«

»Das ist völlig absurd. Warum hätte er das ihrer ›Logik‹ nach tun sollen?«

»Weil sie ihm an jenem Morgen Avancen gemacht hat. Sie hoffte, seine neue Frau zu werden, aber er hat sie zurückgewiesen. Wenn du meine Meinung hören willst: Sie brauchte einen Vorwand, um sich mit ihm zu streiten.«

»Aber wenn das Baby ihre Brust nicht wollte, war es vielleicht einfach krank?«

»Möglich.«

»Man müsste die Ärzte überwachen, denn falls das stimmt, wird Lucen einen brauchen.«

»Hervorragende Idee. Du bist wirklich begabt. Das wird nicht schwer, denn in der gesamten Unterstadt gibt es nur drei Ärzte. Und nur wenige Patienten wenden sich an sie. Schließlich stimmt es, dass man ohne Medikamente kaum Chancen hat, jemanden zu heilen.«

Ich bin fast wütend auf mich, diese neue Spur entdeckt zu haben, aber der Drang, Lucen auf die Schliche zu kommen, war stärker als ich. Obwohl ich beinahe aufgeben will, kann ich meine Reflexe als Ermittler nicht unterdrücken. Es ist meine Arbeit, auch wenn ich in diesem Fall nicht mehr mit Herzblut dabei bin. Ich liebe es, nach Indizien zu suchen, Hypothesen aufzustellen und Schlüsse zu ziehen. Und hier spürte ich, dass den Kollegen bei Élanes Verhör etwas entgangen ist. Außerdem wollte ich Damen diesen Gefallen tun, denn er hat sich die Sache mit der Hausdurchsuchung sehr zu Herzen genommen. Jetzt bedaure ich es. Ich stelle mir vor, wie ich meinem ehemaligen Freund das kranke Kind entreiße und ihm Handschellen anlege. Die Vorstellung ekelt mich an. Es ist Zeit, dass all dies ein Ende hat.

Am späten Nachmittag haben die Männer den Arzt gefunden, der Lucens Baby untersucht hat. Er sagte, man habe ihn mit verbundenen Augen in einen Keller geführt und er habe die Binde während der gesamten Untersuchung nicht abnehmen dürfen. Der Kleine namens Igo habe nur noch wenige Stunden zu leben. Er esse schon seit über einem Tag nichts mehr. Ich frage Damen nach dem Verhörprotokoll mit dem Arzt, um zu prüfen, ob alle Informationen berücksichtigt wurden. Ich überlege laut:

»Lucen hat nach dem Namen des Medikaments gefragt, das seinen Sohn retten könnte, und sich darüber informiert, wo man es bekommen kann. Ich kenne ihn gut und weiß, dass er alles versuchen wird, um es zu beschaffen – er würde dafür sogar sein eigenes Leben geben. Wird das Lager im Krankenhaus gut bewacht? Gab es dort in der Vergangenheit schon einmal einen Einbruch?«

»Vor einigen Jahren kam das tatsächlich einmal vor.

Seitdem wurde ein Alarmsystem eingerichtet, und jede Woche wird Lagerinventur gemacht. Außerdem ist der Zugang zum Lager streng geregelt. Dennoch werde ich meine Kollegen von oben über die Bedrohung in Kenntnis setzen. Bei der kleinsten Unregelmäßigkeit werden wir informiert.«

Später ruft Snia mich von der Polizeistation aus an, um zu fragen, wie es mir geht. Ich erzähle vom Stand unserer Ermittlungen. Sie lässt mich reden, aber ihre Seufzer zeigen mir, dass sie die Verbissenheit, mit der ich mich auf Lucen stürze, nicht gutheißt. Als sie sicher ist, dass ich alles erzählt habe, fragt sie:

»Wann kommst du nach Hause?«

»Bald.«

»Morgen?«

»Ja, morgen. Ich glaube, morgen ist es vorbei.«

»Vorbei oder nicht, es ist Zeit, dass wir uns auf etwas anderes konzentrieren. Außerdem wollte ich dir sagen, dass Clude Grégires Schrank im Büro der Miliz geöffnet und einen Umschlag für dich darin gefunden hat.«

Es ist fünf Uhr morgens. Damen schüttelt mich wach. Seine begeisterte Miene verrät, dass er Neuigkeiten hat.

»Das Lager des Krankenhauses wurde heute Nacht von zwei Personen ausgeräumt, die besonders schnell die Schlösser aufgebrochen haben. Wenn ich mich nicht irre, ist das eine Fähigkeit der Restaurateure ... Das von Lucen gesuchte Medikament gehört zu den gestohlenen. Man weiß, dass es im Krankenhaus zwei Komplizen gab: eine unter falschem Namen angemeldete Kranke und eine mit dem Putzen betraute Gefangene namens Firmie. Wenn ich mich recht an die Akte erinnere, ist das der Name von Lucens Frau. Wir haben gute Chancen, dass sich das Paar unter die Nachtarbeiter mischt, die heute früh mit dem großen Aufzug in die Unterstadt zurückfahren.«

»Dann können sie euch ja nicht entkommen.« Ich lächle gezwungen.

»Wieso *euch*? *Uns* meinst du wohl. Wir können nicht ohne dich gehen.«

»Aber ich wollte heute nach Hause zurück. Gestern Abend habe ich einen Anruf bekommen. Die Männer brauchen mich, und ich habe meiner Frau versprochen …«

»Keine Diskussion, Gerges. Wenn wir am Ziel sind, ist es dir zu verdanken. Und ich will dir dieses Erfolgserlebnis nicht nehmen. Außerdem bist du unersetzlich, denn du kennst ihre Gesichter besser als irgendjemand von hier. Das Foto von Lucen stammt aus der Zeit vor seiner Zwangsarbeit im verseuchten Wald, und diese Erfahrung bringt körperliche Veränderungen mit sich. Zudem sind die beiden möglicherweise verkleidet.«

Ich ziehe mich eilig an. Am frühen Morgen postieren wir uns zu beiden Seiten des Aufzugs. Die Leute werden in Zweierreihen an uns vorbeigehen. Ich wüsste nicht, wie wir sie verpassen sollten. Wir sind sehr früh. In der Umgebung sind Zivilpolizisten stationiert, die uns im Visier haben und bei Bedarf sofort eingreifen werden. Damen reibt sich die Hände. Ich versuche, seine Begeisterung zu dämpfen:

»Und wenn sie sich eine Weile dort oben verstecken?«

»Das würde mich wundern. Das Baby braucht die Medizin wirklich dringend. Sonst überlebt es diesen Tag nicht.«

»Sie könnten es durch einen Komplizen hinunterschmuggeln.«

»Das wäre möglich.«

Mit dumpfem Lärm setzt der Motor sich in Bewegung. Der Aufzug arbeitet mit einem raffinierten System von Gegengewichten. Damen hält den Atem an. Ich selbst habe noch keine Entscheidung getroffen. Das Leben meiner ehemaligen Freunde liegt in meinen Händen. Momentan stelle ich mir nicht vor, wie es in der Kabine aussieht, aber ich bin sicher, dass sie da drinnen sind. Woher ich diese Gewissheit habe, weiß ich nicht. Der Aufzug hält an. Jetzt sehe ich die beiden. Sie mischt sich unter eine Gruppe Frauen. Er hält den Kopf gesenkt. Damen sieht mich fragend an, doch ich tue, als merkte ich nichts. Ich konzentriere mich auf die Gesichter der Menschen. Firmie ist an meinem Kollegen vorbeigegangen. Jetzt ist die Kabine fast leer. Lucen ist kaum einen Meter von mir entfernt. Er hebt den Kopf und sieht mir in die Augen. Will er, dass ich mich an unsere einstige Freundschaft erinnere? Will er mein Mitleid?

Ehe er an mir vorbeigeht, lächelt er ganz leicht. Als wolle er glauben, ich habe ihm verziehen.

Damen schüttelt mich.

»Bist du sicher, dass er nicht dabei war? Der Typ mit der Kapuze sah aus wie der auf dem Foto, oder nicht? Der, den du die ganze Zeit angeschaut hast …«

»Welcher Typ?«

Epilog

Gerges

Es ist fast zehn Jahre her, dass unser erstes Kind geboren wurde und ich mit Snia in die Oberstadt gezogen bin. Diesen erneuten Abschied hatte mein Vater in seinem testamentarischen Brief einst als mein Erbe bezeichnet. Als Kompensation für lebenslange gute und loyale Dienste hatten ihm die Behörden das Recht auf ein besseres Leben für seine Nachkommen eingeräumt. Ich habe erfahren, dass dieses Recht nicht leicht zu erlangen war und er viele Mitarbeiter der Verwaltung bestechen musste, um seinen Wunsch zu verwirklichen.

Anfangs war es mir beinahe unangenehm, mich aus meinem Milieu zu verabschieden und alle zurückzulassen, die mich bislang begleitet hatten. Mein Glück erschien mir als Unrecht. Ein paar Wochen lang behielten Snia und ich das Geheimnis für uns, als handle es sich um eine Peinlichkeit. Wie konnten wir es den anderen sagen – zumal meinen alten Freunden von der Miliz, deren Familien nicht weniger treu gewesen waren als meine? Als ich mich endlich entschloss, es ihnen zu erzählen, schlug mir seltsamerweise weder Eifersucht noch Hass entgegen. Die Jungs freuten sich einfach für mich. Sie wussten, dass so etwas theoretisch möglich war, hatten es für sich selbst aber nie ernsthaft in Erwägung gezogen.

»Bei der Lotterie gibt es immer einen Gewinner«, sagte der gute alte Marcl. »Umso besser, wenn du es bist. Immerhin kenne ich dich.«

Heute heiße ich Georges und habe drei Kinder. Snia, aus der Sonia wurde, hat eine Konditorei eröffnet, und ich bin als Privatdetektiv auf verschwundene Personen spezialisiert. Meine früheren Erfahrungen mit den verschiedenen Ordnungskräften helfen mir sehr bei meiner Arbeit und erlauben mir, mit meinen alten Freunden in Kontakt zu bleiben. Unseren Kindern haben wir unsere Herkunft nicht verschwiegen, und manchmal geht Sonia mit ihnen in die Unterstadt, um ihren Eltern Lebensmittel und Geld zu bringen. Unsere Sprösslinge wissen aber, dass sie das Geheimnis für sich behalten müssen, um von den anderen Kindern hier oben nicht abgelehnt zu werden.

Von Lucen habe ich nie wieder etwas gehört, und ich will glauben, dass dies ein gutes Zeichen ist. Es bedeutet, dass es ihm gelungen ist zu verschwinden und dass er für sich und die Seinen einen ruhigen Ort gefunden hat. Manchmal, wenn meine älteren Söhne vom Spielen auf der Straße oder im *No man's land* zurückkommen, denke ich an ihn. Sie sind eine genauso verschworene Bande, wie wir es damals mit Maurce und Jea waren. Ich hoffe, das Leben meiner Kleinen wird nicht so hart wie meines und sie können ihre Jugendfreundschaften aufrechterhalten. Diese Beziehungen bilden die Grundlage für das, was später aus ihnen wird. Und ich weiß genau, was ich meinen alten Freunden schuldig bin.

Zugegeben: Manchmal fehlt mir Lucen. Ich wünschte, er könnte sehen, dass ich ruhiger geworden bin und anderen vertrauen kann. Dass ich lieben kann.

Lucen

Ich habe nie bereut, ohne Hoffnung auf Rückkehr so weit weggegangen zu sein. Auch wenn das Leben seitdem nicht immer einfach war.

Die Reise war anstrengend, und manchmal glaubten wir, unser letztes Stündlein habe geschlagen. Doch selbst in den schlimmsten Momenten habe ich versucht, mir die Angst nicht anmerken zu lassen. Ich wollte nicht, dass Firmie an unserer Entscheidung zweifelt. Die Gemeinschaften, durch deren Gebiete wir reisten, bestanden nicht aus bösen oder dem Fremden gegenüber feindlich gesinnten Menschen, aber alle dort lebten in Angst. Und dieses Gefühl rechtfertigt manchmal die schlimmsten Taten. Also lernten wir Geduld und Schweigen, bis wir fast unsichtbar wurden. Unser Weg war lang. Zum Glück hat mein Gedächtnis mich nicht im Stich gelassen und wir haben uns nie verirrt. In diesem Fall wären wir sicher nicht mehr am Leben. Unser Ziel lag jenseits der großen Sümpfe. Wir mussten uns mithilfe eines Kompasses durch stinkende Gewässer voller deformierter, blinder Fische kämpfen, uns einen Weg durch das Schilf bahnen und ein Floß bauen. Nach vier Tagen Ungewissheit erreichten wir schließlich den Fluss. Von nun an mussten wir uns nur treiben lassen. Wir hatten uns mit Seilen am Floß festgebunden und beteten 20 Stunden lang, dass wir den sicheren Hafen erreichen würden. Mehrmals gerieten wir in gefährliche Strömungen und waren überzeugt, unser Leben in den Fluten zu lassen.

An einem frühen Morgen erkannte ich an dem mechanischen Geräusch einer an der Böschung errichteten Mühle den Ort, wo wir anlegen mussten. Dann lotste uns ein Faden, der am Boden entlangführte, einen schlecht markierten Weg entlang bis zu Hochebene auf 600 Metern Höhe. Nach stundenlangem Warten erschienen ein paar Männer. Zuerst überprüften sie unsere Identität, dann nahmen sie uns in ihre Gruppe auf. Wir hatten unser Ziel erreicht. Der Alte aus dem verseuchten Wald schien wirklich die ganze Welt zu kennen, denn jeder behauptete, ihm einen Gefallen zu schulden. An jenem Abend versprachen wir, niemandem jemals zu verraten, wo diese Isola liegt – denn bislang, so versicherte man uns, war sie den Behörden nicht bekannt.

»Hinter den großen Sümpfen ist nichts; sie bilden eine unüberwindbare Grenze«, so lautete die gängige Meinung.

Im Lauf der folgenden Wochen schlugen wir unsere eigene Wohnhöhle in die das Plateau umgebenden Kalkfelsen. Dann führte man uns in die Berufe ein, die für das Überleben der Gemeinschaft unerlässlich waren. Hier leben die verschiedensten Leute: Utopisten aus den Oberstädten, Verbannte aus den Unterstädten, Flüchtlinge aus anderen Dörfern, die nach Armeeoffensiven gekommen waren. Wir leben nicht immer in Harmonie miteinander, aber die Konflikte sind nie von Dauer. Denn Solidarität ist hier eine Notwendigkeit. Niemand wird ausgegrenzt, denn wir hängen alle voneinander ab.

Wir befinden uns am Rand der giftigen Wolke, und je nach Windrichtung sehen wir etwa alle drei Tage den Himmel und die wirklichen Farben der Landschaft. Unsere Wächter suchen den Horizont ständig nach Späh-Zeppelinen ab. Feuer entzünden wir nur in unseren Wohnhöhlen.

Ich bin inzwischen Jäger, Sammler, Züchter und sogar Bauer, genau wie die ersten Menschen, die einst sesshaft wurden. Meine drei Kinder sind mein ganzer Stolz. Sie leben an der frischen Luft, mit den Tieren zusammen und inmitten der Natur. Hier, weit weg von allem, habe ich das Gefühl, es könne ihnen nichts zustoßen. Wir haben unseren Zufluchtsort gefunden.

Firmie

Wenn ich versuche, mich an diese Zeit zu erinnern, fühle ich mich wie eine Überlebende, beinahe als sei ich wiederauferstanden. Nachdem ich Lucen und Igo auf wundersame Weise wiedergefunden hatte, wollte ich nur noch eines: im Moment leben, sie in meiner Nähe spüren, ihre Stimmen hören, ihren Duft atmen, ihnen zusehen. Das reichte mir zu meinem Glück. Ich wollte mich in ihnen versenken, ehe es zu spät war und das Leben sie mir von Neuem entriss.

»Wenigstens sterben wir zusammen«, sagte ich mir ständig. Wie lange lebte ich in diesem Zustand? Bestimmt mehrere Monate. Erst dann entschloss ich mich, wirklich zu leben, mir den Gedanken an ein Danach zu gestatten, zu glauben, dass es ein Morgen gebe … dass es ein Morgen geben wird.

Ich erinnere mich nicht mehr an die lange Reise, die uns hierhergeführt hat. Wir waren zu dritt; Lucen kannte den Weg, Igo trank gierig meine Milch und lächelte, wenn ich seinen Nacken küsste. Der Rest – selbst die Angst, die ich manchmal in Lucens Stimme wahrnahm, wenn er glaubte, alles sei verloren – erschien mir zweitrangig. »Wenigstens sterben wir zusammen.«

Das Schwerste in der ersten Zeit an unserem neuen Wohnort war es, mich auch nur kurzfristig von Lucen zu trennen. Sofort stieg die Angst in mir hoch. Wenn er auf die Jagd ging oder sich auf die Suche nach verirrten Tieren machte, fürchtete ich, er würde nie zurückkehren. Mit der Zeit befreite ich mich von dieser Furcht und öffnete mich den anderen Mitgliedern unserer Gemeinschaft. Dabei hat Igo mir geholfen. Er ist ein wunderbarer Botschafter, und sein Lächeln war mein Passierschein. Langsam fand ich meinen Platz. Anfangs ließ man mich Ziegenwolle spinnen und Pullover stricken, aber bald entdeckte ich eine Leidenschaft für Lebensmittel und deren Zubereitung. Die Natur bietet uns hier wenig, aber das, was sie uns bietet, schmeckt unglaublich gut – sind wir doch an fade, schwere Gerichte gewöhnt. Ich habe gelernt, dass Essen eine Freude sein kann, die weit über das Gefühl des Gesättigtseins hinausgeht.

Wir haben noch zwei Kinder bekommen. Es war ein großes Glück, sie zu erwarten und in dieser sicheren Umgebung heranwachsen zu sehen. Ich betrachte meine wunderhübschen Kleinen, die ausgelassen in meiner Nähe spielen. Ich höre gern, wie sie Quatsch machen und darüber lachen. Manchmal im Sommer schlafen wir alle fünf oben auf dem Felsen, betrachten die Sterne und Kometen oder bilden Figuren, indem wir die Sterne miteinander verbinden. In diesen Momenten denke ich an meine kleinen Brüder, die von der Welt außerhalb der Nox zeitlebens nur im Kino erfahren werden. Das ist ungerecht. Ich sitze in meinem Versteck am anderen Ende der Welt und kann nichts für sie tun.

Ludmilla

In den zwei Jahren, die meinem Umzug nach Großstadt vorausgingen, ist mein altes Leben in sich zusammengebrochen. Damals erfuhr ich das Leben in konzentrierter Form. Ich denke oft an diese Zeit zurück, obwohl ich außer François niemanden von damals wiedersehen werde. Was ist aus Lucen, Igo, Firmie, Grisella und den Schwestern Broons geworden?

Yolanda wurde ein Jahr nach dieser bewegten Zeit von meinem Vater in die Freiheit entlassen und lebt heute mit ihrem Sohn in einer Stadt weiter nördlich. François kam nach sechs Monaten aus dem Gefängnis frei, weil mein Vater seinen Eltern half, bessere Anwälte zu engagieren. Ich wollte ihn sofort im Gefängnis besuchen, aber er war nicht gleich einverstanden. Ich hatte Angst, dass er mich nie wiedersehen wollte – und hätte es verstanden, auch wenn es fürchterlich gewesen wäre. Er war durch meine Schuld im Gefängnis gelandet, denn ich hatte die Schwestern Broons belastet, die in der Folge alle Mitglieder des Netzwerks verraten hatten.

Nach dem Abitur studierten François und ich an der Universität von Großstadt. Wir arbeiteten gemeinsam an Wegen, die Nox aufzulösen. Je weiter wir in unserem Studium vorankamen, umso deutlicher wurde, dass Forschern, die am gleichen Thema arbeiteten, die Mittel gestrichen wurden. »Das hat keine Priorität«, befanden die Behörden. Es war naiv, dass wir nicht früher bemerkt hatten, wie sehr die aktuelle Situation den gegenwärtigen Machthabern nutzte.

»Anscheinend sieht man in der momentanen Situation eine Art Gleichgewicht«, erklärte uns mein Vater eines Abends. »Die angeblich durch die Auflösung der Nox entstehenden Veränderungen befeuern viele Fantasien. Was würde geschehen, wenn die Armen in der Gesellschaft aufsteigen und den ihnen zustehenden Rang beanspruchen würden? Offiziell unterstützen die Behörden die Jaspisten in den Unterstädten und entschuldigen deren gewalttätige Ausschreitungen mit der etablierten gesellschaftlichen Ordnung. In den Oberstädten werden die jewowistischen Bewegungen systematisch durch Provokateure sabotiert, die deren Aktionen diskreditieren. Glaub mir, meine Tochter, nur ein Wunder kann an dieser Lage etwas ändern.«

Ungeachtet dieser Hindernisse halten François und ich mehr oder weniger offen an unserem Vorhaben fest. Bei Zeppelinflügen stehlen wir regelmäßig Gasflaschen. Wir haben Hypothesen aufgestellt und viel versprechende Experimente im Labor durchgeführt.

Heute Abend befinden wir uns an Bord der Maschine eines sympathisierenden Jewowisten, der uns binnen einiger Monate das Fliegen beigebracht hat. Mit ausgeschalteten Scheinwerfern überfliegen wir Gebiete, die als unbewohnt gelten. Wir haben beschlossen, dort ein ganz feines Pulver zu verstreuen, dessen Körnchen sich an die Moleküle der wichtigsten Gase in der Luft heften und diese zu Boden ziehen. Die Wetterbedingungen zwingen uns jetzt, ganz dicht an die Wolke heranzufliegen. François ist am Ruder, und ich werde im richtigen Augenblick den Verteiler betätigen. Wir überfliegen einen Felsen mit einer Hochebene, die direkt am Rand der Nox liegt. Mit einem Mal fällt das Mondlicht auf eine Familie, die im Freien unter dem Sternenhimmel schläft. Sie haben sich alle eng aneinandergeschmiegt. Es ist ein echtes Bild des Glücks.